書下ろし

死の証人

新・傭兵代理店

渡辺裕之

祥伝社文庫

目次

『死の証人』
関連地図
台湾全図
台北
① 新北投温泉
② 基隆港
③ 台湾桃園国際空港
④ 九份
⑤ 台中
⑥ 廬山温泉
⑦ 霧社
⑧ 花蓮
⑨ 日月潭
⑩ 南迴線
⑪ 台南
⑫ 高鉄「台南」駅
⑬ 台東
⑭ 高雄
⑮ 金崙
⑯ 多良
⑰ 小琉球
⑱ 楓港渓
台北市街図
ザ・ランディット
台北（松山）国際空港
文湖線
中山公園
饒河街観光夜市
台北101
Brown Sugar
峨眉街
大安站
グランド・ハイアット台北
中正紀念堂
動物園站
猫空ロープウェイ
方向転換站2
指南宮
猫空

各国の傭兵たちを陰でサポートする。
それが「傭兵代理店」である。
日本では防衛省情報本部の特務機関が密かに運営している。
そこに所属する、弱者の代弁者となり、
自分の信じる正義のために動く部隊こそが、“リベンジャーズ”である。

【リベンジャーズ】

藤堂浩志 ……………「復讐者」。元刑事の傭兵。
浅岡辰也 ……………「爆弾グマ」。浩志にサブリーダーを任されている。
加藤豪二 ……………「トレーサー」。追跡を得意とする。
田中俊信 ……………「ヘリボーイ」。乗り物ならば何でも乗りこなす。
宮坂大伍 ……………「針の穴」。針の穴を通すかのような正確な射撃能力を持つ。
寺脇京介 ……………「クレイジーモンキー」。Aランクに昇級した向上心旺盛な傭兵。
瀬川里見 ……………「コマンド1」。元代理店コマンドスタッフ。元空挺団所属。
黒川　章 ……………「コマンド2」。元代理店コマンドスタッフ。元空挺団所属。
中條　修 ……………元傭兵代理店コマンドスタッフ。
村瀬政人 ……………「ハリケーン」。元特別警備隊隊員。
鮫沼雅雄 ……………「サメ雄」。元特別警備隊隊員。
ヘンリー・ワット ………「ピッカリ」。元米陸軍犯罪捜査司令部(CID)中佐。
アンディー・ロドリゲス…「ロメオ34」。ワットの元部下。ラテン系。爆弾に強い。
マリアノ・ウイリアムス…「ロメオ28」。ワットの元部下。黒人。医療に強い。

森　美香 ……………元内閣情報調査室情報員。藤堂の恋人。
池谷悟郎 ……………「ダークホース」。傭兵代理店社長。防衛省出身。
土屋友恵 ……………傭兵代理店の凄腕プログラマー。
片倉啓吾 ……………「C-3PO」。外務省から内調に出向している役人。美香の兄。
片倉誠治 ……………CIA幹部。美香と啓吾の父。

馬用林 ………………国際犯罪組織レッド・ドラゴンの東南アジア責任者。
蜥蜴 …………………国際犯罪組織レッド・ドラゴンの極東担当者。

黄昏《たそがれ》の台北《タイペイ》

一

二〇一四年十二月十五日、台北《タイペイ》市松山《ソンシャン》、午後八時五十分。

藤堂浩志《とうどうこうじ》は人でごったがえす路地を漫然と眺めていた。士林夜市《シーソンイエシー》とともに台北の二大夜市と言われる饒河街《ラオホー》観光夜市である。

地下鉄松山駅のすぐ近くにある饒河街観光夜市は市の中心部にある夜市の中では最大級で、地元住民だけでなく観光スポットとしても人気が高い。

料理を中心に洋服や雑貨など様々な屋台が、道の真ん中を背にして並び、さらに路面店の前にもあるため、屋台が四列に連なっている。それが東西に約六百メートルある商店街に続いているだけに圧倒される。

ネオン煌《きら》めく東の門から見て右の北側の通路は西方向、左の南側の通路は東方向に進むという人の流れが自然にできているらしい。決められているわけではないので、逆に向かって歩いても問題はないが、歩き辛《づら》いだけである。

月曜日にもかかわらず観光客が大勢押し寄せており、日本人も見かけるが中国人が圧倒的に数では勝《まさ》るようだ。外見的には台湾人と中国人は見分けが付き難《がた》いが、中国人の方が台湾人よりも話し声が大きく、どことなく流行遅れの服装をしているように見える。

成田《なりた》国際空港から午後二時三十五分発のチャイナエアラインに乗り、台湾桃園《タオユエン》国際空港には午後五時五十分に到着した。気温は夜になって十七度まで下がったが、成田では十度を切っていたため暖かく感じる。

屋台の行列を抜け出して来た森美香《もりみか》が、湯気を立てる紙包みを渡して来た。

「お待たせ、はい」

浩志は胡椒餅《フージャオビン》と書かれた包みを受け取った。

「うむ」

「冷《さ》めないうちに食べましょう」

美香は早速紙包みを開き、焦《こ》げ目の付いた丸いパンのような胡椒餅を両手で二つに割った。湯気と香ばしい香りが立ち上がり、鼻腔《びこう》だけでなく胃も刺激してくる。

胡椒餅は饒河街観光夜市の名物だ。黒胡椒《くろこしょう》がたっぷり利《き》いたネギと豚肉のアンが、小麦で作られた皮に包まれ鉄の釜で焼かれる。餅というより、総菜パンに近い。値段は一個五十元（二〇一五年一月現在、約百八十五円）と手頃である。

「熱い！　火傷《やけど》しそう」

口から白い息を吐きながら美香は胡椒餅を頬張りはじめた。

浩志も胡椒餅にかぶりついた。フランスパンのようにかりかりに焼けた薄皮の香ばしさの次に胡椒の刺激と熱せられた肉汁が口の中に広がる。

「うまいな」

思わず顔が綻《ほころ》ぶ味である。だが、夕飯も食べてないので、呼び水になりますます腹が減ってきた。いい歳をして食に飢《う》えているのだ。傭兵という職業は、戦場で食料がなければ蛇《へび》だろうがトカゲだろうが何でも食う。だからといって味音痴《あじおんち》というわけではない。

「美味《おい》しかった。行きましょう」

瞬《また》く間に胡椒餅を平らげた美香が腕を組んできた。彼女はスリムジーンズの上にざっくりとしたセーターを着てマフラーをしている。日本にいる時は、小さなハンドバッグやポシェットを身に付けているが、今日はトートバッグを肩から掛けていた。護身用の武器でも隠しているのかもしれない。

彼女にとってはなんでもない格好だろうが、美人でスタイルがいいだけに人目を惹《ひ》く。付き合いも長いので馴《な》れてしまったが、美女と野獣の組み合わせだけに余計目立つのだろう。浩志はジーパンにトレーナーに革のジャケットを着ている。美香にアーミールックは絶対だめだと念を押されたのだが、夜市に来るのならもっとラフな格好でもよかった。

浩志が率いるリベンジャーズは、五月にシリアでイスラム国に拉致《らち》された英国やドイツなどの特殊部隊の兵士を救い出した。だが、数百人のＩＳ（イスラム国）の兵士が駐屯《ちゅうとん》する街から脱出するにあたり、浩志も仲間も負傷し、完治するまでには一ヶ月近く時間が掛かっている。中でも重傷だった鮫沼《さめぬま》は、リハビリを続けて元の体調に戻るのに二ヶ月を要した。

怪我の治療中も傭兵代理店から仕事の依頼が来ていたが、浩志は断り続けている。というのもＩＳとの戦闘でリベンジャーズの働きが世界的に認められたことはいいのだが、政治絡みの仕事が多くなったからだ。だが、仕事を拒《こば》む理由は他にもあった。

戦闘での負傷は不可抗力もあるが、チームとしての訓練不足が要因の一つにあったからだ。仲間の個々の能力は高いのだが、技術的なばらつきをなくす必要も任務を通じて今更ながら痛感させられた。

そのためこの半年間を浩志は充電期間とし、自分も含めて仲間のスキルアップを目指した。これまで浩志が英国の特殊部隊ＳＡＳと格闘技の教官として個人契約したことはあったが、日本の傭兵代理店を通じてリベンジャーズはチームとして契約したのだ。

池谷《いけたに》はリベンジャーズがＳＡＳの隊員を救出したことを理由に、英国軍にチームでの契約を迫ったらしい。彼のことだから、報酬《ほうしゆう》だけでなく恩着せがましく契約をとりつけたのだろう。格闘技と射撃を含めた対戦術で浩志とワット、爆弾の解除と製作で辰也《たつや》、狙撃で宮坂《みやさか》、追跡と潜入で加藤《かとう》、ヘリの操縦で田中《たなか》の六人が百六十日間の契約で指導教官として就《つ》いた。実戦で鍛《きた》えられただけに、仲間の指導はＳＡＳの隊員から高い評価を得ている。

残りの瀬川《せがわ》、黒川《くろかわ》、村瀬《むらせ》、鮫沼、京介《きようすけ》は訓練だけ参加した。また、アンディーとマリアノは、仕事の都合上、十一月の一ヶ月間だけ加わっている。チーム全体では五ヶ月以上集中した訓練ができたことでスキルは格段に上がった。

契約が終了したリベンジャーズの面々は、それぞれ元の生活に戻っている。浩志も仲間と一緒に一昨日日本に帰ったのだが、待ち構えていた美香に旅行に誘われて出国し、台北にやって来た。

旅行の詳しいスケジュールは聞いていない。成田国際空港で行き先をはじめて聞かされたぐらいだ。美香の気ままな旅行は馴れているので、驚くこともなく淡々と付き合っている。もっとも素直に付き合っているのは、前回の作戦で彼女に心配をかけたというやましさがあるのかもしれない。

屋台から漂って来る様々な香ばしい香りに足取りも軽くなる。だが、たまに下水のような強烈な臭いで思わず鼻に皺《しわ》を寄せてしまう。臭いの元は臭豆腐《チヨウドウフ》である。好き嫌いがほとんどない浩志もこればかりは敬遠するほかない。

「ちょっと待っていて」

大きな文字で〝爆漿《バオジャン》〟と書かれた看板を見つけた美香は、雑踏に浩志を置いて屋台に飛び込んで行った。〝爆漿〟とは、台湾語でジューシーの意味で、肉料理を扱った店の看板にはよく使われている。どうやら夕食は、レストランでなく屋台を買い食いしながら巡り歩くつもりのようだ。

目の前の屋台から香ばしい肉の香りが漂ってくる。覗《のぞ》いてみると、鶏の皮を春巻きのように巻いた鶏肉詰めを鉄板で焼いている店だ。メニューがぶら下がっており、味付けが十一種類選べる。お勧《すす》めの一位がチリソースの〝椒藍《ジャオラン》〟、二位が芥子《からし》味の〝芥茉《ジエムオ》〟、三位がニンニク味の〝蒜味《スアンウエイ》〟となっていた。一本三十五元、値段も手頃だ。

「恭平《きょうへい》さんは、何味がいい？」

浩志が顔を見せると、美香が振り返って尋《たず》ねてきた。

いつものごとくパスポートは傭兵代理店で用意してもらった。大石《おおいし》恭平、五十歳という設定である。

美香も自分で用意しており、篠崎真希《しのざきまき》、三十三歳というものだ。浩志は実年齢だが、彼女はどうみてもサバを読んでいる。八年前に会った時から自称年齢はさほど変わらないのだ。見た目は三十代半《なか》ばなので問題はないのだが、女の見栄《みえ》といったところか。

彼女のパスポートは、新しい組織が発行したものだろう。守秘義務のため彼女ははっきりとは言わないが、日本版ＣＩＡである内閣府直轄《ちょっかつ》の情報機関である〝国家情報局〟に入局しているらしい。二人のパスポートは偽造には違いないが、正式に機能する。

「〝辣味《ラーウェイ》〟」

メニューではお勧めになってないが、辛口を意味する〝辣味〟を頼んだ。美香は店のお勧めである〝芥茉〟を注文した。

待つこともなくきつね色に焼き目が付いた鶏肉詰めを串に刺して渡された。頬張ると、ぱりぱりに焼けた鶏皮が音を立てる。看板に偽《いつわ》りはなく、ジューシーな肉汁が口の中にほとばしる。塩味ベースで辛みは白胡椒だろう、うまいが後から辛味が利く。

「どう？」

口元をハンカチで押さえながら、美香は尋ねてきた。〝芥茉〟も辛いらしい。

「文句ない」

二口で鶏肉詰めを胃袋に納めた浩志は、満足げに答えた。中国でも屋台料理は何度も経験しており、いつも食材の不安を感じたものだが、台湾はその点心配することはほとんどなさそうだ。

「次は何にしようかな」

美香は歩きながら、祭りのように裸電球に照らされた屋台に目を奪われている。人ごみは嫌いだが、庶民的な感覚は浩志も好きだ。

「喉《のど》が渇いた。どこかでビールを飲まないか」

さすがに辛いものを続けて食べたので、これ以上飲み物なしで食べることはできそうにない。スイカやグアバジュースを出す露店はあるが、ビールを出す店はなさそうだ。台湾人は食事をしながら酒を飲む習慣がないのかもしれない。

「隊長、了解しました!」

美香が可愛《かわい》く左手で敬礼してみせた。

二

人ごみを縫《ぬ》って饒河街観光夜市を歩いた浩志と美香は、阿根《アーゲン》臭豆腐という看板が出された屋台のテーブル席に座った。

観光客だけでなく地元の人々も毎日夜市に繰り出すので、日が暮れてから空いている席を見つけるのは至難の業《わざ》だ。台湾人は外食する習慣があるためで、屋台は種類も豊富で安くてうまい、夕食だけでなく朝食も外食という台湾人も多いようだ。

浩志が席に座ると、美香は屋台に並んだ。臭豆腐は発酵《はっこう》させた液体に一晩漬け込んだ豆腐で、独特の風味と強烈な臭いが特徴である。浩志も中国で食べたことがあるが、味わう前に生理的な拒否反応を覚え、一口だけで止めた。以来食べようとは思わない。

中国ではよく食品問題が取りざたされているが、糞尿《ふんにょう》に漬け込んだ偽物《にせもの》の臭豆腐を購入した客が食中毒を起こす事件が度々《たびたび》発生している。いくら臭いが似ているとはいえ糞尿に漬けるのだから、偽臭豆腐は猛毒のサルモネラ菌や大腸菌まみれというわけだ。

「お待たせしました」

ラップを被《かぶ》せた皿に載せられた臭豆腐を手に美香が戻って来た。

得意げな表情をした美香は、テーブルに皿を載せた。

「ふーむ」

思わず浩志は、皿に顔を近づけて唸《うな》った。想像と違うものが出てきたのだ。大振りの臭豆腐が四つ載っており、中央に開けられた穴にどろっとしたタレが掛けられている。しかも油で揚げられ、あの強烈な臭いもしない。

「台湾の臭豆腐はお勧めよ」

美香は膝の上に載せたトートバッグから台灣啤酒《タイワンビージユウ》ラベルの缶ビールを出して目の前に置いた。

「おっ！」

浩志は手品のように突然出された缶ビールを手に取った。通りの店を覗いて探したが、ビールを扱っている店がなかったので諦めていたのだ。

「ここの夜市はビールを出す店がないの。だからコンビニで買っておいたのよ。一人二本までね」

美香は缶ビールのプルトップを開けながら言った。ホテルからタクシーに乗り、夜市の通りの百メートル手前にあるセブンイレブンの前で車を降りた。彼女は浩志を通りに待たせてセブンイレブンに寄ったのだが、その時に購入したのだろう。

「ビールを入れるためにトートバッグを持ってきたのか」

よく冷えた缶ビールのプルトップを浩志も開けた。

「まさか。思いがけないお土産《みやげ》を買っても大丈夫なようによ。乾杯！　遠慮《えんりょ》なく食べて」

缶ビールを軽く掲《かか》げてビールを一口飲んだ美香は、臭豆腐を箸《はし》で半分に切って口に入れると親指を立てて見せた。

浩志はビールを半分ほど一気に飲むと、美香が切った残りの臭豆腐に改めて鼻を近づけた。微《かす》かに独特な臭いはするが気になるほどではない。口に運び恐る恐る嚙んでみると、濃厚な滋味《じみ》とともに独特の臭気が口から鼻に抜けた。油で揚げても無臭になるわけではないようだ。

「どう？」

美香が悪戯《いたずら》っぽい目で見ている。

「うまいが、臭い」

それ以外に形容し難い。馴れの問題かもしれないが、舌が感じたうまみを臭いがかき消してしまうのだ。

「変ね。戦場で平気でレーションを食べる人が、気になるのかしら。それにここの臭豆腐はあまり臭わなくてうまいって評判なのよ。馴れればもっと臭くて濃厚な物が食べたくなるわ。男らしく、あと一口食べてみて」

美香はまた臭豆腐を半分に切り分けて食べると、残りを皿ごと浩志の方に差し出した。彼女の言う通り、戦場では腐臭を発する死体の横で飯を食うこともある。だがそれは異常な環境下であって、脳はそれを特殊であるとちゃんと認識している。平和な街とは違うのだ。だが、ここで皿を押し戻すのも大人げない。

「むっ……」

浩志は眉を吊り上げながらも臭豆腐を口に入れた。確かにさっきよりは気にならない。

「ちゃんと噛んで味わってみて」

「……」

二度噛んでみたが、堪《たま》らずビールで流し込んだ。

「子供みたい。次回食べる時は気にならなくなるわよ」

美香は皿を引き寄せると、笑いながら残りの臭豆腐を次々と平らげた。

「米か麺《めん》を食べたい」

屋台は確かにうまいがつまみ食いしているだけで、食事をした気がしない。それに口直しをしないと、口の中の臭みが取れない。

「それなら、少し戻るけどいいお店があるわ」

頷いた美香は席を立つと、浩志の手を引っ張って南側の通路に出て人ごみの中に入る。午後九時近くになったが、人出が減る様子はない。旧正月などの休日は人で通路が埋め尽くされ、身動きが取れなくなるらしい。浩志にとって人ごみというだけで、辟易《へきえき》としてしまう。

しばらく歩いた美香は、南側の通路に面した蚵仔麵線《オーアーミーソア》と書かれた赤い電飾看板の路面店に入った。看板の隅に百年老店《バイネンラオテン》、その下に東發飲《ドンファイン》と小さく店名が記されている。狭いスペースにカウンターとテーブル席が並び、客は相席で座るようだ。店員に指差されて二人は中央のテーブルの端に座った。大きなテーブルではないが、八人座っている。

「ここは三種類のメニューしかないの」

美香は店員に、三品を二人分頼んだ。

待つこともなくカキ入り細麵の蚵仔麵線と肉入りスープの肉羹《ロウゴン》、それに炊き込み御飯である油飯《ヨウファン》が出てきた。どんぶりのサイズはどれも小振りである。

「油飯には、特製のスイートチリソースをかけるのがこの店の流儀」

美香はテーブルに置かれていたソースディスペンサーから真っ赤なチリソースを絞り出

して油飯にかけた。

「なるほど」

浩志も彼女に倣《なら》って自分の油飯にかけて食べてみた。エビの風味がする素朴《そぼく》な味がチリソースで引き立てられる。ご飯を食べた後に、スープを飲んでみた。柔らかく煮込まれた豚肉と魚のすり身が実にいいダシをだしながらも、さっぱりとした味がなんともいえない品を感じさせる。

隣りで食べている常連らしい台湾人が、ボールに入れてある刻《きざ》み唐辛子を勧めてくれた。礼を言って唐辛子を混ぜて食べると、辛味が絶妙なアクセントになる。

「飽きがこない味だな」

舌鼓《したつづみ》を打った浩志は、茶色く染まったスープに具材が載せられた細麵を食べた。麵は日本のそうめんに似ている。具はカキとホルモンの煮込みのため魚介スープかと思ったら、意外にも豚骨だった。だが、具と違和感なく食べられる濃厚な味である。それぞれの味を活《い》かすには、麵、ご飯、スープの順番に食べる方がいいようだ。浩志は麵を啜《すす》り、ご飯を掻《か》き込み、スープの肉を口に頰張ると器を両手で持って飲み干した。

「うまかった……」

三種類の小吃《シャオチー》を無心に食べ尽くすと、美香が嬉しそうな顔で見ていた。

「いつもながら、おいしそうに食べるわね。見ているだけで幸せになれるわ」

美香はえくぼを見せて笑った。

「生きて来られただけでラッキーなんだ。うまい飯が食えれば言うことはない」

これまで数センチ銃弾がずれれば、確実に死んでいたという負傷は何度も経験している。まだ生きている方が不思議なのだ。

「あなたを見放す神はいないということね」

美香は頷いてみせた。

五月にシリアで知り合ったイラク人のオマールの顔が脳裏《のうり》に浮かんだ。神を信じれば天国に行けると言い残して死んで行った。浩志はその逆である。神など信じない。

「見放されたからこそ、生きているのかもな」

浩志は口元を緩ませた。

三

片倉啓吾《かたくらけいご》はふと腕時計を見ると短針を一時間戻し、午後十時半に設定した。

「すみません。コーヒーを頂けますか」

近くを通りかかった客室乗務員を啓吾は呼び止めた。

「了解しました」

客室乗務員は笑顔で答えると、待つこともなくポットと紙コップを持ってきた。

「君も飲むかい？」

啓吾は隣りの席で文庫本を読んでいる女に尋ねた。

「ええ、お願い」

女は笑顔で頷いた。

「二つください」

啓吾はジャケットから財布を出した。彼が乗っているのは、成田国際空港を午後九時二十分に出発し、台湾桃園国際空港に向かうバニラエアである。格安航空機のため、機内サービスは有料になっているのだ。

バニラエアは、中央の通路を挟んで一列六席、総席数百八十のエアバス社製旅客機A320中型機を使っており、座席の一部にリラックスシートはあるが基本はリクライニングができないエコノミークラスである。

啓吾は右翼側の中央のE席、彼女は窓際のF席で通路側のD席に客はいない。金を惜《お》しんだのではなく、深夜の直行便は他になかったので選択の余地はなかった。日本人の観光客と帰国する台湾人でほぼ満席であるが、隣りの席が空いているのは偶然ではない。席の手配をした者が気を遣ってくれたのだ。

「ありがとうございました」

客室乗務員は笑顔を絶やさず、二つのコーヒーを啓吾に渡してきた。席が狭く、リクライニングができないことを除けば、サービスは悪くない。

啓吾は右手に持ったコーヒーを隣りの席の女のテーブルに載せた。

「恵利《えり》って呼んでね」

客室乗務員が立ち去ると、女はさりげなく啓吾に寄り添って囁《ささや》いてきた。いささか命令口調である。

「ああ、すまない」

周囲を見渡した啓吾は、苦笑を浮かべた。

女は佐伯《さえき》恵利、三十二歳、啓吾は、佐伯徹《とおる》、三十九歳、パスポート上は夫婦ということになっている。啓吾は恵利に二日前にはじめて会った。本名は知らない。というか知る必要はないのだ。

一昨日の夜、啓吾はいつものように千代田《ちよだ》区平河町《ひらかわちょう》にある〝平河ウェッジビル〟の八階のオフィスで残業をしていた。勤め先の〝社団法人アジア政情研究所〟は内閣情報調査室国際部の隠《かく》れ蓑《みの》で、啓吾はそこの研究員となっているが実態は内調の特別分析官である。

啓吾は仕事を切り上げようと、デスクを片付けていた。鞄《かばん》に手を伸ばすと、デスクの片隅《かたすみ》に追いやられていた電話が呼び出し音を発した。

「片倉です。……分かりました」

時刻は午後十時四十七分。受話器を置いた啓吾は、溜《た》め息をついた。毎度のことながら帰宅は遅れそうだ。重い足取りで部屋を出ると、同じフロアの一番奥にあるドアをノックした。

「入ってくれ」

抑揚《よくよう》のない男の声がする。

「失礼します……」

啓吾は部屋に入って、両眼を見開いた。国際部主幹である柏原祐介《かしわばらゆうすけ》が座るデスクの前に見知らぬ女が立っていたのだ。ビルの七階と八階は、内調の国際部専用となっており、セキュリティも厳しいため外部の人間が入ってくることはまずない。

身長は一六四センチほど、どちらかというと美人の部類に入るが、これといって特徴はなく地味な感じがする女だ。

「はじめまして、佐伯恵利です」

女は自ら名乗って握手を求めてきた。流暢《りゅうちょう》な日本語を話すが仕草が日本人ではない。

「米国のとある筋から依頼があり、彼女と一緒に行動してもらうことになった。ただし、極秘任務のために他言は無用だ。社内でも知っている者は、室長と私と君の三人だけだ」

柏原は声を潜《ひそ》めて言った。

「はあ」

啓吾は覇気《はき》のない返事をした。というのも米国のとある筋という場合の多くは、CIAだからだ。恵利はおそらくCIAのエージェントだろう。日本のというよりは、米国の利益につながる任務に違いない。

外務省と内調で国際情勢の分析をする仕事をしてきた啓吾は、米国が日本を植民地のように思っていることを嫌というほど理解している。米国は日本を同盟国と位置づけているが、決して同格に扱っていないからだ。

「彼女と台湾に渡って、トレバー・ウェインライトという人物を保護して欲しいのだ」

柏原は神妙な顔で言った。

「台湾？　ウェインライトは、危険な人物ですか？」

中東情勢において啓吾は非常に詳しく、中東諸国にパイプも持っている。そのため、台湾と聞いて首を捻《ひね》ったのだ。現在行っている仕事も中東絡みが大半を占める。

「質問は彼女にしてくれ。私よりも詳しい」

柏原は顎《あご》を恵利に向けた。

「ウェインライトは、今年で五十六歳になる白人です。ただ私が持っている資料は十年前のもので、現状に必ずしも即していません」

恵利は淡々と言うと、一枚の写真を渡してきた。金髪の髪をきれいに七三に分けたアイルランド系の白人だ。瞳は薄いブルーで銀縁《ぎんぶち》の眼鏡《めがね》を掛けているので神経質そうな印象を受ける。

「プロフィールを見る限り、彼は自分の身を守るために銃を構えることがあっても、決して他人を傷つけることができない臆病者《おくびょうもの》のようね」

恵利は皮肉っぽく評価した。

「他人を傷つけないことが、臆病者とは思わないが」

啓吾は肩を竦《すく》めてみせた。正当防衛なら人を殺しても許されるというのが米国だ。だから銃社会から脱却《だっきゃく》できないでいる。彼らの頭の中は、未だに建国時代の開拓者と変わらないのだ。

「何か気に障《さわ》った？　自分の持っている機密情報の恐ろしさに耐えきれずに失踪《しっそう》した人物なの。もっともそのために命を狙われるはめになった。私の組織が陰で協力し、十年間地下に潜《もぐ》っていたというわけ」

恵利は急に英語で話しはじめた。日本語で詳しく説明するのが、面倒くさくなったのだろう。

「保護するだけなら、ＣＩＡでやった方がいいんじゃないのか。少なくとも私は腕力じゃあてにならない。そもそも十年も身を隠していた人物を探し出す理由は何ですか？」

啓吾は苛立《いらだ》ち気味に英語で返した。

「なっ……。見てくれはいい男なのに、非力を自慢するなんて残念ね。ウェインライトが持つ情報が必要になった。理由はそれだけ。あなたの分析官としての腕と世界中の言語が話せる能力を買われたのよ。それにこの任務は、上司から直接あなたを指名されたの。私の意志とは関係なしにね」

恵利はＣＩＡと名指しされて驚いたが否定はしなかった。もっともこんな仕事を持ちかけてくる米国の情報部はＣＩＡぐらいしかないだろう。

片倉は十数カ国語を自由に操り、その他にも派生する言語も理解できるため、世界中の言語に精通すると言っても過言ではない。むろん台湾語は問題なく読み書きできる。

「指名？」

啓吾は舌打ちをした。

本人から直接聞いたわけではないが、父親の誠治《せいじ》はＣＩＡの幹部らしいことは分かっている。彼が指名したに違いない。

六月にシリアで起きたＩＳの事件を調べるため、啓吾は誠治と二人で密《ひそ》かに行動をともにしたことがある。その結果、事件に関与した米軍人を特定できたが、誠治は身の安全を図《はか》るために自殺と見せかけて殺害した。彼が指名したのなら関わりたくないのだが、仕事であればそうも言っていられない。

「危険だと予測できないけど、充分気をつけて欲しいの。私の組織もあてにできない極秘任務だけに、私たちだけで遂行《すいこう》しなければならないのよ。覚悟してね」

恵利は鋭い目付きで言った。

「……分かった」

啓吾は渋々返事をした。

四

饒河街観光夜市の雑踏《ざっとう》を抜け出した浩志と美香は、八徳路《バーディ》四段の大通りを渡って松信路《ソンシン》でタクシーに乗った。台湾の住所は欧米のように道路名で表示され、路（街）、段、巷、弄、階（楼）、番号の順に表記する。段なら西から東、あるいは北から南に向かって数字が高くなるため、道路名と数字を追えば目的地に辿り着く。

台湾の治安は良好である。だが、午後九時を過ぎると現地の女性は一人でタクシーに乗らない。数年前までタクシー運転手による犯罪率は二十七パーセントもあった。大手のタクシーなら問題はないが、屋根のタクシーランプだけの車や個人タクシーの犯罪率は未だに高いのが現状だ。

旅慣れた美香は、スマートフォンで大手である台湾大車隊《ダーチエアドフイ》に電話し、タクシーを呼び寄せた。浩志も海外生活は長いので不自由はしないが、ガイドのように現地の情報に詳しい美香と一緒にいれば面倒はない。

時刻は午後十時四十分になっている。

タクシーは松信路を一キロほど南に向かい、北基《ペイジー》公路で右折すると、1ブロック先で松《ソン》仁《レン》路に左折した。渋滞はないが、交通量は多い。台北の夜は長いのだ。

松壽《ソンショウ》路との三叉路《さんさろ》交差点の角で車を降りた。横断歩道で松仁路を渡り、群益金融大樓《チュンイージンロンダーロウ》と全豊盛信義《チエンフオンシヨンシンイー》105ビルの間にある遊歩道を百メートルほど進むと、オブジェのようなライトに囲まれた〝ブラウン・シュガー〟という電飾看板があった。

少し離れた場所に〝新光三越《シンゴンサンユエ》〟デパートや映画館があるが、商店街があるわけでもなく大通りから奥まったビルの陰にあるために少々寂《さび》しい場所だ。もっとも、チェックインしたグランド・ハイアットは、ここから歩いても数分の距離で、帰るには便利な場所である。

美香の案内で看板の近くにある階段を上がって左手にあるドアを開けて店に入った。はじめての店ではないらしい。

「ほお」

彼女の後に続いた浩志は頰を緩ませた。

こぢんまりとした店かと思ったら予測に反し、奥にステージがあり広々としている。客席は優《ゆう》に二百席はあるだろう。日本で言えば、横浜のモーションブルーか名古屋のブルーノートといったところか。店の作りは〝ブラウン・シュガー〟の方が、重厚である。

ステージで黒人の女性ボーカルが生演奏をバックにジャズバラードを歌っていた。迫力のある渋い歌声に客はうっとりとした表情で聞き入っている。

〝ブラウン・シュガー〟は英語のスラングで精製していない阿片《あへん》を指すが、この店の場合、黒人の女を指すスラングからきているようだ。ちなみに同じ意味で、ザ・ローリング・ストーンズにも同名の卑猥《ひわい》な曲がある。

美香がボーイに名前を告《つ》げると、奥のカーテンで仕切られた席に案内された。ほぼ満席状態だったが、美香は予約を入れていたらしい。ステージの周囲にある席と明らかに違うので、ＶＩＰ席のようだ。彼女がちゃんとしたジャケットを着るように念を押したのは、この店に入るためだったらしい。ＶＩＰ席ならドレスコードがあるに違いない。

「まだお腹空《す》いている？」

テーブルにはメニューが置かれているが、美香は開くこともなく尋ねてきた。

「米と麵以外なら、まだ入るな」

饒河街観光夜市で食べ歩きをしたが、つまみ食いの連続だったためか小腹が空いている。浩志は目の前のメニューを開いた。

「うーむ」

店の雰囲気からツマミ程度かと思っていたが、メニューにはステーキやフライドチキンなどちゃんとした食事もできるようだ。

「食事もおいしいわよ。私はチーズの盛り合わせとワインを注文するわ。ステーキもいいけど、お勧めはスパイシーチーズチキンフライかエビの串焼き、それに七味唐揚げもおいしいのよ」

経験済みらしい。美香はメニューを見ることもなく言った。

「スパイシーチーズチキンフライに七味唐揚げか、どっちも惹かれるな。……七味唐揚げとビール」

ジャズを聞きながらバーボンでも飲もうかと思っていたが、唐揚げならビールだろう。

浩志はボーイを呼んで、注文した。

待つこともなくボーイは、ワインとビールを持ってきた。ワインはボルドー、ビールは黒ビールに近い台湾の小麥啤酒《シャオマイ》だ。

「久しぶりね、二人で旅行するの」

美香はジャズに耳を傾けながらワインのグラスを持った。

「そうだな」

日本にいる時は美香のドライブに付き合うことはよくある。助手席に座るのはあまり好まないが、F1ドライバーなみのテクニックを持つ美香が運転する場合は、文句を言わずに助手席に甘んじる。夜中にふらりと出かけてそのまま海岸沿いのホテルで朝を迎えることもあったが、最初から旅行として出かけたというのならかなり前の話になるだろう。

「今回、付き合わせちゃったけど、よかった？」

ワインを一口飲んだ美香は尋ねてきた。

「今更……」

浩志は鼻で笑った。

ランカウイ島から帰った浩志に美香は、「二、三日暇がある？」と尋ね、頷くと有無を言わせずに成田国際空港まで車で乗り付け、渡された航空券の印字で行き先を知ったのだ。浩志も当分仕事をするつもりもなく、暇を持て余すところだったので目的地も理由すら聞くことはなかった。

「実は、今回、あなたを連れておもいっきり旅行するという仕事なの」

美香は神妙な顔で言った。

「仕事？」

冗談《じょうだん》なのか本気なのか判断がつかずに、浩志は首を捻った。

「内容は私も把握《はあく》していない。極秘の任務らしいの。断ろうかと思ったけど、新しい会社の依頼だし、あなたと一緒ならと思って引き受けたわ」

美香は可愛らしく肩を竦めてみせた。

「俺が加わることは条件なのか？」

新しい会社というのは、国家情報局のことだろう。だが、情報組織が意味もなく仕事を出すはずがない。そもそも旅行せよという指令ではなく、待機するということなのだろう。美香が勝手に任務の解釈を変えたに違いない。

「必要条件だったわ。私を通じてあなたに仕事を依頼する可能性も否定できない。新しい私への指令は、台湾で受けることになっているの。ただし、状況次第《しだい》と曖昧《あいまい》だったわ」

本当に美香も把握していないらしい。

「状況次第？　仕事として成立しない可能性もあるというわけか」

浩志らが台湾に来て、状況は変化し、それに対応するということかもしれない。

「でも今のところ、連絡はないから思いっきり楽しむつもりよ。いいでしょう」

「……俺は、構わない」

美香がにこりとした。

彼女の笑顔に何度騙《だま》されたことか。だが、断る理由はない。

五

午後十一時四十分、台北の信義区にある〝ブラウン・シュガー〟では、女性黒人ボーカルのハスキーなジャズナンバーが時間の流れを緩くしていた。ジャズライブは毎日午後九時から十二時まで、毎回違うプログラムで行われるらしい。

若いカップルから年配まで客層は広いようだが、全体的に若者受けする店の雰囲気のせいか、トロピカルなカクテルをオーダーする女性が目立つ。ジャズにカクテルは似合うが、グラスに大振りのパイナップルやオレンジが飾られているのを見ると違和感を覚える。

浩志は注文した七味唐揚げも腹に納め、飲み物はターキーに替えていた。七味と海苔《のり》と刻みネギがたっぷりとかけられた唐揚げは、予想通りうまかった。料理はそれぞれこだわりがあるらしく、厨房《ちゅうぼう》にはちゃんとしたシェフがいるようだ。

台湾に来た理由は、仕事をだしにした旅行だと美香から正直に告白されたが、だからと言って驚くことはない。正式な命令が下りていないために傭兵代理店にはまだ話は通していないらしい。また、今回の仕事はリベンジャーズではなく、必要なのは浩志一人のようだ。

組織的な武力が必要とされないのか、あるいは美香の護衛という限定的な仕事なのかもしれない。いずれにせよ傭兵である浩志を必要とするのなら、それなりの危険は予測すべきだろう。仕事の内容にもよるが、台湾には傭兵代理店も武器商もないため銃を手に入れることは困難に違いない。

浩志は旅行する際には必ず日本の傭兵代理店から支給された特注のセラミック製の小型ナイフをブーツに隠し持っている。これまでもロープで縛られた際には役に立った。

他にも強化プラスチック製の〝クボタン〟は、身につけるようにしている。どちらも金属探知機にかかることはないため、基本セットと言えよう。今日は持ってこなかったが、特殊警棒も旅行バッグに忍ばせてある。

〝クボタン〟は日本人の空手家である窪田孝行《くぼたたかゆき》が考案した護身用の小型武具で、一般的ではないが米国では警察やFBIで採用されている。もともと古武道にある寸鉄と言われる武器をモデルにしたものだろう。長さは十四センチ、直径一・六センチの筒型で、キーホルダーとして鍵を付けて使用することにより、いつでも携帯できしかも敵の目を欺《あざむ》くことができる。

浩志のは特注で片方の先端を尖《とが》らせて攻撃力を高めている。使用法は、古武道の短尺棒と同じで突き、払い、締め、絡めなどがあるが、軽量のため打ち込みには適さない。だが、鍵を沢山《たくさん》付ければその部分が武器となるため、打ち込みもできるという特性がある。浩志はズボンの尻のポケットに差し込んでいるが、鍵は邪魔なので付けていない。

「いつ聞いてもいい曲ね」

美香はマティーニを飲みながら囁いた。

「うん？　……ああ」

浩志は曖昧な返事をした。仕事柄、危険人物はいないか人間観察をするのが癖《くせ》になっている。意識することなく周囲の客を観察していたのだ。曲はジャズのスタンダードナンバーである〝Fly Me To The Moon〟、ボーカルの女性が軽快なリズムで歌い上げている。曲は耳から入ってはいたが、ただのBGMになっていたようだ。

「誰か、知り合いでもいた？」

美香はさりげなく客席を観察している浩志に冗談半分で尋ねてきた。他人を監視する浩志の癖を彼女は知っている。それだけに落ち着かないのだろう。

「いや、まだ見つからない」

浩志も冗談で答えた。

曲が終わり、客席から拍手が湧《わ》き起こった。

ボーカルの女性が客席に近寄り、ステージの近くに座る白人の老夫婦と話をしている。リクエストを聞いているようだ。時間的にラストの一曲になるだろう。

曲が決まったらしく、ボーカルがピアニストと打ち合わせをはじめた。リクエストをくれた老夫婦に合わせて、リズムを決めているのだろう。ジャズは演奏者によって曲は様変わりする。

ピアニストがスローテンポで弾き始めると、ドラムもリズムを合わせた。客席から溜め息が漏《も》れる。〝想い出のサンフランシスコ〟だ。

体を左右に揺らしてリズムを取っていたボーカルが、イントロの終わったところで加わった。老夫婦は若い頃のサンフランシスコでの思い出を曲に重《かさ》ねているのだろうか。ボーカルは、実にしっとりと歌い上げている。

「素敵ね」

曲を聞きながら、美香はボーカルではなく老夫婦を見つめて溜め息を漏らした。

「……」

彼女の横顔を見た浩志は、頭を掻いた。美香は幸せそうな老夫婦を見て羨《うらや》んでいるのだろう。無神経を自認する浩志でも、それぐらいのことは分かる。彼女から結婚して欲しいと言われたことはないが、彼女が全く望んでいないと思うのは男の身勝手である。だが、職業柄いつ死んでもおかしくないだけに、未来を約束することはできない。

午後十一時五十七分、盛大な拍手でステージは終わった。

「ホテルの部屋で飲み直さない？」

「そうするか」

腹は膨《ふく》れたが、飲み足りない。浩志に異存はなかった。

美香はボーイを呼んで自分のクレジットカードを渡した。

店は午後十二時から午前三時までの営業で、盛り上がるのはこれからだが、ステージが終わったので帰る客は他にも大勢いる。

他の客が店でタクシーを頼んでいたらしく、遊歩道から松仁路に出ると、タクシーが四台停まっていた。あるいは、午前零時《れい》でステージが終わることをタクシーの運転手は知っているのかもしれない。〝ブラウン・シュガー〟から出てきた客は、次々とタクシーに乗り込んで立ち去った。

「冷えてきたわね」

美香は浩志の腕にすがるように寄り添ってきた。気温は十四度ほどに下がっている。浩志は革のジャケットの前をはだけていた。酔うほどではないが、体は火照《ほて》っている。夜風が気持ちよかった。

二人は無言で松仁路を渡り、松壽路に入る。ここから宿泊先のグランド・ハイアットまでは六百メートルほどだ。右手の新光三越は午後十時で閉店している。街路灯が寂しげに歩道を照らし、人通りは絶えていた。

道を挟んで反対側にある大型シネマコンプレックス〝VIE SHOW CINEMAS〟の閉店時間は午前零時で、出入口から客がちらほらと出て来る。ナイトショーが人気のない映画だったのかもしれない。

「楽しかったわね」

美香はヒールの低いパンプスを履《は》いているため、浩志の肩に頭を載せた。

「平和な街もたまにはいいな」

気が利《き》かない言葉だと、我ながら舌打ちした。

「また、ランカウイで過ごすのもいいわね」

美香が甘えた声で言った。

四年前になるが、国際犯罪組織ブラックナイトの軍事部門である〝ヴォールク〟と壮絶な闘いをして負傷した浩志は、一年ほど地下に潜ったことがある。

痕跡《こんせき》を消し去り、美香とランカウイ島の山小屋で一年ほど生活した。浩志は朝早くに漁に出かけ、昼は療養生活を送っていた大佐ことマジェール・佐藤《さとう》と語り合い、夕日が沈むのを見ながら美香と一緒に過ごした。

二人の生活は充実しておりなんの不満もなかったが、浩志は必要に迫られて闘いの場に引き戻された。美香は二人の甘い生活が忘れられないのだろうか。彼女も敏腕の情報員としてその腕を買われており、仕事が忘れられなくて下界に下りることに異存はなかったはずだ。

「無理なことは分かっているわ。でも時には二人で一週間ぐらい、バカンスで行くのもいいんじゃないかな」

黙っていると、美香が頭を持ち上げて言った。

「悪くはない」

浩志は愛想なくぼそりと答えた。

人気のない道に全神経を集中させている。見通しが利く場所だけに狙撃されてもおかしくはない。しかもなんとなく見られている感じがするのだ。

「今回の仕事がこのまま空振りならいいわね。休暇をとるから、常夏の国で年を越すというアイデアはどうかしら。初日の出が、アンダマン海ってすてきじゃない?」

「悪くはないな」

浩志はまた同じ返事をした。

「もう、真剣に聞かないんだから」

美香が浩志の腕を引き寄せた。

「ああ」

頭の中で警戒シグナルが点滅しはじめていた。

六

午前零時二十七分に台湾桃園国際空港に到着した啓吾と恵利は、宿泊先のザ・リージェントにタクシーで向かっていた。

ザ・リージェントは客室五百三十八室と台北最大規模を誇り、米国の旅行情報雑誌でベストホテル・イン・ザ・ワールドに選出される一流ホテルである。二人は金持ちの日本人夫婦を装《よそお》っていることもあるが、台湾でも最高のセキュリティを求めてこのホテルを選んだ。

「海外に勤務されているんですか？」

タクシーの運転手がバックミラー越しに台湾語で尋ねてきた。

台湾人の多くは片言でも英語が通じるが、タクシーで英語はほとんど役に立たない。片倉が行き先を流暢な台湾語で指示したために台湾人と勘違いしているのだろう。

「私は日本人だよ。観光旅行で来たんだ。お勧めの場所はある？」

啓吾は、苦笑がてら答えた。

「驚いた……」

運転手は目を丸くした後でありきたりな観光スポットを教えてくれたが、啓吾は疲れていたので適当にあしらった。

夜間のため中山《ヂヨンシヤン》高速公路を猛スピードで飛ばしたタクシーは、三十分ほどで台北のザ・リージェントに到着した。日中は渋滞《じゆうたい》で一時間近く掛かることもあるので、夜間の移動は楽である。

チェックインをした二人は、十五階の部屋に案内された。荷物を運んだボーイが姿を消すと、恵利はハンドバッグから盗聴発見器を取り出し、盗聴器や隠しカメラがないか部屋の隅々まで確認をはじめる。その手の基本的な作業は、内調ではなく外務省の分析官として海外で勤務したときにしっかりと教え込まれているので啓吾は彼女とは別に動いた。こうしたことは手間でも二人が手分けをせずに二重に行った方がいい。

「オーケー。もっともこの部屋で見つかったら、高いお金を払って五つ星に泊まる意味はないわね」

人前では日本語を話すが、恵利は啓吾と二人の時は英語を使う。

「そのようだ」

啓吾はベッドの下を調べた後で、英語で頷いた。彼の場合、母国語が何かという意識もないので、相手に合わせて自然に言葉を使い分けることができる。

部屋のクラスはスタンダードの一つ上であるデラックスルームにチェックインをした。広さは四十五平米、キングサイズのベッドにソファーセット、室内の装飾はシンプルだがベージュと茶色を基調としたシックなデザインで落ち着いている。経費は米国と日本の折《せっ》半《ぱん》らしい。

「キングサイズだが……」

コートを脱《ぬ》ぎながら啓吾は困惑した表情で言った。夫婦という設定のためベッドは一つしかない。ソファーはあるが身長が一八〇センチある啓吾には小さ過ぎる。

「冗談言わないでね。任務が終わるまで私たちは夫婦なの。私は右、あなたは左」

啓吾の視線を追った恵利は、クールに言った。

「左ね」

啓吾は自分の荷物をベッドの左側に置いた。

「先にシャワーを浴びるわよ。それとも一緒にする？」

恵利は脱いだコートをハンガーに掛けながら尋ねてきた。

「後でいいよ」

啓吾は鼻で笑って受け流した。

「あらっ、私の誘いを断るなんて、堅物《かたぶつ》なのね。夫婦なんだから楽しみましょう」

冗談を口にした恵利は、バスルームに入って行った。

バスルームは洗面台を挟んで左手にバスタブ、右手にトイレとシャワールームがある。

啓吾は足音を立てないようにバスルームに近付き、ドアに耳を当ててシャワーの音がするのを確認した。

溜め息をつくと、窓際の椅子に座りカーテンの隙間《すきま》から外を覗きながらスマートフォンを出して電話をかけた。窓からは隣接する公園と街の美しい夜景が見える。昼間の景色も期待できそうだ。

「私です」

電話が通じると、啓吾はスマートフォンをジャケットのポケットに入れ、耳元を軽くタッチした。耳の穴に隠してある超小型のブルートゥースイヤホンを使っているのだ。

──ティパーは近くにいないのだな？

しわがれた男の声がイヤホンに響いた。啓吾の父である誠治であった。ティパーとは、英語でバクを意味する恵利のコードネームである。

日本に恵利を送り込んできたのは、他ならぬ誠治であった。彼女は誠治の上司の肝《きも》いりで今回の任務に就いたらしい。昨夜遅く出発の準備をしている時に連絡があり、到着したら知らせるように言われていた。ただし、彼女に聞かれないようにと念を押されている。

「そうです」

啓吾はバスルームのドアを見つめながら声を潜めて言った。

──彼女は一流のエージェントだ。シャワーを浴びる振りをしておまえを監視している可能性もある。注意するのだ。彼女からは、日本のエージェントは頼りないと報告を受けているぞ。

誠治のかすれた笑い声が聞こえてくる。啓吾の最も嫌な雑音だ。

「彼女は、上からの信頼が厚い情報員じゃないんですか？」

──彼女は優秀で信頼できる。だが、これからもそうとは限らない。それがこの業界の常識、裏切られることを前提に行動するのだ。

「なるほど、私はアマチュアということですか」

啓吾は自嘲《じちょう》した。

——いつまでも分析官という職種に甘んじていてはだめだぞ。日本人のもっとも不得意な情報戦争は、シビアなのだ。名も知れない者が闘い、闇に葬《ほうむ》られる。だが、その闇に生きる者たちが、この世を動かしているのだ。

「説教は聞き飽きました。それで?」

分析官という職を啓吾は誇りに思っている。馬鹿にされるのは心外であった。

——トレバー・ウェインライトを見つけるまでは、彼女が主導で動くが、現地の者との接触はすべておまえがするのだ。ウェインライトを見つけたら、彼女は本人か確認する。だが、おまえも二重に確認するのだ。

「方法は?」

——ウェインライトを台湾に移送したエージェントの名前を彼女が聞き出す。マイク・田中《たなか》だと答えるはずだ。これを知っているのは、関係者だけだ。だが、おまえはさらに田中の娘の名前を聞き出すのだ。

「どういうことですか?」

——私はあえてウェインライトに娘の名前を忘れないように記憶させたのだ。十年前に私と三人の仲間が彼を台湾に移送した。マイク・田中は、当時私が使っていた偽名で、任務を遂行《すいこう》したエージェントで生きているのは私だけだ。

「なんと……」

啓吾は絶句した。

——必ず確認しろ。答えなければ、そいつは偽物だ。その男を殺せ。もっともおまえにはできないだろうがな。もし、ティパーが裏切り者でないなら、彼女が遂行する。

「なっ……」

言葉に詰まっていると、電話を切られてしまった。

「くそっ！」

いつもながら誠治との通話は一方的である。

バスルームのドアが開いた。啓吾は慌ててイヤホンをタッチして通話を切った。

「どうしたの。妙な顔をして。裸で出てこなかったから驚いたの？」

バスローブ姿の恵利が悪戯っぽい目で首を傾げた。

「疲れているだけだ。私もシャワーを浴びるよ」

啓吾は顔色を読まれた自分に舌打ちをした。

謎の尾行者

一

翌日の台北は晴れてはいるが、少々雲の多い天気になった。だが、台湾の冬は十二月から二月で、雨期というほどではないが雨の確率が高く、雨空でないだけでも幸運である。気温は石垣島《いしがきじま》と同じ程度だが、雨が降れば気温は下がり、晴れれば初夏のように暖かい。寒暖差は激しいのだ。

朝食をホテルで摂《と》った浩志と美香は、レンタカーのトヨタ・カローラに乗り、台北から三十キロ東に位置する〝九份《ジオウフエン》〟に向かっていた。

ハンドルを握るのは浩志である。美香はスポーツ車の運転は好きだが、普通車の場合は興味が失《う》せるらしい。台湾にはスポーツカーをレンタルできる会社はない。仕事なら別だがプライベートで普通車のセダンを美香が運転しないことは分かっているため、浩志は運転しているのだ。

ラジオのFM局からリズミカルなギターをバックに張懸《チャンシュエン》という台湾の女性歌手の歌声が流れている。美香は景色を見ながら曲を口ずさむ。それなりに助手席を楽しんでいるらしい。

〝九份〟は台湾北部の港町基隆《ジーロン》の近郊にある山あいの町で、一九八九年に封切られて大ヒットした台湾映画〝悲情城市《フェイチンチオンシー》〟の舞台となり、寂れかけた炭鉱の町は一躍脚光を浴びた。その後、二〇〇一年に宮崎駿《みやざきはやお》の〝千と千尋《ちひろ》の神隠し〟でもモデルになり、日本人観光客にも人気の観光スポットになっている。

中山高速公路で台北市を抜け、ジャンクションで六十二号線東西向快速公路に乗り、東に向かう。

低く垂れ込めた雲が、なだらかな山々に掛かっている。平日ということもあり、道は空いている。ホテルから出て三十分ほど走り、トンネルを抜けると目の前が明るく開け、深澳《シェンアオ》港に出た。

港に沿って東に進んで行くと、ガソリンスタンドの前に〝九份・金瓜石《ジングアシー》〟という道路標識があった。有名な観光地なのに標識は至ってこぢんまりとしている。港には出ずに途中で基隆河沿いの道を行く方法もあったが、観光バスが何台も曲がって行ったので少々遠回りだが高速道路を直進したのだ。

「こっち か……」

浩志はバックミラーを見ながら右折した。三十メートルほどの車間を保《たも》ちながら二台の車が付いてくる。中山高速公路で後方に同じ車が走っていることはすでに気が付いていた。とはいえ、台湾人にも人気の観光地に向かっているために尾行しているとは限らない。

道は片側一車線の緩い坂道になった。道路に沿って電柱が立ち、電線が伸びている。カーブミラーには漢字で〝注意〟と標識があり、右側通行でなければ日本とまったく変わらない山間の田舎《いなか》である。

ヘアピンカーブをいくつか過ぎると、やがて赤い提灯《ちょうちん》が鈴なりにぶら下げられた町に出た。〝九份〟に到着したようだ。

「すぐ先に駐車場があるはずよ。そこに停めて」

提灯を目にした美香が右方向に手を挙げた。

台湾に来たことはあるが〝九份〟ははじめてらしく、美香は事前にインターネットで色々と調べていた。町の入口にある駐車場を逃すと、車を停められなくなる可能性があるようだ。

浩志は五十メートルほど進み、私営の駐車場に車を停める。後ろを走っていた二台の車も駐車場に入ってきた。一台は黒のベンツ、もう一台は、トヨタのカローラである。

カローラは家族連れ、ベンツは運転手が降りて来ると、車を掃除しはじめた。ウインドウにフィルムが貼ってあるため、車内は見えない。尾行者が車の掃除をするというのなら、大した演技力だろう。時間を置かずにさらに三台の車が駐車場に入ってきた。尾行されていたと思うのは、杞憂《きゆう》だったらしい。

浩志は五台ともナンバーは記憶した。これは傭兵ではなく刑事時代からの癖である。職業病というのは、なかなか治らないものだ。

「思ったより、寒くはないわね」

タイトな赤いジーパンに白いセーターを着ていた美香は、紺《こん》色のトレンチコートを羽織《はお》った。

浩志はジーパンにダークグリーンのアーミーセーターに革ジャンを着ている。ホテルを出た午前九時頃の台北は十七度だったが、さすがに山の上なので三度ほど低くなった。

駐車場の前の道を渡り石段を上る。町は山の上に作られているので石段と坂道をかなり上り下りすることになりそうだ。今朝も朝六時に起きてトレーニングはしてきたが、さらに運動ができるのなら大歓迎である。

階段を上って車道を渡りまた狭い階段を上ると、石垣に囲まれた細い路地に出た。美香は町民の生活道路を歩いているらしい。石垣に赤い提灯がぶら下がっているが、寂しげな土産物屋と食堂が数軒あるだけだ。まだ、繁華街には着かないらしい。

「タマネギの皮を剝《む》いているようだな」

浩志は苦笑いをした。

「赤い提灯を辿《たど》って行けばいいのよ。この町は上に行くほど栄《さか》えているらしいわよ」

美香は浩志の腕を両腕で抱きかかえるように摑《つか》んで歩き始める。石段の幅が狭かったため一緒に歩くことができなかったのだ。

「近道、発見！」

彼女は食堂の脇の石段にある基山《ジーシャン》街と書かれた矢印形の看板を見つけると、突然浩志の背中を押して石段に押しやった。

「分かったから、押すな」

周囲を気にするわけではないが、はしゃぐ歳ではない。

「嬉しいくせに、押されると楽でしょう」

美香は浩志の腰を両手で押してきた。

「年寄り扱いするな」

浩志は苦笑を浮かべた。

「おじいちゃんだなんて思ってないわよ。ダーリン」

笑いながら美香は、両手に力を入れる。楽しくて仕方がないらしい。

振り返った浩志の視界に人影が映る。階段下に男が通り過ぎたのだが、浩志の動きに反応したような動きだった。

「行くぞ」

浩志はわざと笑顔を浮かべ、階段を駆け上がった。

二

午前十一時、啓吾と恵利は、大安《ダーアン》駅沿いの信義路三段から一本南の通りにある築三年の家具付き高層マンションの一室にいた。部屋の広さは八十平米の１ＬＤＫ、内装も新しく清潔感がある。

大安駅は、台北の中心にある中山国中駅から郊外にある動物園駅を結ぶ新交通システムの鉄道である文湖《ウエンフー》線と、地下鉄の信義線の駅である。乗降客が多い乗換駅になっているため、駅周辺は開発が進み新しいビルが立ち並んだ一角だ。

「ここならよさそうね」

恵利は窓に掛けてあるカーテンの隙間から外の様子を見ながら言った。

大通りである信義路三段は交通量が多いが、マンションの前の道は一方通行で車の通りも少ない。近くに大学や森林公園などがあり環境もいい場所である。

「賃料月六万三千元、管理費五千五百元、現在のレートで合計約二十六万円、米国の情報部は金持ちだな」

寝室を覗きながら、啓吾は首を振ってみせた。

「仕方がないわよ。証人を確保しても、人の出入りが激しいホテルは使えない。出国手続きに時間が掛かる可能性もあるから、少々経費が掛かってもマンションを借りるのが一番安全なの。映画やテレビのスパイと違って、実際の活動は地味なのよ」

恵利は溜め息をつくと、リビングのソファーに座った。啓吾が素人《しろうと》のような質問をするために辟易《へきえき》としているのだろう。

トレバー・ウェインライトを確保するにあたり、事前に隠れ家になる賃貸《ちんたい》マンションを朝一番で市内の不動産会社で契約し、鍵を貰って入室までこぎ着けた。

「なるほどね」

啓吾は情報員としての経験はまったくないため、頷く他ない。

「いきなり証人を見つけてもその後のことも考えなければ、ならないのよ。特に今回の証人は十年も地下に潜っていた人物だから、こちらが準備不足の場合、移動を拒否する可能性もあるの。だから慎重にことを運ぶ必要があるわ」

「ホテルは借りたままにするんだよね」

「もちろんよ。事前に打ち合わせした通り、台湾では作戦終了まで、あなたは観光客とビジネスマンという二つの顔を持つ。どちらかが潰されても、出国できるようにね。そのために二つのパスポートを使いこなすの」

恵利は子供を諭《さと》すように言った。啓吾が素人だと割り切っているのかもしれない。

彼女とは出国の前日に打ち合わせているが、実際に行動すると不安が募《つの》る。これまで特別分析官として出国しても情報員と一緒に活動することはなかった。そのため、経験不足から失敗しないか心配なのだ。

もっとも恵利の中国語は日常会話でも事欠き、マンションの契約も啓吾が台湾語を駆使《くし》してスムーズにできた。今のところ、それなりに役には立っているはずだ。

「さて、次は何をすればいいんだい？」

啓吾は半ば開き直って質問した。

「部屋を借りただけじゃ、隠れ家にもならないわ。最低でも三人が三日間暮らせるだけの食料は用意しておきましょう。とりあえずスーパーで買い物をしてから、昼ご飯を食べない？」

恵利は、立ち上がると両手を挙げて背伸びをしてみせた。

「スーパーなら、頂好《ティンハオ》（Wellcome）に行けばいい。ここから少し離れているけど、車なら七、八分で行ける。そこなら二、三日分の買い物をしても怪しまれないだろう」

台湾に来る前に二日あった。そのため台湾の地理や商業だけでなく歴史に至るまで様々な情報を頭に入れてきた。記憶することは人の数倍のスピードでできる。これは父親譲《ゆず》りの才能らしい。普段は忌《い》み嫌っているが、生まれ持った能力には感謝している。啓吾は言語だけでなく学問の修得にこれまで苦労したことがなかった。

ちなみに頂好は、台湾各地にチェーン店を持つ地元密着型のスーパーである。

「さすがね。言語能力だけでなく、さまざまな情報はコンピュータ並みだと聞いたけど、本当のようね。鍛えがいがあるわ」

恵利は口笛を吹いてみせた。

「鍛えがいがある？　君はひょっとして私を情報員として訓練するように命令されているんじゃないのか」

啓吾は右眉をぴくりと上げた。

恵利は誠治の優秀な部下だという。狡猾《こうかつ》な彼なら、啓吾を鍛えて組織に引き入れようとしているのかもしれない。

「命令はされていないわ。だけど、私はあなたを鍛えるつもり。なぜなら自分のパートナーが役立たずじゃ、足を引っ張られるからよ。この世界は、単純なミスが命取りになる。私はまだ死にたくないの。だからと言って恩に着せるつもりはないけどね」

恵利は肩を竦めてみせた。

「私も迷惑を掛けるつもりはない」

反論する余地は啓吾にはなかった。二月にシリアに行ったとき、浩志から同じようなことを言われている。戦地に行ったにもかかわらず、銃を使えなければ自分の身を守れないと。世界で通用するには自分の身は自分で守る。頭では理解していた。

「そうだ。出かける前に、ホテル宛に届いていた荷物を開けてくれる？」

恵利は玄関先に置かれた工業サンプルと書かれている段ボール箱を指差した。

「分かった」

素直に返事をした啓吾は、五十センチ四方の段ボール箱を開封した。

クッション材の下に箱があり、その下に英字新聞に包まれた物が二つある。

「中の箱はダミーで、ボルトの詰め合わせ。本体は新聞の包みよ。私に一つ頂戴《ちょうだい》」

啓吾は恵利に渡すと、もう一つの包みを開けた。

「おっ！」

中からワイヤー針スタンガンである〝テイザー銃〟が出てきたのだ。

「本当ならグロックが欲しいところだけど、この銃なら最悪、台湾の警察に見つかっても護身用と言い逃《のが》れができるわ」

恵利は包みの中から〝テイザー銃〟を出すと、銃身の下のマガジンを抜いた。

「これは〝S５〟、テイザー社製の単発の〝X26〟と違って連射タイプなの。マガジンには十発の電極針が装塡《そうてん》されていて、一度に上下の銃口からプラスとマイナスの電極針が発射される仕組み。トリガーを引くたびに新しい電極が飛び出す優れものよ。予備の電極針はボルトを入れた箱に二十発入れてあるはず、確かめてみて」

恵利は手慣れた手つきで、銃身にマガジンを装塡してみせた。

「一度に二個の電極針を使うから、五連発ということか」

武器を扱うのは好まないが、啓吾にも知識はある。だが、はじめてみる形だった。本体は樹脂製で軽く、大きさもコンパクトである。ダミー用の箱を開けてみると、ボルトと一緒に長さ四センチほどの黒い筒状の物が束にまとめられていた。

「直進性があるから、狙って撃てば正確に十五メートル先まで飛ぶわ。残念なことは、米国じゃなくロシア製ということね」

恵利は鼻に皺を寄せた。

三

〝九份〟の生活道路らしい狭い階段を抜けた浩志と美香は、商店街である基山街をぶらぶらと歩いていた。

車も通れない石畳《いしだたみ》の坂道や急な階段が幾筋もあり、道の両側に土産物屋や食堂などの観光客向けの店だけでなく、雑貨屋や美容室など住民のための店も所狭しと並ぶ。

基山街は道の両側にある商店の軒先が迫《せ》り出しているため、アーケードのようになっており、中にはテントで道の上部を覆《おお》っている場所もある。

店先に赤い提灯をぶら下げ、祭りの参道のような賑《にぎ》わいを見せる町は雑然としているが、古い建物と気取らない住民の姿になぜか安堵《あんど》感を覚える。台湾に来るのははじめてだが、浩志にとって居心地がいい国のようだ。

基山街を進み、階段の通路である豎崎路《シュチー》の交差点で美香は立ち止まった。鼻が曲がりそうな下水のような臭いが漂っている。角に臭豆腐を扱っている店があった。看板に健康安全宣言や防腐剤や添加物を使っていないと中国語で書かれている。それなりに人気がある自然食品の店らしいが、中国人らしき観光客が鼻を摘《つま》んで通り過ぎて行く。

「食事前だけど、おやつを食べない？」

「なんでもいい」

ここから立ち去るなら、どこでもいい。

美香は豎崎路を左に曲がり、階段の通路を上がって行く。幅は二メートルほどで狭いが、豎崎路は〝九份〟ではもっとも観光客に人気がある通りだ。美香は階段の一番上にある〝阿柑姨芋圓《アーカンイーユーエン》〟という看板を出す店に脇目も振らずに入った。

店の看板の下に日本語と中国語と英語のメニューが提《さ》げられている。メニューはアイスが四種類にホットが三種類あるぜんざいで、甘味処《かんみどころ》のようだ。アイスは温かいぜんざいにかき氷が載るらしい。一杯四十元でかき氷と練乳が十元でトッピングできるようだ。観光地のわりに手頃な値段である。お世辞《せじ》にも清潔とは言えない店だが、平日なのに行列ができるほどの人気らしい。

「俺はいらない」

浩志はそう言うと、列から少し離れて立った。

「そうよね」

美香はさっそく店頭の行列に並んだ。

笑顔で美香を見送った浩志は、数軒先の土産物屋の陰から様子を窺《うかが》っている男の姿を視界の端で捕らえていた。駐車場に車を停めてから数分後に二人の尾行があることに気が付いている。

巧《たく》みに人ごみに紛《まぎ》れているが、浩志は顔を見ないで男の靴で確認していた。靴は簡単に取り替えられないので、尾行を見破る基本である。車を掃除していた運転手とは違うが、ベンツに乗っていたのだろう。

「一口食べない？　この店のタロイモぜんざいは、九份で一、二を争う人気なのよ。私はよくばって全部の種類が入っている総合湯を頼んだわ。奥の席に行きましょう」

団子と小豆が山盛り入った紙製のどんぶりを片手に美香は店の奥に進んで行く。浩志はちらりと店の入口に目をやり、美香に従った。

途中で倉庫のような作業場を抜けると、大きな窓ガラスのある展望台のようなイートインスペースになった。

「ほお」

浩志は思わず感嘆の声を上げた。窓の向こうに基隆の港まで遠望がきく絶景が広がっている。店に期待していなかっただけに驚かされた。

「すてき」

美香は窓際の席に座るとさっそく、温かいぜんざいをプラスチック製のスプーンで頬張りはじめた。

「おいしい！　カップのＱＱの文字は、伊達《だて》じゃないわね」

餅を一口食べた美香は、屈託《くったく》なく笑う。カップにＱＱと印刷されている。台湾では弾力がありもちもちしている食感をＱＱの二文字で表現するのだ。

「景色も最高ね」

「ふむ」

幸せそうにぜんざいを食べる美香を見て、浩志は思わず頬を緩ませた。半年前シリアの紛争地で死にものぐるいで闘ったのが、嘘のようだ。

「食べると温まるわよ。はい」

団子を載せたスプーンを美香は、浩志の口に無理矢理押し込んできた。

「……」

タロイモ団子は甘さ控えめで、食感がいい。とはいえ、甘党ではないので感動するほどではない。

「ねっ、おいしいでしょう」

「……ああ」

自分がにやけた顔をしていたのではと、浩志は思わず周囲を見渡した。美香に無抵抗な自分にもいささか腹が立つ。ふと平和な町に馴染《なじ》んでいる自分に違和感さえ覚えた。

「美味しかった。さて、お昼ご飯を食べに行きましょう」

美香は食べ終わるとすぐに店を出て、今度は階段を下りはじめた。

尾行者は近くの店先に隠れており、浩志らが店から出て来ると背を向けて談笑をはじめた。浩志に気付かれているとは認識していないようだ。

階段を下りて基山街を渡り、豎崎路をさらに下りて行く。

「なるほど、ここね」

美香は〝阿妹茶楼《アーメイチャヤロウ》〟という看板を掲げ、軒に赤提灯をぶら下げた趣《おもむき》のある三階建ての店を見上げて言った。両脇にもレトロな店があり、雰囲気のある一角だ。この店が〝千と千尋の神隠し〟に出て来る湯屋のモデルとなった建物らしい。

階段を三階まで上がり、レストランに入る。〝九份〟が昔炭坑町だったころ、この辺りは〝花街〟で建物はその名残《なごり》らしい。夜は提灯と店の照明で幻想的な雰囲気になり、まさに〝千と千尋の神隠し〟の情景になるようだ。

二人は店の前を見下ろせる窓際の席に座った。

「嫌ね」

美香は広場の反対側にある建物をちらりと見て舌打ちをした。尾行者が向かいの建物の階段の上にいるのを確認したらしい。はしゃいでいたが、気が付いていたようだ。さすがに〝国家情報局〟にヘッドハンティングされるだけのことはある。

「心当たりはあるのか？」

浩志はメニューを見ながら尋ねた。

「分からない。ラブラブのカップルを尾行して何が楽しいのかしら」

美香は首を捻った。彼女は〝国家情報局〟の情報員、浩志は傭兵特殊部隊のリーダーで二人とも民間人ではない。尾行者がどちらかの素性《すじよう》を知っているとすれば、侮《あなど》れない存在であることは確かだ。

「そうか」

浩志はふっと鼻で笑った。

四

〝阿妹茶楼〟の三階のレストランで軽い昼食を摂った浩志と美香は、東部の海岸線が一望できる三階のテラスに移った。テラスと二階の半分が茶楼になっており、中国茶とお菓子のセットが提供される。

午後十二時二十分、昼飯時ということもあり、茶楼のテラス席は空いていたので見晴らしがいい一番外側の席に座った。

「ここも景色は最高ね。テラスだけに気持ちがいいわ」

美香はテラスの手すりにもたれ掛かって微笑《ほほえ》んだ。

雲は多いが日差しはある。気温も十八度まで上がっているので寒くはない。

「悪くないな」

基隆港と沖合三キロにある小島まで見渡すことができる。浩志はサングラスをかけて革のジャケットを脱ぐと、セーターの袖を捲《まく》った。食事をしたせいで暑く感じる。

襟《えり》が立てられた赤い唐シャツを着たウエイトレスが、美香に竹の板で作られたメニューを渡した。各種お茶のセットが書かれている。観光地設定なのか料金は四百元から一千元と、なかなかの値段だ。

「凍頂《ドンディン》烏龍茶のセット二つ」

美香はメニューをウエイトレスに返すと、流暢な台湾語で注文した。

彼女に何カ国語話せるか聞いたことはないが、少なくとも中国語、台湾語、英語、フランス語が話せるようだ。兄の啓吾も十数カ国語話せるらしいので、言語能力は遺伝なのかもしれない。

凍頂烏龍茶は、台湾を代表する烏龍茶で日本の緑茶に似ているが、爽《さわ》やかな香りとまろやかな風味が楽しめる。この店では、セットで六百元とそこそこの高値だ。

「うん？」

浩志は三つ離れた席に座った銀髪を後ろでまとめた男に目を留めた。

五十代半《なか》ば、身長は一七七、八センチ、ハイネックのセーターにツイードのジャケットを着ている。小さな銀色のアタッシェケースを椅子の下に置いた。観光客に見えなくもないが、アタッシェケースは場違いである。

背は浩志と変わらないが、がっしりとした体格で首も太い。年齢の割に鍛えているようだ。眉毛が太く、口髭《くちひげ》を生《は》やしている。瞳はブラウンだが、彫《ほ》りが深いので欧米人の血が混じっているのかもしれない。

席に座る際に目が合ったので浩志に黙礼をしてきた。サングラスをかけているので、男に視線が分かるはずがない。浩志は男を無視した。

男に背を向けて座っている美香は、浩志の微妙な動作の変化に気付いたらしい。勘の鋭い女である。

「どうしたの？」

「なんでもない」

浩志は軽く首を横に振った。

待つこともなくウエイトレスが、茶器を入れた陶器製の茶盤を持って現れた。茶盤は茶器を載せる台で、中にお茶やお湯を捨てることができる。また、茶器を納める収納箱としての役割もある。

「お手本はいいですか？」

ウエイトレスは茶盤から茶器を出しながら、お茶の入れ方を教える必要はあるかと尋ねてきた。この店では主に日本人観光客には、一杯目のお茶を入れるサービスをしているらしい。

「知っているから、大丈夫よ」

美香は笑顔で断ると、やかんを受け取り、茶壺（急須）と茶海（ポット）と茶盃（湯のみ）にお湯を注いだ。温まるのを見計らって茶壺のお湯を茶盤に捨てた美香は、茶葉を入れてやかんからお湯をなみなみと注ぐ。茶壺からお湯があふれたところで蓋《ふた》をして、今度はやかんのお湯を直接茶壺にかけはじめた。

「このお湯で蒸らすのが、ちょっとしたこつなの」

美香は鼻歌まじりに作業を続け、茶海と茶盃のお湯を捨てた。

浩志は美香の作業を見守りながら、前方の席に座っている男を見た。男は三つの茶盃を用意している。後から誰か来るようだ。

美香はお湯を捨てた茶海にこし器を載せて蒸らしを終えた茶壺の茶を入れ、冷めないうちに茶海から二人の茶盃にお茶を注いだ。

見計らったようにウエイトレスが、小皿に載せたお菓子を持ってきた。

「どうぞ召し上がれ」

美香に茶盃を渡された。

「ふうむ」

茶盃から繊細《せんさい》な香りがする。確かにこれまで飲んできた烏龍茶とは違い、えぐみがなくまろやかな味だ。風味は烏龍茶でありながら日本の緑茶にもどことなく似ている。

「落ち着くわね」

お茶を飲んだ美香は、目の前の小皿から緑色の落雁《らくがん》のようなお菓子を手で摘んで口に運んだ。うぐいす豆をすり潰して固めた緑豆糕《リュードウガオ》という菓子らしい。他にも黒砂糖で作ったお菓子を載せた皿もある。

「おいしいわよ。食べないの？」

付き合いも長いのに美香は、甘い物が苦手な浩志に尋ねてきた。

「お茶だけでいい」

苦笑を浮かべた浩志は左手を振った。ここでちゃんと拒絶しておかないと、また無理矢理食べさせるに決まっているからだ。

「あのう、あちらのお客様からです」

ウエイトレスがお茶を入れた茶盃をテーブルに載せてきた。

浩志がウエイトレスの指し示す方向を見ると、例の男が笑顔を浮かべて頭を下げてみせた。余分にあった茶盃は、浩志らのために頼んだようだ。

「いい香り、これは梨山《リーシャン》烏龍茶ね」

美香はすぐに茶盃を手に取って香りを確かめた。

梨山烏龍茶は海抜二千メートル以上で生産される高冷茶で、特に寒い冬に摘んだ茶葉は人気があり、十グラムで四千円前後もする高級な物まである。この店では梨山烏龍茶のセットは、一千元（二〇一四年現在約三千八百円）と一番高い値段だ。

「振り返るな」

浩志は後ろを向こうとした美香に首を振ってみせた。不用意に彼女まで顔を見られることを嫌ったのだ。台湾の一般人が、たまたま親切に接してくれたとは考えられない。必ず裏があるはずだ。

「どうぞ、遠慮なくお飲みください」

男は掌《てのひら》を上げて中国語で促した。

「むっ……」

浩志の眉間《みけん》に皺が寄る。

男の声に聞き覚えがあった。

五

二〇一三年二月、浩志と傭兵仲間はフィリピンのボラカイ島にあるリゾートを襲撃した武装勢力と闘った。武装勢力はイスラム過激派であったが、彼らに資金援助をしていたのは〝レッドドラゴン〟と呼ばれる国際犯罪組織であることまでは分かっている。

〝レッドドラゴン〟の正体は定かではないが、影の中国共産党とも呼ばれ、中国を闇で操っている存在らしい。組織自体は担当地区ごとに指導者がおり、日本の担当者は中国語でトカゲを意味する蜥蜴《イーシー》で、東南アジアの担当は馬用林《マーヨンリン》という偽名を使っている。

浩志はボラカイ島を襲撃した武装勢力の指揮官から衛星携帯を奪い、作戦終了後に携帯に連絡を入れてきた馬と会話をしていた。

〝阿妹茶楼〟の三階テラスで浩志と美香に茶を振る舞った男の声は、馬に似ていたのだ。

衛星携帯で音声も悪かったため絶対とは言えないが、浩志の第六感が警告シグナルを発している。

「待っていてくれ」

美香を置いて席を立った浩志は男の前の席に座り、サングラスを外した。

男は鋭い眼光で浩志をじっと見つめている。

「馬用林か?」

唐突に浩志は英語で尋ねた。

「覚えていてくださったようだ。光栄です」

馬は丁寧《ていねい》に頭を下げ、英語で答えた。

「中国人じゃないのか」

馬用林という偽名に惑わされた。しかも〝レッドドラゴン〟は中国の犯罪組織だと思っていただけに白人というのは意外である。もっとも世間を騒がせているイスラム過激派組織イスラム国(IS)に、白人のテロリストが大勢いることを考えれば不思議ではない。

「〝レッドドラゴン〟で働いているのが、中国人とは限りませんよ」

馬は低い声で笑った。

「どうして俺のことが分かった?」

表情を変えずに浩志は尋ねた。馬が所属している〝レッドドラゴン〟からは何度も命を狙われている。だが、不思議と目の前の男には何の感情も湧かなかった。

「偶然です。昨夜〝ブラウン・シュガー〟にいらしたあなたをたまたま見かけましてね。私はあの店の常連なのです。もっともあなたほどの有名人なら、中国圏に近付けばすぐに存在は分かります。ご挨拶《あいさつ》しようか迷いましたが、あなたがお仕事で来台している可能性もありましたので、様子を見ることにしました。今日のあなたの行動を見る限りは、ガールフレンドと一緒に観光を楽しんでおられると判断し、ご挨拶した次第です」

馬は浩志から目を離さずに答えた。嘘ではなさそうだ。

「おまえは、仕事で来ているのか？」

台北のジャズバーが常連というのなら、馬のアジトは台湾にあるのかもしれない。〝レッドドラゴン〟の東南アジア担当というのなら、あり得る話だ。

「これまで台湾に来るのは、単に個人的なことでした。しかし、今回は台湾騒動の後始末をさせられる羽目《はめ》になったのです」

馬は肩を竦めてみせた。

台湾騒動というのは、馬英九《ばえいきゅう》総統が台湾と中国との〝サービス貿易協定〟の批准《ひじゅん》を強行しようとしたために、二〇一四年三月十八日に学生が立法院を占拠した学生運動のことを言っているのだろう。

学生を中心とした運動は瞬く間に市民にまで裾野《すその》はひろがり、様々な問題が露呈《ろてい》した。

結果〝サービス貿易協定〟を押し進めていた国民党と政権の支持率は著《いちじる》しく落ち、十一月二十九日の統一地方選挙で国民党は大敗し、馬英九は国民党の主席辞任に追い込まれた。十二月現在、〝サービス貿易協定〟は宙に浮いた状態になっている。

「中国の台湾支配が遠のいたからか」

浩志は鼻先で笑った。

「実は蜥蜴が極東の担当で、日本、韓国、台湾における工作活動をしていたのです。彼は学生を貶《おとし》めるような情報を流したり、台湾ヤクザを雇ったりと裏工作をしましたが、いずれも逆効果で市民の反感を買って失敗をしました。おかげで私は台湾の経済界に中国離れをしないように働くことになったのですよ。地味なしごとだけに時間が掛かります」

まるで中国の政治家のような口を馬はきいた。実際、表立って動けない中国政府の要請を受けて動いているのだろう。

「あいつに借りを返したい。今どこにいる?」

蜥蜴はパキスタンの軍統合情報局に所属していたダニエル・クロスマンと共謀し、日本政府を陥《おとしい》れるために二〇一三年六月に尖閣《せんかく》諸島沖で操業していた漁民を拉致した。浩志率いるリベンジャーズは、中国の上大陳《シャンダーチエン》島に囚《とら》われている漁民を救出するために蜥蜴配下の特殊部隊と壮絶な闘いをして漁民の奪回《だっかい》に成功している。その後、ベイルートに潜んでいたクロスマンをワットが抹殺《まっさつ》したが、蜥蜴の居所を知ることはできなかった。

「台湾事業の失敗で、降格させられて上海にいます。あの男は非常に用心深いので私でも所在は突き止められません。ただ、あなたが今台湾にいるということは教えましたので、そのうち台湾に来るでしょう」

馬は嬉しそうに言った。

「俺を殺しにくるのか。おまえは、何を企んでいる?」

浩志の命を狙うのなら、昨夜からいくらでもチャンスはあったはずだ。にもかかわらず、浩志に蜥蜴の情報を教えるのはレッドドラゴンにとって裏切り行為である。

「レッドドラゴンでは、あなたに構ってはいけないという指令が出ています。あなたとかかわっても採算があいませんからね。私は意地汚い蜥蜴という男が許せないだけです。できれば、彼を抹殺したいのですが、組織にいる以上それはできません。それだけのことですよ」

馬はにやりと笑ったが、目は冷徹《れいてつ》な光を帯《お》びていた。

「蜥蜴が俺の命を狙うから、返り討ちにしろということか」

浩志は表情も変えずに聞き返した。馬の話は殺害を依頼しているのと同じである。

「あなたなら、簡単なことでしょう。ただ、蜥蜴は姑息《こそく》な手段を用いることで組織の中でも有名です。それに腕利きの部下もいる。本来なら台湾攻略に失敗した責任を取らされて死刑になってもおかしくないのに、まだ生きているのは、それだけ腕を買われているからです」

馬は鼻の頭に皺を寄せて言った。よほど蜥蜴のことが嫌いなのだろう。

「面白い」

浩志は僅かに口元を緩めた。

「先ほどのお茶はお気に召しませんでしたか。毒は入っていませんよ」

「茶を飲んでくつろぐ習慣がないだけだ」

「お近づきの印と思ったのですが、それでは、これはどうでしょうか？」

馬は椅子の下に置いてあったアタッシェケースをテーブルの上に載せ、ロックを外して浩志の方に向けた。

「むっ」

浩志は右眉をぴくりと上げた。

アタッシェケースにはグロック19と予備のマガジンが入れてあった。

「よろしければ、差し上げます。蜥蜴も手下も間違いなく銃を携帯しているはずです。遠慮はいりませんよ」

「借りを作るつもりはない」

浩志はアタッシェケースの蓋を閉じた。

「疑り深い人だ。私はあなたに恩を売るつもりはありませんが……」

馬は渋い表情を見せた。

「俺に構うな」

浩志は右手を横に振った。

「そうですか。……それでは、せめてこれだけでもお受け取りください」

馬はジャケットのポケットから封筒を出して浩志に渡してきた。

封筒には、数人の男に囲まれた中年男が写っている写真が三枚入っていた。

「二ケ月ほど前に撮った写真です。三枚とも中央に写っているのが蜥蜴で、周囲の目付きの悪い男たちは彼の手下です」

馬は小さなカードに何かを書きながら説明をした。

「これはもらっておくが、俺がおまえの意図を汲んだとは思わないことだ」

浩志は写真を封筒に仕舞った。馬の情報を鵜呑《うの》みにするつもりはない。傭兵代理店に画像を送り、分析をさせるつもりだ。

「これは私の名刺です。裏に台湾の武器商の住所を書いておきました。私の名前を出せば安く手に入れられます。武器が必要な時にご利用ください。私はこんな些細《ささい》なことで恩を売ったとは思っていませんから」

苦笑を浮かべながら馬は名刺を差し出してきた。表には名前とモバイルフォンの番号が記載されている。

「そんなに蜥蜴が憎いのか」

浩志は名刺を受け取った。美香も一緒ということを思えば、武器はあった方がいい。自分の金で買うのなら、馬に借りを作ったことにはならないはずだ。

「私は蜥蜴に嫌悪感を覚えるだけです。憎んでいるのは実は彼の方なんです。私は期せずして、日本の担当に昇格しました。馬は私を逆恨《さかうら》みしているのです。あの男なら私を背中から撃つことも平気でしょう。そうなる前に消えてもらいたい。あなたが正当防衛で馬に銃を向けることに何の問題はありません。あの男が死んだからといって、組織も気にしないでしょう」

馬は真剣な眼差《まなざ》しで答えた。

「むしのいいやつだ」

浩志は名刺をポケットに突っ込み、席を立った。

六

三日分の食料を購入した啓吾と恵利は、契約した賃貸マンションに戻っていた。時刻は午後三時四十分、一度で大量に購入するのを避けて二回に分けて買い出ししたために時間がかかった。

「やれやれ、買い物がこんなに大変だとは思わなかった」

啓吾は額に汗を浮かべながら食料を台所の棚に詰め込んだ。

「普段仕事が忙しくて買い物も満足にできないから、私は楽しかったわよ。あなたも飲む？」

恵利は啓吾が冷蔵庫に仕舞ったばかりのオレンジジュースのパックを出し、使い捨ての紙コップに注いでいる。

「そろそろ、証人のトレバー・ウェインライトのことを詳しく教えてくれないか。私も君と情報を共有していないと任務に支障をきたすから」

オレンジジュースを受け取った啓吾は、キッチンカウンターに備え付けの座面の高い椅子に座った。父親の誠治からは詳しく電話で聞いているが、ウェインライトが台湾で今何をしているのかまでは聞いていなかった。

「別に情報を出し渋《しぶ》っているわけじゃないの。前も言ったけど、私の持っている資料が十年前のものだから慎重にならざるを得ない。もし、十年前と同じ場所に住んでいたら苦労しないわ。残念なことに、資料に記載されていた連絡先の電話番号は現在使われていない。だから直接現地に行って調べるほかないの」

恵利は額に皺を寄せて首を振った。資料はすべて彼女の頭の中にある。もし、敵対する勢力が存在した場合、証拠となるような書類を持っているのは危険だからだ。

「続けて」

啓吾は舌打ちをして話を促した。

「十年前に組織は、ウェインライトにフィル・ハリソンという名前の米国籍パスポートをはじめ、台湾での身分証明書も作成している。また、中国語が片言しか話せない彼に、呉《ウー》恵民《フェイミン》という台湾人の付き人を紹介したらしい。彼は組織とは関係ないけど、米軍人として十年働き米国の市民権を獲得した人物で身元は保証されていた。ウェインライトの当時の住まいは台北の峨眉《ガーメイ》街にあるマンションよ。マンションは現在もあることはすでに確認してあるわ」

「峨眉街ならここからさほど離れていない。車なら十二、三分だろう」

啓吾はちらりと恵利を見た。すぐに行くか尋ねたかったが、その前にやることがあると説教されると思ったからだ。

「オレンジジュースをもう一杯飲んだら出かけるわよ」

恵利は啓吾の視線に気が付いたようだ。

「私ももう一杯貰うよ」

啓吾はコップのジュースを飲み干した。

十分後二人はレンタカーのアコードに乗っていた。台湾で日本車は圧倒的に多い。親日国の台湾では日本製品への信頼があるのだ。

一旦北に進み市内の東西を通る仁愛路《レンアイ》を西に進む。街路樹が鬱蒼《うっそう》と茂り、中央分離帯の椰子《やし》の木が風に揺れている。なんとも心地の良い通りだ。運転は恵利がしている。彼女は運転に絶対的な自信があるらしく、啓吾と代わろうとはしない。

やがて清《しん》の時代に築城された台北府城の東門だった景福門《ジンフーメン》が中央にあるラウンドアバウトを通り、台湾の元首および首脳の官邸である中華民国総統府の前で右折する。中華民国総統府のビルは日本統治時代に台湾総督府として建てられた建造物で、文化遺産として大切に保護されている。恵利は総統府前の通りである重慶《チョンチン》南路一段が渋滞することは分かっていたが、あえて通ったらしい。

「大丈夫そうだな」

啓吾はバックミラーとサイドミラーで後続の車を確認した。車の量は増えるが、速度を落とす必要があるため尾行を確認するには都合《つごう》がよかった。恵利も総統府を間近で見るため重慶南路一段に入ったわけではなさそうだ。

「あらっ、情報員の教育を受けていない割りには、色々なテクニックを知っているのね」

恵利は啓吾が尾行の確認をしたことに感心したらしい。

「テクニックというほどのものじゃないだろう」

啓吾は苦笑いをした。子供の頃から啓吾と美香は、語学の他にも海外で生活する上で身を守る最低限の知識として銃や格闘技、車の運転や尾行者への対処法など情報員としてのテクニックを叩き込まれている。

誠治は子供たちにキャッチボールを教えるかのように、情報員としての英才教育をしたのだ。おかげで啓吾は普段から尾行や監視の有無を確認する癖がある。

恵利は台湾の官庁が集中する台北府城跡のエリアを抜けて成都路《チヨンドウ》から峨眉街に入った。台北は台北府城跡の東側は栄えているが、西側は開発が遅れ街の景観もかなり寂れている。

「さて宝探しに行きますか」

峨眉街の駐車帯に車を停めた恵利は、明るく言った。パスポートは三十二歳になっていたが、実際は三十代半ばだろう。いつも落ち着いており、何度も修羅場《しゆらば》を潜ってきたに違いない。台湾には、駐車可能な道路には道路の端に白線で枠が描かれている。日本と違うのはバイク用の駐車帯が多いことだ。

「本当の宝ならいいけどね」

頷いた啓吾は、彼女の前に立って歩いた。聞いた住所からすでに目的地は頭に入っている。通りは一方通行だが道の左右に設けられた駐車帯を除いて二車線あるのでゆとりがある道だ。

啓吾は六階建てのマンションの前で立ち止まった。一階は商店だったらしいが、現在はシャッターが下ろされている。日本語で売り出し中を意味する〝出售《チユシヨウ》〟と書かれた垂れ幕が掛けられたビルがあちこちにある。開発が遅れたシャッター街に来てしまったようだ。

「このマンションか、しかしなあ」

閉店した店の脇にマンションの入口を啓吾は見つけた。〃浜離宮〃と書かれた看板がある。マンションの名前らしい。台湾には日本の地名や人名が付けられた建物をよく見かける。親日ということもあるが、日本名にすることでブランド化するようだ。

玄関ドアの横に〃出售・整棟〃と張り紙があった。ビルごと売るという意味である。ドアは施錠《せじよう》されておらず、エントランスにオートロックのドアも監視カメラもない。しかもエレベータに故障の二文字がペンキで書かれていた。築年数は二十年前後らしいが、地域が衰退《すいたい》し、メンテナンスが行き届かずに老朽化《ろうきゆうか》が激しいのだろう。

「どうりで電話が通じないはず。彼がここにいなければ、不動産会社を調べるほかなさそうね」

恵利は苦笑いを浮かべた。

二人は階段を最上階まで上がり、廊下の奥へと進んだ。廊下のカーペットは薄汚れているが、ゴミは落ちていない。それに間引きされているが天井の蛍光灯は点《つ》いている。ときおり部屋から生活音が聞こえるので、住人はいるらしい。

六〇九号室のインターホンを押した。反応がないので、鉄格子《てつごうし》のドアノブを回したが、ロックされている。台湾に限らず、中国や東南アジアでは泥棒《どろぼう》対策として入口は二重のドアになっており、外側は頑丈な鉄格子というのが一般的だ。

「うん？」

背後に気配を感じた啓吾が振り返ると、斜《なな》め向かいの部屋のドアが少し開いて老人が覗いていた。老人は啓吾と目が合うと、音を立ててドアを閉めた。

「すみません。私は保健所の者です。前のお宅のことでお伺いしたいことがあります。ご迷惑はお掛けしません。少しだけお時間をください」

啓吾はドアが閉じられた部屋のインターホンを押した。へたに警察を名乗って構えられても困るので、保健所を騙《かた》ったのだ。

「保健所？」

ドアの隙間から白髪頭の七十代と思《おぼ》しき小柄な男が顔を見せた。

「六〇九号室にフィル・ハリソンという米国人が住んでいたはずなんですが、知りませんか。米国の保健所から問い合わせがありまして、連絡がつかないので困っているのです」

啓吾は鉄格子の隙間からトレバー・ウェインライトの写真を男に見せた。

「確かに白人がいたねえ。この写真と違って髪は金髪じゃなくて黒かった記憶がある。だけど、五年前にどこかに引っ越したのか、見かけなくなったよ」

部屋から出て来た老人は、写真を見て顔中に皺を寄せて答えた。古い写真なので戸惑《とまど》っているらしい。ウェインライトは、金髪は目立つために髪を染めていたようだ。

「彼の世話を呉恵民という台湾人がしていたはずなんですが、知りませんか?」

啓吾は質問を続けた。

「あんたたち本当に保健所の人かね?」

老人は訝《いぶか》しげな目で啓吾と恵利を交互に見た。

「と、言いますと?」

曖昧《あいまい》に啓吾は聞き返した。

「呉恵民は、五年前に近所の路上で泥棒に殺されたんだ。いい人だったのにねえ。だから白人は怖くなって逃げ出したんだろう」

老人は鼻から荒々しく息を吐いた。

「そっ、そうですか……」

絶句した啓吾は恵利と顔を見合わせた。

証人探索

一

馬用林と会った後も浩志と美香は〝九份〟の観光を堪能《たんのう》した。もっとも喜んでいたのは彼女だけである。浩志は普段にも増して神経を研《と》ぎすましながらも普通を装った。

〝九份〟を出た二人は、台北のランドマークでもある地下五階、地上百一階、高さ五百八メートルの高層ビル〝台北１０１〟のショッピングモールで買い物をした。二〇〇四年に竣工《しゅんこう》した〝台北１０１〟は、ドバイのブルジュ・ハリファが二〇一〇年に建つまでの六年間、世界一の高さを誇っていた。だが、現在も台湾きってのランドマークであることに変わりはない。

美香には馬用林のことを〝九份〟から戻る途中、車の中で充分説明したのだが、意に介さずにショッピングを楽しんだ。浩志が最強のボディーガードと思っているからだろう。

もっとも彼女も元々格闘技に秀《ひい》でていたが、浩志が一年に亘《わた》ってマンツーマンで古武道を中心に実戦的な闘い方を教えたので腕に自信があるからに違いない。

〝台北101〟は地下一階から地上五階までがショッピングモールで、地上階には化粧品からファッションまで様々な一流ブランドのショップが並び、中には日本未上陸のブランドまである。無粋《ぶすい》な浩志には理解できないが、美香の目の色が変わるのも当然なのだ。

ショッピングを終えてグランド・ハイアットに二人が戻ったのは、午後八時を過ぎていた。彼女はまた夜市に繰り出すつもりだったらしいが、ホテル内でおとなしく食事をすませている。満足な武器も持っていない以上、夜の街に出かけるのはリスクが高い。それに一般人を巻き込む惨事《さんじ》になりかねないと忠告したら、さすがの美香も外出を断念した。

「お先に」

午後九時二十分、バスローブ姿の美香は、長い髪をタオルで巻き付けながらシャワールームから出てきた。女性がメイクも落としてもっとも無防備になる瞬間である。だが、彼女の場合、素顔になると不思議と若く見えるのだ。母親がロシア系の日本人ということもあり、彫りが深く顔立ちがはっきりしているせいかもしれない。

テレビでニュース番組を見ていた浩志は、シャツをベッドに脱ぎ捨てて足取り重くシャワールームに入った。

シャワーのコックを捻り、背中から熱いお湯を浴びながら思わず「疲れた」と呟《つぶや》く。

戦場で疲労困憊《こんぱい》の状態でも決して「疲れた」とは口にしない。人間は自ら発した言葉に影響を受けるからだ。だが、どこから狙撃されるかも分からないような街中でショッピングに付き合うというのは、本当に疲れる。それに人ごみの中を歩き続けるというのは、ジャングルや砂漠のような過酷な環境下での行軍より体力を消耗《しょうもう》するのだ。

「うん？」

浩志はコックを閉めてお湯を止めた。部屋の呼び鈴が鳴ったのだ。バスタオルで体を拭《ふ》き、パンツとジーパンを穿《は》くと洗面台に載せておいた特殊警棒を握った。

美香が洗面所に駆け込んで来る。浩志は上半身裸のまま足音を立てないように出入口のドアの覗き穴から廊下を確認した。

顔の長い初老の男が、スーツ姿で立っている。

「……」

浩志は苦笑を浮かべてドアを開けた。

「今晩は、しっ、失礼しました。入浴中でしたか。出直します」

日本の傭兵代理店の社長である池谷伍郎《ごろう》であった。左手に大きな紙袋を提げている。

「入ってくれ」

浩志は顎で室内を示して池谷を部屋に入れた。

「すみません。内線電話で確かめるべきか迷いましたが、自分の部屋が盗聴されていないか確認していませんので直接お伺いしました」

　頭を掻きながら池谷はソファーに座り、紙袋を脇に置いた。

「暇なのか？」

　浩志はミニバーのカウンターに特殊警棒を置き、グラスを二つ用意すると、ターキーを注いだ。美香と買い物を付き合って、酒だけは唯一自分のために購入している。

「暇ということもありますが一年ほど日本を離れていませんので、たまには私も海外で仕事をしてもいいのじゃないかと思いましてね。それに台湾には古い友人もいます。仕事が終わったら、旧交を温めるつもりです」

　池谷は馬のような丈夫な歯を見せて笑い声を上げた。仕事というより単に旅行がしたかったのだろう。

　浩志は馬用林と会った直後に傭兵代理店に連絡して、武器の調達を依頼している。馬からは台湾の武器商の連絡先を貰っていたが、そこから購入するつもりはなかった。馬を信用していないこともあるが、武器商は台湾の裏社会と繋がっているに違いない。武器を手に入れても先々でトラブルが生じる可能性がある。

「気楽なもんだ」

　ターキーのグラスをガラステーブルに置いた浩志は、池谷が床に置いた紙袋をちらりと見た。

「失礼しました。ただいまご用意します。実を言うと、今日のスケジュールが空いていたのは私だけだったのです。零細《れいさい》企業は大変なんですよ」

浩志の視線に気が付いた池谷は、紙袋から二つの小さな段ボール箱を出して開封した。

一つ目の段ボール箱から出てきたのは、ビニール袋に入れられた銃の部品である。

「よく空港で捕まらなかったな」

部品を見た浩志は口元を弛《ゆる》めた。

「蛇《じゃ》の道は蛇《へび》です。X線で調べた際に実験器具に写り込むように内部に特殊なフィルムが貼られているのです。大抵の国の税関で通過しますよ。もっともイスラエルの空港だと様々な方向からX線をかけられますので、中身を出して調べられるかもしれませんね。この最先端技術はごく最近に開発した当社の自慢の技術で、CIAやMI6でもまだ使われていないはずです」

池谷は自慢げに説明しながら、ビニール袋をパーツごとに並べた。

「俺がやる」

浩志はビニール袋を破って部品をガラステーブルの上に並べると、手際よく組み立てはじめた。軍隊では銃の分解や組み立てを厳しく訓練する。米英の特殊部隊では目隠しをさせるほどだ。むろん浩志は、目を閉じても完成させることができる。

「さすがですね」

瞬く間に二丁のグロック26を組み立てた浩志を池谷は首を振って感心しているが、二十年以上傭兵をやっていれば当然のことだ。

「弾丸をくれ」

漫然と浩志の作業ぶりを見ている池谷に催促《さいそく》した。

「すみません」

慌てて池谷は別の段ボール箱を開けて真鍮《しんちゅう》製の太いパイプを四本出し、テーブルの上に並べるとパイプの端に留められている金属製の蓋のねじを回した。

「多額の追加料金を払って持ち込むと怪しまれますので、弾丸は百発だけ持ってきました。もっとご入用でしたら、深夜の便で中條《なかじょう》君にでも持ってこさせます」

ポケットからハンカチを出してテーブルの上に置いた池谷は、パイプを傾けて中から9ミリパラベラム弾を出した。パイプはX線で写らないように工夫された特殊なケースのようだ。

「二百発は最低欲しい。追加してくれ」

浩志は空のマガジンに弾丸を込めながら言った。銃撃戦になれば銃弾はいくらあっても足りなくなる。

「今晩は」

洗面所からジーパンにタンクトップと、ラフな格好に着替えた美香が出てきた。短時間でメイクもしたようだ。

「失礼しています」

立ち上がった池谷は、眩しそうに美香を見て頭を下げてみせた。

「グロック26ね。私の分もあるの?」

二丁のグロックを見た美香は、目を輝かせながら浩志の隣りに座った。

彼女には銃を調達したことは言ってなかったのだ。

「もちろんですとも」

池谷はにやけた表情で浩志が組み立てたグロックを美香に渡した。タンクトップから胸の谷間が見える。男は誰でも簡単に彼女に凋落《ちょうらく》されてしまうのだ。もっとも彼女にその気はないが。

「よし」

浩志は弾丸を詰めたマガジンをグロックに装塡した。

二

翌朝、浩志はホテルのジム〝クラブオアシス〟で二時間ほど汗を流した。いつでも闘える体を保つには、毎日の運動を欠かさないことだ。美香もしっかりとトレーニングに付き合っている。

二人は三年前にランカウイ島で一年間、大自然の中でともに暮らし、体を鍛えた。彼女も鍛えるだけでなく体質を改善し以前にも増して健康になっている。以来、浩志のように早朝のトレーニングは欠かさないようだ。

午前九時、トレーニング後にシャワーを浴びた二人は、朝食を食べるためにホテルを出た。レッドドラゴンで蜥蜴のコードネームを持つ男から命を狙われていると、馬用林から忠告を受けている。昨夜グロック26を手に入れたために大胆になっているわけではない。外出して身を曝《さら》け出すことで蜥蜴をおびき出すのが目的である。

もっとも、外食を望んだのは美香で、朝食にちまきが食べたくなったと言い出したのだ。雨期にもかかわらず二日続けて太陽が顔を覗かせたのも理由らしい。

二人とも腰の上に銃を納めることができる特注のホルスターにグロックを入れている。ホルスターも池谷が持ち込んだものだ。浩志は革ジャンで、美香はコートではなくウールのジャケットを着て隠している。

「朝はやっぱり気持ちいいわね」

グランド・ハイアットの前にある公園に面した基隆路一段の歩道を歩きながら、美香は両手を上げて深呼吸をした。公園は地下駐車場の地上部を緑地として整備されたもので、人工の森や池もある。青々とした街路樹に公園の緑が目に優しい。雲の切れ目から薄日が差し、気温は十七度ほどで快適である。

百五十メートルほど歩くと、正面に台北市議会の庁舎があり、右の突き当たりには市役所である台北市政府庁舎が見える三叉路の交差点に出た。

道を渡って左に曲がり、仁愛路四段に入ると、右手に森のように樹木が生い茂る〝中山公園〟があった。台湾に限らず中国本土でも中山という名前の公園や道路をよく見かけるが、これは中国建国の祖と言われる孫文《そんぶん》が、死後に孫中山と敬意を込めた号で呼ばれるためである。

急ぐわけでもないのでのんびりと一・二キロほど進み、仁愛敦南圓環という直径百三十メートルほどもあるラウンドアバウトも抜けて1ブロック先の交差点の角にある〝九如《ジウルー》〟という店に入った。知る人ぞ知る台湾チマキの名店である。

午前九時開店ということで、客はまだかぞえるほどしかいない。二人は店の奥にある四人席に座った。狙われていると分かっているので、道路に面した窓際の二人席は避けたのだ。

開店そうそうということもあるのだろうが、女の従業員が中央の丸テーブルでワンタンの下ごしらえをしていた。堂々と準備しているのでパフォーマンスかと錯覚《さっかく》すら覚える。実際、ワンタンの皮に具を包む手際の良さに思わず見とれてしまう。

店の奥にはガラスの棚があり、一つ五十元の小皿料理が並べてある。日本の昔ながらの大衆食堂のように客が自由に取っていいようだ。種類も沢山あり、食欲がそそられる。
「湖州鮮肉粽《フージヨワシエンロウゾン》、豬油豆沙粽《ヂユヨウドウシヤゾン》が二つずつ。それに酒釀湯《ジユニアタン》の卵入り、それから豆沙湯圓《ドウシヤタンエン》は……」

店の従業員に次々と注文していた美香は、ちらりと浩志を見た。

一応メニューに目は通したが、品数が多すぎて彼女に任せたのだ。いつものことだが、美香はグルメなのでチョイスに間違いない。だが、豆沙湯圓は小豆《あずき》が入った餅なので彼女の分だけでいいと、浩志は指を一本立てた。油断すると、浩志の分までデザートを注文されてしまう。

待つこともなく、豆沙湯圓以外の品がテーブルに載せられた。酒釀とは甘酒のことで、もろみのスープに卵が溶かしてある。中に胡麻餡《ごまあん》団子が入っていたが、美香に譲ってスープだけ飲んだ。はじめて口にする味だが、もろみと卵が上品な絡みをみせる。悪くはないが女性向けの味だ。

一口でスープを美香に譲った浩志は、肉チマキである湖州鮮肉粽を箸で摘んで頰張った。チマキと言っても混ぜご飯のように具が一杯はいっているわけではない。柔らかく煮込まれた角切りの豚肉を餅米で包んであるのだ。だが、味が染み込んだ肉と餅米が絶妙のハーモニーを醸《かも》し出している。

「うまい！」

浩志が唸ると、

「美味しい！」

美香も同時に声を上げた。

「朝からラブラブね」

美香は嬉しそうに笑う。

「……」

浩志は鼻で笑って答えた。口には出さないが、五十を迎えたおやじにラブラブという言葉は使わないで欲しい。

「こっちもおいしいでしょう」

肉チマキを食べ終えて豬油豆沙粽を頬張る浩志に、美香は悪戯っぽく尋ねた。餅米の中身は小豆である。豆という文字で気が付くべきだった。日本のあんころ餅の逆バージョンという感じである。だが、甘さは控えめで甘党でない浩志でも食べられ、どちらかというとうまい。

「まあまあだ」

浩志は表情も変えずに頷いた。うまいとは言いたくない。辛党の看板は下ろすつもりはないのだ。

チマキを食べ終わるのを見計らっていたらしく、デザートである豆沙湯圓が出てきた。

温かい砂糖水に浸かった小豆入り餅団子である。

「食べない？」

美香がスプーンに載せて浩志の目の前に上げる。

「食わん」

口を固く閉ざし、顔を背《そむ》けた。美香はどうしても浩志を自分と同じ甘党にしたいのだ。魂胆《こんたん》は分かっている。時折彼女はケーキの専門店や甘味処の話をするので、その手の店で浩志と一緒に食べたいのだ。店中に甘い香りが充満した空間など考えただけで寒気がする。

「うん？」

店の窓から不自然に通り過ぎた通行人が見えた。浩志がふいに窓の方に顔を向けたので慌てたのだろう。一瞬だが、はじめて見る顔だった。馬用林、あるいは蜥蜴の手下の可能性も考えられる。いずれにせよ朝っぱらからご苦労なことだ。

「湖州鮮肉粽をもう一皿くれ」

簡単に店を出てはつまらない。浩志は肉チマキを追加注文した。

三

散歩がてら朝食を食べた浩志と美香は、徒歩でホテルに戻った。途中まで二人の男が尾行していたが、ホテルに入る直前で姿を消した。

「メッセージが届いております」

フロントマンから声を掛けられ、メモを渡された。池谷からで戻ったら部屋に寄って欲しいという。

二人はエレベータで十一階まで上がった。浩志らがチェックインした部屋と同じフロアである。先に宿泊していた浩志らに池谷が合わせたようだ。傭兵代理店には銃弾と弾丸を支給するサービスを受けたに過ぎないが、池谷と深夜便で追加の弾丸を持ってきた黒川もまだ台湾に残っている。当初池谷は傭兵代理店のスタッフである中條を使うつもりだったが、黒川の都合がついたので頼んだらしい。

「どうぞ、お入りください」

部屋の呼び鈴を押すと、黒川がドアを開けた。

浩志は軽く頷き、美香と部屋に入った。

「わざわざお呼びたてしてすみません」

池谷はリビングルームの奥から頭を下げ、二人にソファーを勧めてきた。窓際にノートブック型パソコンを載せたデスクを移動させている。仕事をしていたようだ。

「二人で観光でもするつもりか？」

浩志はガラステーブルを挟んで、対面の椅子《いす》に座った池谷とミニバーでポットからコーヒーを入れる黒川を交互に見て言った。

「まさか、我々はお二人の身を案じているのです」

池谷は長い顔を横に振ってみせた。

「俺たちの？」

浩志は美香と顔を見合わせて苦笑した。台湾に来たのは、彼女から旅行に誘われたからだが、実際はボディーガードとして彼女の仕事に付き合ったからだ。個人的なことなので、池谷にはむろん話していない。

「銃を携帯しなければならない事情は、なんですか？」

池谷は渋い表情で尋ねてきた。銃を取り寄せたのでいらぬ心配をしているのだろう。

黒川がコーヒーを入れたカップを浩志と美香の前に置いた。

「銃は傭兵の身だしなみだ」

浩志はコーヒーカップを口元に寄せて笑った。

「私が心配しているのは、銃のことではありません。丁計劃《ディンジーファ》のことです」

池谷の目が鋭くなった。

「丁計劃?」

はじめて聞く名前に浩志は首を傾げた。

「藤堂さんが友恵《ともえ》君に送ってきた写真の人物です」

池谷は苛立ち気味に自分の膝を叩くと、黒川がノートブックパソコンをガラステーブルの上に置いた。

「何者だ?」

舌打ちをしながら浩志は聞き返した。馬用林から貰った写真の画像をスマートフォンで撮影して友恵に直接メールで送り、解析を頼んでいた。他言無用とは口止めしなかったので、彼女は池谷に報告したのだろう。

「丁は、以前中国人民解放軍総参謀部第二部に所属していたようです」

パソコンの画面に、馬から貰った写真の画像を表示させた池谷は、声を潜めて答えた。

「総参謀部第二部!」

画面の画像を見た美香は、両眼を見開いた。

総参謀部は中国の中央軍事委員会の執行部の一つで、現在は第四部まである。

第一部は人民解放軍の作戦計画立案と作戦の実行を指導するため作戦部とも呼ばれ、軍の最高機関の一つである。

第二部は情報部と呼ばれ、諜報設備の開発から国内外の軍事情報の収集や分析を行う軍事情報機関であるため、活動内容が公表されることはほとんどない。米国のＣＩＡと似た組織だ。

第三部は、通信情報を解析する部門で、第四部は技術偵察部と呼称されて、陸海空に次ぐサイバー戦線の軍隊という位置づけがある。有名なのは上海浦東新区《シャンハイプードンシンシン》に本部を置く61398部隊で、諸外国からは中国サイバー軍と呼ばれる。

中国は世界中にサイバー攻撃を仕掛けて軍事情報だけでなく様々な産業の情報を盗み出しており、米国は原発や鉄鋼、太陽電池関連の企業から情報を盗み出したとして61398部隊第三旅団の五人の将校を刑事訴追したこともある。

「友恵君が写真の人物を調べるためにペンタゴンのサーバーを調べた結果、〝総参謀部第二部に所属していた？〟と記されていたのです。データの巻末の記載で、情報源はＣＩＡということまでは分かっています。？の意味は、所在不明ということです。現在は他の部署になっているのか、あるいは第二部でもかなり機密性の高い作戦に従事しているのか分からないということでしょう」

池谷はトーンを落としたまま続けた。

「少なくとも死亡したわけではなさそうね」

美香は浩志をちらりと見た。馬から貰った写真のことを彼女に黙っていたので少々怒っているようだ。

「今は第二部にはいないはずだ。そいつは、蜥蜴というコードネームでレッドドラゴンに所属している。レッドドラゴンは、人民解放軍の裏の組織かもしれないな」

浩志はこれまでレッドドラゴンがかかわってきた事件を思い出していた。

フィリピン政府を貶《おとし》めるためのテロ活動、日本企業を標的にしたアルジェリアでのテロ事件、レッドドラゴンがかかわった事件はいずれも最終的には中国の利益に繋がっている。また、シリアの紛争地でも人民解放軍の最新の武器がテロリストに渡っていたことも気になっていた。いずれにせよ資金面や軍事的に規模が大きいため、中国共産党、あるいは人民解放軍がかかわっているはずだ。

「レッドドラゴン！」

池谷と美香が同時に声を上げた。浩志は池谷にレッドドラゴンの件を報告している。当然彼を通じて政府に情報は行っているはずだ。だから美香も驚いたのだろう。

「我々は知らない間に中国と闘っていたのですか？」

傍《そば》で聞いていた黒川が険しい表情で尋ねてきた。

「驚くことじゃない。これまで世界の紛争に米ロの影があった。そこに急速に発展した中国が加わっただけだ。国連の常任理事国が、国際社会を混乱に陥れて毒をまき散らしている。それが世界の現実なんだ」

浩志は冷めた表情で言った。

三

午前十一時、啓吾は峨眉街の駐車帯に停めた車の助手席で、ストロー付きドリンクを飲みながら通りを眺めていた。透明の容器には〃50嵐《ラン》〃と印字されている。

「このタピオカミルクティーは最高ね。ニューヨークでも絶対受けるわよ」

恵利は後部座席で啓吾と同じ飲み物を飲んでいる。助手席ではなく後ろに座るのは、通行人に煙草《たばこ》を吸うところを見られないようにするためだろう。

彼女は休憩《きゆうけい》と称して隠れるように煙草を吸うことがある。最近までヘビースモーカーだったらしく、禁煙を心がけてはいるが日に数本だが無性に煙草を吸いたくなるという。特に禁煙法が制定されている台湾の公共機関では、屋内外を問わずに禁煙になっているため、車内とはいえ気を遣っているようだ。喫煙所が限られているため、恵利は時おり啓吾の前からも姿を消す。

観光立国だから厳しいのかというとそうではなく、世界保健機関（ＷＨＯ）で採決された〃タバコ規制枠組み条約〃を台湾が守っているだけで、条約を無視している日本の方が世界からすれば非常識であり後進国と見られている。もっとも米国でも事情は同じはずだが、情報員という仕事柄、ストレスのはけ口に喫煙していたようだ。

「〝50嵐〟はチェーン店で、ここのソフトドリンクは台湾では、人気だよ。うまくて安いのはもちろん、果汁やタピオカやアイスをトッピングできるから種類も豊富なんだ。だから君の分はアイスもトッピングしておいた」

啓吾は通行人の様子を窺いながら言った。見知らぬ街では警戒心が特に強くなるため、無意識に人を観察してしまう。学生時代にドイツで父親の誠治が運転していた車が、銃撃を受け、一家もろとも暗殺されそうになったことがトラウマになっているのだろう。

「気が利くわね。疲れているから、甘いものが欲しかったの。大粒のタピオカも弾力があって、とても美味しい。あなたも台湾にはじめて来たんでしょう。どうでもいいけど日本の分析官って、そこまで調べるものなの？」

感心しながらも恵利は呆れているらしい。〝50嵐〟の店は、すぐ近くの西寧《シーニン》南路の商店街にあった。峨眉街のことを事前に調べていたので、啓吾は何気なく覚えていたのだ。

「まさか、台湾のホームページで峨眉街のことを調べていたら、たまたま目に入っただけだよ。甘党ということもあるけどね」

啓吾は記憶力が人より優れていることを自慢するつもりはなかった。特殊な能力で得をしているとは思われたくないからだ。だが見ただけで記憶できるという特技の持ち主は、留学先のドイツの大学でも何人も見かけた。ＩＱの高い人間には普通に備《そな》わっているらしく、特別という感覚は彼にはない。

「休憩したら、捜査を続けましょう」

恵利はタピオカを勢い良くストローで吸った。

「目処《めど》は？」

バックミラー越しに啓吾は尋ねた。

二人の使命は、トレバー・ウェインライトという米国人を保護することである。正直言って、彼を家から連れ出し、日本経由で第三国に連れて行けば仕事は終わると思っていた。

だが、ウェインライトは付き人であった呉恵民が殺害されたために失踪しており、行方《ゆくえ》を探すために昨日から彼の住んでいた街で聞き込みをしていたのだ。まるで刑事のような馴れない仕事で、啓吾はいささか疲れていた。

捜査は行き詰まっている。というのもウェインライトが近所付き合いを嫌っており、外出も控えていたため情報が極端に少ないからだ。外部との接触は世話役だった呉が一手に引き受けており、彼が殺されたために情報は途絶えていた。

「今日一杯は、この街で聞き込みをするわよ。捜査は私とあなたのたったの二人。時間が掛かるのは仕方がないでしょう。それに現地の人に直接話ができるのはあなただけ。頼りにしているわよ」

恵利は明るく言って笑ってみせた。美人というほどでもないが、笑うと愛嬌《あいきょう》のある女である。

「この任務に期限はないのかい？　捜査の結果が出なければ、打ち切りということもあるんだろう」

啓吾は日本に帰って通常業務に戻りたかった。現在の専門は中東の情報分析である。シリアだけでなく、イラク、アフガニスタン、リビアなど中東諸国の混乱は収まる兆《きざ》しを見せない。なかでもイスラム国と名乗る武装集団のテロは、世界的な広がりを見せている。

それだけに啓吾は中東情勢を分析し、政府に報告する義務があった。だが、啓吾がイスラム国は危険だと叫べば叫ぶほど、政府要人は聞き飽きたというのが現状である。米国からシリアを攻撃している有志連合に積極的に援助をするように要請があるためかもしれない。それに啓吾の忠告をまともに取り上げたら、国民が危機感を覚えてそれが足かせになる可能性があることを政府は危惧《きぐ》しているのだ。

「あなたの分析は、現在の中東とは関わりを持たなくするべきだと言っているのも同じ。そんな悲観的な分析を今の日本政府で役に立てようとする人間はいない。だから焦って帰ったところで、誰も気にしないわよ。むしろ長期出張を喜んでいるんじゃないの」

恵利は鼻先で笑った。

「そうじゃない。中東には人道支援は必要なんだ。貧困が貧困を呼び、テロが増える。私は、一般市民も巻き込む空爆主体の有志連合に日本は軍事面で協力してはいけないと言っているんだ。タイミングが必要だが、日本ならタリバーンやアルカイダをはじめとした武装組織に、対話で平和を持ちかけることができるはずだ」

　啓吾は熱く語った。日本の政権は米国従属の政策を取っている。啓吾は、政府に対して中東問題だけでなく、米国の言いなりになってオスプレイや時代遅れの水陸両用装甲車AV7の購入は無駄だと進言して、煙たがられていた。

「あなたは理想主義者、それともただの馬鹿なの。米国と共同歩調を取らなければ、日本は成り立たないのよ。中東の分析をする前に日米関係を分析してみたら？」

　恵利は馬鹿にしたように煙草の煙を鼻から吐いた。

「君は……」

　親父と同じ主張だと言いかけ、啓吾は言葉を飲み込んだ。彼女の上司が啓吾の父親だとは絶対知られてはいけないからだ。

「私が現実主義者だと非難したいのは分かるわ。だけど、米国が潰れたら世界は無秩序《むちつじょ》になる。これは事実よ。米国に成《な》り代わるのは中国？　ロシア？　どちらが世界を支配しても悲劇でしょ。軍事面で日本が米国の代役を務《つと》められない以上、従うしかないのよ」

　飲み終わった容器を後部座席に置くと、恵利は車の外に出た。

「くだらない」

舌打ちした啓吾も車を降りた。

「原点に戻って、向かいの部屋の住人にもう一度話を聞いてみない？」

啓吾のつぶやきを無視した恵利は、マンションに向かって歩きはじめている。

「……そうだね」

渋々啓吾は従った。認めたくはないが、経験値は彼女の方が上である。

二人はマンション〝浜離宮〟の六階まで階段を上がった。ウェインライトの部屋は昨夜のうちに鍵を開けて勝手に調べている。慌てて引っ越しした割には、手掛かりとなるようなものは残されていなかった。

「ごめんください」

啓吾がウェインライトの向かいの部屋のインターホンを押したが応答はない。諦めずに押し続けると、四度目で昨日の老人が怪訝な表情で顔を覗かせた。

「また、あんたたちか」

男は迷惑そうに言った。

「周《ヂヨウ》さんは、こちらに一人でお住まいなんですか？」

啓吾らは一階にある郵便ポストを勝手に調べ、老人宛の郵便物まで調べていた。

「そうじゃが、なんで私の名前を知っている？」

周は不機嫌な顔で尋ねてきた。

「役所の人間ですから、調べればすぐに分かりますよ。昨日もお伺いしましたが、向かいに住んでいた白人は、どこに行ったのか思い出せませんか？」

啓吾は適当に嘘をついた。この手の嘘は、自分でも不思議なくらい自然に言うことができる。

「昨日も言ったはずだ。何も知らない」

周は右手をひらひらと振った。

「白人のことでも亡くなった呉さんのことでもいいですから、何かありませんか？　些細《ささい》なことでもいいんですよ」

啓吾は笑顔を絶やさずに尋ねた。

「……そう言えば、随分前に呉さんから魚を貰ったことがあったな」

腕組みをしてしばらく天井を見つめていた周は、頭を何度も上下に振った。

「魚？　どんな魚ですか？」

啓吾は少し屈んで老人と顔の高さを合わせた。周老人は身長が一六〇センチもないのだ。

「確か、虱目魚《スームーユイ》だった。白人の釣りの釣果《ちょうか》だと言っていたよ」

周は両手を広げて魚の大きさを示しながら答えた。

四

マンションの住人である周から話を聞いた直後、啓吾はウェインライトの部屋の二重の玄関の鍵を開けて中に入った。

鍵の開け方は子供の頃、父親に特訓を受けている。先の曲がった細い金属なら何でも使いこなす。最近は海外に行く時は常に自分で作った道具を持ち歩くようになった。昨年アルジェリアで武装組織に拉致されて手錠をはめられた苦い経験から得た教訓だ。

誠治は二人の子供にいつも母親には内緒だと言って、様々な特訓をした。現在は美香と名乗っている妹の梨紗《りさ》もそうだが、子供は秘密だとか特別と言われると一生懸命になるものだ。

啓吾は銃や格闘技など暴力的なことは進んでやろうとは思わなかったが、鍵開けは好きだった。そのため銃や格闘技が好きな妹の梨紗は一流のスパイになれるが、啓吾は詐欺師《さぎし》か泥棒に向いているとよく父親から言われたものだ。

部屋は家具付きの１ＬＤＫで五十四平米、一人暮らしには充分な広さがある。ウェインライトは身の回りのものだけスーツケースに入れて出て行ったらしく、テレビやステレオなど彼の生活した痕跡が残されたままになっていた。

昨夜ウェインライトの失踪や世話役だった呉恵民が殺害されたことさえ把握していなかったのはＣＩＡの失態《しったい》ではないかと、啓吾は恵利に詰め寄っていた。彼女は散々啓吾のことを素人扱いしていたので、腹が立っていたのだ。

だが、証人保護では匿《かくま》った人間の痕跡を完璧に抹消《まっしょう》し、連絡も断《た》ってしまうこともあるらしい。ウェインライトには緊急の連絡先は教えてあったが、彼は使わなかったようだ。また、マンションは分譲で売りに出されていないため、ＣＩＡでもウェインライトが失踪したことに気が付かなかったらしい。

「そんな腕を持っているのに、どうして昨日は鍵を開けてくれなかったの？」

後から部屋に入ってきた恵利が腕を組んで睨《にら》みつけてきた。

昨日は彼女が鍵を開けたのだが、一つの鍵に対して三、四十秒掛かっている。その間、啓吾は見張りをしていたのだ。

「君が自分で鍵を開ける、と言ったはずだよね」

啓吾は肩を竦めた。考え事をしていたので恵利のことを気にかけずに、隠し持っていた道具を使い、わずか数秒で解錠したのだ。別に技を見せつけるつもりはなかった。

「私は内調からあなたを分析官として紹介されたのよ。ＣＩＡの分析官なら銃はそこそこ使えるけど、デスクワークだから解錠の知識も技もない。あなたは一体何者なの？」

恵利は激しい口調で言ってきた。すご技を見せつけられた彼女にしてみれば、馬鹿にされたと思ったのだろう。

「君たちのように情報員としての訓練も確かに受けた。だが、私は分析官という仕事が好きなんだ。銃も撃てるし、格闘技もある程度できる。だが、人とは争いたくないし、まして傷つけたくない。私の仕事は、情報を分析して平和へのプロセスを構築するために役に立てることだ。それが理想主義者というのなら、勝手に烙印《らくいん》を押してくれ」

啓吾は落ち着いた口調で言い返した。人にはそれぞれの仕事のやり方があり、闘い方がある。銃を撃つことだけが闘いではないというのが、啓吾の持論だ。

「日本の情報機関は、米国と違うということは分かったわ。それじゃ、どうしてこの部屋に突然入ったか教えて」

恵利は舌打ちしたものの啓吾の実力を認めたようだ。

「さっき周さんから聞いた話だよ。うっかりしていたが、ひょっとしてトレバー・ウェインライトは、趣味が釣りだったんじゃないかと思ったんだ」

「確かに周さんは釣果と言っていたわね。でもたとえ趣味が分かったところで、どうなると言うの？」

恵利は首を傾げて笑った。

「周さんは、虱目魚を貰ったって言っていただろう。虱目魚は、英語ではミルクフィッシュ、日本ではサバヒーと呼ばれている亜熱帯の水域で生息している魚だよ」

台湾の経済資料に虱目魚の項目があった。台湾ではサバヒー粥《がゆ》は定番の料理である。サバヒーは大衆魚として台湾では戦前から養殖もされている。

「……だから?」

恵利はまた首を傾げた。

「最近では海が汚れて漁獲量は減ったらしいが、虱目魚は台南《タイナン》で釣れるんだ。ウェインライトがまだ台湾を出国していないとしたら、趣味の釣りができる場所に行く可能性もあるだろう」

ウェインライトはあまり外出しなかったが、釣りで出かけることがあったのなら台北以外の場所にも土地勘はあると啓吾は考えたのだ。

「でも、それだけで人探しをするなんて無茶よ。いくら島国の台湾で南部に絞ったところで捜索範囲が広過ぎるわ。台湾のどこにいるのか決定的な証拠が欲しいの」

恵利は腰に手をやり、首を左右に振った。

「君はターゲットがまだ生きていて台湾にいると確信しているようだが、その理由を教えてくれ」

恵利はウェインライトが、台湾にいるという前提で行動していることに啓吾ははたと気が付いた。世話役の呉が殺害されたのなら、ウェインライトも殺されていてもおかしくはない。あるいは、すでに出国して第三国で暮らしている可能性もないわけではない。だが、恵利は否定的な考えを一切持っていないようだ。

「理由は二つ。一つは台湾の入出国の記録は、すでに調べてあるの。というか、常に組織で監視している。そこにターゲットに当てはまる人物はいなかった。二つ目は、呉は殺されたけど、死体は残されていた。ターゲットも殺されていたら、彼だけ死体が始末されるのはおかしいでしょう。むしろ呉はターゲットに知られないように密かに殺害されるはず。呉の死は、関係のない事件に巻き込まれた偶発的な殺人だった可能性が高いのよ」

恵利はリビングの床を歩きながら答えた。米国の情報機関は他国の入出国の記録さえモニターしているらしい。十年間のデータは膨大《ぼうだい》な量になる。彼女が任務を受けた時点で分かっていたのだろう。

「なるほど、さすがに大きな組織はやることが違うな」

啓吾はわざと品なく口笛を吹いてみせた。

「今度は私が質問する番よ。自信ありげに釣りの話をしていたけど、この部屋に居所を特定するものがあるの？」

腕組みをした恵利は目を細めて啓吾を見た。

「駄目元で調べる価値はあると思う」

啓吾はベッドルームに入った。

慌ててウェインライトは部屋を後にしたはずだが、几帳面《きちょうめん》だったのかベッドシーツの乱れもなく、部屋は整然としている。埃《ほこり》さえ積もっていなければまだ生活しているようだ。

ベッドルームは十二畳ほどで北側に窓があり、西側の壁に古典文学や政治経済など幅広い分野の書物がぎっしりと納められた本棚と木製の机がある。書斎も兼ねていたらしい。ベッドは南側の壁際に付けられており、東側の壁に二つの油絵が飾《かざ》られている。一つは港で、もう一枚は海岸らしい風景が描かれていた。

「絵画の署名は、フィル・ハリソン、彼が描いたようだ。油絵の才能もあったらしいが、君の組織では把握してなかったのかな？」

啓吾は二枚の油絵を交互に見て言った。部屋を隅々まで探したが油絵の画材はない。ウエインライトが忘れずに持っていったとしたら、移転先でも油絵を描いて釣りを楽しんでいるかもしれない。

「彼は絵画や音楽鑑賞だけでなく、自ら油絵を描いたりピアノの演奏をしたりと多才だったらしいの。だから私はベッドルームに彼の絵があるからって不思議には思わなかったのだけど」

恵利は言い訳がましく答えた。

「海岸の絵は特定することができないかもしれないが、港ならどこか分かるはずだ。まずは台南の港をパソコンで検索して絞り込んでから、現地に行ってみないか」

油彩で描かれている港には船が停泊しており、船名が漢字で書かれている。台湾に移り住んでから完成させた絵に間違いない。

「そうね。手掛かりになるかも」

恵利は小さく頷いた。啓吾の推理をようやく認めたようだ。

「ホテルに戻って調べよう」

啓吾は二枚の絵画を自分のスマートフォンで撮影した。

五

午後四時半、浩志と美香は新交通システムの文湖線に乗っていた。

ただの台湾旅行だったはずが、美香の仕事に付き合うことになった。だが、レッドドラゴンの幹部の一人である丁計劃に命を狙われていることが判明し、状況は二転している。

今のところ美香の任務は待機中のままなので、彼女の強い希望で丁を誘い出すべく観光を続けることになった。そのため、車ではなく公共交通機関を利用して移動している。敵が尾行しやすいようにするためだ。

面倒なことに池谷と黒川が、尾行者の確認と護衛を志願して付いてきた。二人は浩志らを密かに見張り、いち早く敵を見いだすと張り切っている。

煩《わずら》わしいと浩志は断ったが、池谷は聞く耳を持たなかった。だが、美香の仕事がはじまるまでという条件を付けると、彼女が特殊な職業であることを知っているだけに池谷は渋々認めた。監視付きの行動もそれまでの我慢ということだ。

ホテルから最寄りの〝台北101〟にあるワールドトレードセンター駅で地下鉄の淡《ダン》水《シュイ》信義線に乗り、大安站（駅）で文湖線に乗り換えて終点の動物園站に向かっている。車で行けば十五、六分のところをわざわざ三十分以上かけて移動しているのだ。

平日の夕方でラッシュアワー前ということもあり、地下鉄も新交通システムもさほど混んではいない。乗り物の乗降も中国と違って台湾は秩序があり、不愉快な思いもしないですむ。

「結局、釣れなかったわね」

美香は退屈そうに呟いた。

車窓の風景に緑が多くなってきた。間もなく終点の動物園站に着く。

「そのようだ」

浩志はホテルでサービスされた英字新聞、ＴＡＩＰＥＩ　ＴＩＭＥＳ（台北時報）を読みながら答えた。美香は尾行がいないと残念がっているのだ。少なくともホテルを出れば朝食後に尾行していた連中が付いて来ると思っていたが、それもなかった。人が多い場所は目撃されるため観光地を巡っている間は、敵も動かないかもしれない。

池谷と黒川は隣りの車両に座っている。二人とも気取らない服装をしているので、地元の住人のようだ。足手まといになるかと思ったが、若い頃は海外で情報員として働いたと池谷は自慢するだけあって目立つことはない。

「それならそれで、楽しめそうね」

美香は嬉しそうに言う。彼女にとって仕事の合間の観光なのか、その逆なのか分からない。浩志はそれに付き合う間抜けな中年男と自認している。二人に緊張感などない。馬林から忠告を受けたが、命を狙われるのは毎度のことだ。今更慌てることではなかった。

動物園站で降りた二人は市立動物園に沿っている歩道を五分ほど歩き、猫空《マオコン》ロープウェイの動物園站に着いた。美香の台湾旅行は、〝九份〟と銘茶の産地である〝猫空〟にまずは行くことだったらしい。

動物園站から標高三百メートルの猫空站までロープウェイは約四キロあり、三十分近い空中散歩を売りにしている。

四階建てのガラス張りの駅舎の最上階までエスカレーターで上がると、改札が一般車と水晶車の二つに分かれていた。閑散《かんさん》としているにもかかわらず、水晶車の改札は数人の客が並んでいる。

「こっちよ」

予想通り、美香は浩志の腕を掴んで水晶車の改札に並んだ。池谷と黒川はすぐ後ろに並ぶわけにはいかずに外の景色を見る振りをして辺りを警戒している。浩志らが乗り込むのを見計らって一般車に乗るのだろう。

全員台湾の〝悠遊《ユウユウ》カード〟を買っているために乗車券は買う必要はない。〝悠遊カード〟は、日本のSuicaやPASMOのようなICカードで、地下鉄やバスやロープウェイといった様々な交通機関だけでなく、コンビニでの支払いや動物園や図書館の貸し出しカードなど利用分野が広い。

十五分ほど並び、ゴンドラに乗り込んだ。普通車の定員は八名だが、水晶車の定員は五名で、係員がなるべく定員になるように乗客を誘導する。そのため台湾人と思われる三人家族が一緒になった。六、七歳と思われる女の子がゴンドラの床を見て興奮している。

「そういうことか」

浩志は足下を見て水晶車の意味を理解した。ゴンドラの床がガラス張りになっているのだ。休日は長蛇《ちょうだ》の列で予約制になるため、十五分で乗れたのなら幸運らしい。

数分で麓《ふもと》の文山区の街並や〝台北１０１〟が見渡せる絶景になる。このロープウェイの面白い所は、山に沿って上下し、方向転換までして山頂を目指すことだ。駅は起点の動物園站、動物園内站、指南宮《ヂーナンゴン》站、終点の猫空站の四つだが、動物園内站の前後で方向転換するためだけの〝方向転換站〟もある。

動物園站からすぐに一度目の方向転換をし、動物園内站を過ぎてから二度目の方向転換を三十数秒かけて行う。八十・三度と急な角度で回転する〝方向転換站2〟に乗降客はいないが、構内にコントロールルームがあり運行を監視している職員も詰めている。

二人を乗せたゴンドラは二度の方向転換をし、いくつかの尾根を越えて降下をはじめた。下を覗くと、ロープウェイの駅舎が見える。ゴンドラが駅に到着すると乗降客のためにドアは毎回自動で開く。

「降りるわよ」

美香は途中の指南宮站で降りた。

海抜は二百六十四・三メートル、気温は十六度。一二百メートルほど標高が変わっただけで、かなり涼しくなった。浩志はトレーナーに着た切り雀《すずめ》の革のジャケット、美香はハイネックのセーターにダウンのジャケットを着ており今日はトートバッグではなく、小振りのハンドバッグを肩から掛けている。

指南宮は一八九〇年に建立《こんりゅう》された台湾道教の総本山であるが、日本統治時代に道教が抑えられたために仏教色が強い廟《びょう》もあるが、戦後発展する形で修復がなされて現在に至っている。

駅から続く見晴らしのいい石段の通路を下り、竜宮城をイメージする指南宮の建物の脇に出た。玉皇大帝《ユーファン》という道教の最高神が祀《まつ》られた〝凌霄寶殿《リンシャオバオデン》〟で、六層の建物は二千三百六十坪の広さがある。

「ほお」

浩志は〃凌霄寶殿〃の異国情緒《じょうちょ》あふれる黄金に輝く室内装飾《そうしょく》を見て感心した。派手《はで》ではあるが、威厳がある。

「たまにこういう観光もいいでしょう」

美香は浩志の様子を見てにこりとした。

一通り〃凌霄寶殿〃の内部まで見た美香は、〃純陽《チュンヤン》寶殿・大雄《ダーシオン》寶殿〃と案内板が出ている坂道に向かって歩き出した。

指南宮は一八九〇年に建立された〃純陽寶殿〃が一番古く、一九六六年に〃凌霄寶殿〃、一九八四年に〃大雄寶殿〃と建立された三つの祭殿があり、それぞれ様々な神や仏を祀る賓殿が併設されている。

参道には屋根が付いており、提灯がぶら下がっていた。50ＣＣのバイクに乗った寺院の職員が参拝客を縫うように走って行く。台湾の風物詩と言えよう。

「〃純陽寶殿〃は恋人同士で来ると、別れちゃうって噂があるらしいわよ。でも、呂洞賓《リュドンビン》はあなたがお参りするにはぴったりの神様よ。ご利益《りやく》があるといいわね」

美香が悪戯っぽく言って、それまで組んでいた浩志の腕を離した。

呂洞賓は弱者を助け、悪霊を祓《はら》うと言われている。神を信じているとは思えないが、浩志の仕事を心配して験《げん》を担《かつ》いでいるのだろう。

また、呂洞賓は八仙人の中で唯一の女神である何仙娘《フェアシエンニャン》との恋が成就《じょうじゅ》しなかったという言い伝えから、恋人との縁が切れるという噂が台湾の若者の間にあるようだ。浩志から離れたのは、呂洞賓から嫉妬《しっと》されるというジンクスを信じているのかもしれない。

「……」

浩志はふんと鼻で笑った。

美香は三本の特大の線香に香炉で火を点け、何やら願い事をして一本を本堂に供えた。

「行きましょう」

残りの線香を握りしめた美香は、右手にある出口から出た。やはり呂洞賓の噂話を信じているのか浩志と距離をとって先に歩いて行く。

廟では右回りに参拝するのが礼儀らしく、参拝客は同じ方向で廟内に祀られている神様に詣《もう》でる。途中の廟の裏手にある山側の岩に龍が彫られてあった。美香は持っていた残りの線香を供えて頭を深く垂れる。事前に調べてきたようだ。

台湾人の参拝客も同じように祀られた神々に挨拶している。無神論者の浩志はその姿を見つめるだけだ。それに傭兵が神頼みするのは不遜《ふそん》な行為《こうい》だと思っている。だが、美香の行為を否定しようとは思わない。

〝純陽寶殿〟から出て〝大雄寶殿〟に向かう参道に出ても、美香は距離をとって前を歩いている。時おり振り向いては笑顔を見せる。呂洞賓の言い伝えが噂話と分かっていても、それに従う彼女のいじらしさに浩志は愛《いと》おしさを覚えた。男は単純なのだ。

本来ならば〝純陽寶殿〟からはじめて次は〝凌霄寶殿〟に行くのが参拝の順路らしいが、ロープウェイの駅から来ると逆になってしまう。美香は一メートルほど先を歩きながら、ガイドのように詳しく説明してくれる。

「……」

前方から六人の若い女が、笑い声を上げながら道を塞《ふさ》ぐように横並びに歩いて来る。神聖な場所だけにすれ違う参拝客は、しかめっ面《つら》で彼女たちを見ている。服装からして中国人の観光客だろう。格好は十代のようだが、年齢は二十代半ばから後半に見える。

台湾は戦後、国語の強化を図り、方言である台湾語を禁止し、北京《ペキン》語である台湾華語の教育を進めた。だが、一九八八年に第七代総統になった李登輝《りとうき》氏は、台湾の本土化、民主化を進め、方言使用の罰則を撤廃《てっぱい》した。

女たちは三人ずつに分かれて美香に道の真ん中を譲った。浩志も仕方がなく彼女の後ろに従う。すれ違い様に右側の三人の女がちらりと浩志を見ると、手を叩いて大声で叫ぶように笑った。

「うっ！」

手の甲に痛みを覚えた。

左手を見ると、四センチほど甲が浅く切れている。

振り返ると、何事もなかったように女たちは大声で話しながら遠ざかって行く。左側の女たちの一人がナイフで浩志の手の甲を切り裂いたのだ。だが、浩志が彼女たちを追いかけても犯人はシラを切るだろう。若い女六人に対し無骨な男一人である。彼女たちが一斉に言いがかりだと騒げば勝ち目はない。

右側の女たちが気を惹き、その隙に左側から襲うという単純な攻撃である。しかも若い観光客を装い、殺気を覚えなかっただけに油断をした。丁の手下かもしれない。刃先に毒が塗ってあった可能性もないでもない。だが、殺そうとするのなら、傷跡が残らず効率的に体内に劇薬等を注入できるように注射針を使うはずだ。

「どうしたの？」

美香が怪訝な表情で見ている。

「何でもない」

浩志はさりげなく革のジャケットのポケットに左手を隠した。

六

指南宮を一時間ほど散策した浩志と美香は、再びロープウェイに乗り、終点の猫空站に到着した。

猫空は文山包種茶や鉄観音茶など銘茶の生産地である。駅周辺には茶芸館があり、美香は急ぎ足で歩き、数分の距離にある清泉茶園《チンチエン》という茶屋の前で立ち止まった。店内からお茶のいい香りが漂ってくる。

「ここね」

上階を見上げて一人で頷いた美香は、清泉茶園の脇にある狭い階段を上った。階段の突き当たりの壁に右は〝四哥の店《スーガア》〟、左は〝山中茶《シャンヂョンチャ》〟と違う店の看板がある。新宿の古い雑居ビルにある飲食店を彷彿《ほうふつ》とさせる作りだ。

美香は右の〝四哥の店〟に入って行く。

「ほお」

看板を見て期待していなかっただけに、店に足を踏み入れた浩志は唸った。

一階の茶屋は田舎町の土産物屋風だったが、二階の店は緑を基調としたシンプルでモダンな内装になっている。しかも店員も緑色のTシャツを着ていた。街のイメージとのギャップに驚かされる。

店の西側は大きな窓がはめ込んであり、指南宮や台北１０１まで見渡せる窓際の席は、平日にもかかわらず客で埋まっていた。話し声から察するに観光客ではなく、地元の台湾人らしい。それだけに人気は本物ということだ。

美香は店員に特級木柵鉄観音茶を注文すると、奥にある階段を三階のテラスまで上がり、正面にある一番端の席に座った。対面に座った浩志は思わず、側面の透明の壁に触れた。ガラスではなくビニールである。

テラスには屋根があり、天井からビニールカバーが下ろしてあった。夏はビニールカバーを外し、冬場は風除《よ》けに付けてあるのだろう。正面のビニールカバーは、景観を楽しむために巻き上げてあるらしい。気温は十二度ほどで少々冷えるが、見晴らしは抜群《ばつぐん》だ。

「きれい」

時刻は午後五時四十三分、美香は沈み行く夕日をバックにライトアップされはじめた台北の街を見下ろす光景に見とれている。店員がステンレスの水切りバットに入れたお茶のセットをすぐに持ってきたが、彼女は自分で入れるからと下がらせた。美しい夕景を邪魔されたくないのだろう。

十分ほどで完全に日が暮れ、〝台北１０１〟が光のモニュメントと化した夜景に変わった。急いで来たのは、日没に間に合わせるためだったらしい。

「ごめんなさい。つい見とれちゃった」

ようやく正面を向いた美香は、茶壺にお茶を入れてお湯を注いだ。途端《とたん》に湯気とともに茶が香り立つ。

「いい香りだ」

浩志は右手をテーブルの上に置いた。指南宮で何者かに切られた左手は革ジャンのポケットに突っ込んだままだ。血は止まっているはずだが、確認していない。痛みはないので、大したことはなさそうだ。

犯人は六人の女のうちの一人だが、むろん全員仲間に違いない。手を切られるまで警戒していなかったが、職業柄近付いて来る人間の手元は必ず見ている。六人とも目につくような武器は持っていなかった。手に隠せるほどの小型のカッターナイフのような鋭利な刃物を使ったようだ。人は殺せないが、怪我をさせるには充分だ。

女たちは蜥蜴のコードネームを持つ丁計劃の手下に違いない。馬用林から陰湿な男だと聞いている。少しずつ浩志をいたぶって最後は殺す魂胆なのだろう。だが、手の甲を切られた程度で、長年戦場を流浪《るろう》してきた男が恐怖を抱くと思ったのなら嘗《な》められたものだ。むしろ丁がすぐ近くまで迫っていることが分かり、こちらとしては都合がいい。

「はい、どうぞ」

美香が笑顔で広口の茶盃を差し出してきた。

「うむ」

頷いた浩志は右手で茶盃を握り、テーブルの下に隠すように左手をポケットから出した。さすがにポケットに入れたままでは不自然だからだ。

「うまい」

鉄観音茶の香りが柔らかく鼻を刺激する。味もいい。茶を飲む習慣はないが、それでもその辺の茶と違うことぐらい分かる。

「左手を見せてくれる?」

それまで笑顔を見せていた美香の顔が曇《くも》った。

「何のことだ?」

浩志は表情も変えずに茶を啜《すす》った。

「怪我しているんでしょう」

美香は眉間に皺を寄せた。

「大したことはない。どこかで引っ掛けたらしい」

悪びれることなく浩志は、左手をテーブルの上に載せた。ほぼ出血は止まっているが、傷の端はまだ血が滲《にじ》んでいる。

「指南宮ですれ違った六人の女たちね。化粧と服装が合わないからおかしいと思ったの。もっと私が注意するべきだったわ」

美香はハンドバッグから出したハンカチで、手際よく浩志の左手を縛《しば》った。

「気付いていたのか?」

左手を握り締めて具合を調べた浩志は苦笑を浮かべた。

「当たり前でしょう。怪しいと思ったけど、せいぜいスリ程度だと思ったの。まさか危害を加えて来るとは予測できなかった。気が緩んでいたのね。ごめんなさい」

美香は首を小さく横に振った。

「大したことじゃない」

「何言っているの。もし、ナイフに毒が塗ってあったらどうするの。人は銃でなくても簡単に殺せるのよ」

舌打ちをした美香は、眉を吊り上げて捲《まく》し立てる。

「確かに」

浩志はそっと左手を引っ込めた。これ以上彼女に刺激を与えるべきではない。

「それにしても、警告のつもりかしら」

美香は小首を傾げた。

「だろうな。どこかで見ているのだろう」

浩志はふっと笑った。

「笑い事じゃないわよ。あなたのそのふてぶてしい態度に逆上する可能性もあるのよ」

溜め息をついた美香は、食事のメニューを手に取る。さほど怒ってはいないようだ。

「明日から別行動をとるか」

浩志は夜景を見ながら言った。日没から十五分ですっかり暗くなり、台北の街が輝きを増した。

「敵は、丁とは限らないのよ。ひょっとすると私の仕事の絡みで、あなたが襲われた可能性も否定できない。敵の正体が分かるまで、別行動するメリットは何もないわ」

美香は手を上げて、階段近くに立っている店員を呼び寄せた。

「……」

残念ながら反論できなかった。暗殺前にいたぶるのが目的であれば、次第に手口は凶悪になっていくだろう。次に対象になるのが、浩志なのか美香なのか明確に分からない以上、彼女の考えは正しい。

「炸茶葉《ヂャチャイエ》、蜜茶排骨《ミイチャパイグー》、茶葉炒飯、それに……」

美香はメニューを見ながら茶葉料理のオーダーに夢中になっている。

炸茶葉は鉄観音の天ぷら、蜜茶排骨は鉄観音を加えた甘いタレを絡ませたスペアリブ、茶葉炒飯は茶の香りがするチャーハンで、彼女は注文を続けるらしい。

食欲があるということは、精神的に健全と見ていいだろう。八年前に会った時は、いつも愁《うれ》いを秘めていた。だが、一昨年大怪我から復帰した彼女は人間的に強くなったらしく、何事にも動じなくなったようだ。

革ジャンのポケットのスマートフォンが振動した。浩志は耳に入れた超小型のブルートゥースイヤホンの通話スイッチを入れた。

——こちらコマンド2、リベンジャーどうぞ。

外で見張っている黒川からの連絡だ。

「俺だ」

――今のところ、異常はありません。

黒川と池谷はずっと浩志らの後を付いて監視していたが、浩志が怪我したことに気付かなかったようだ。大声で笑った彼女たちは、すれ違った浩志だけでなく、周囲のすべての人間の注意を惹いたに違いない。

熟練の軍人である黒川はともかく池谷に余計な緊張感を与えても仕方がないと、手を切られたことを教えていないのだ。

「ダークホースは大丈夫か？」

ダークホースとは、馬面の池谷に付けたコードネームである。

――それが、トイレに行きたいらしくて……。

黒川は恐縮しているようだが、池谷は限界なのだろう。

「了解。二人ともこの店の二階で食事をしたらどうだ。腹が減っては満足に動けないぞ」

――ありがとうございます。そうします。

「外は寒いわ。二人は大丈夫？」

美香も心配しているようだ。

「心配ない」

通話を切った浩志は、茶を啜った。

暗闘

一

二〇〇七年一月に開業した高鐵《ガオテイ》（台湾新幹線）と呼ばれる台湾高速鉄道は、台北市から高雄《ガオシュン》市までの三百四十五キロをたった一時間半（開業時）で走り抜ける。

二〇一五年現在はトラブルなく走行しているが、韓国ゼネコンの手抜き工事や日本の新幹線型車両と欧州型システムの混乱で開業が一年も遅れた。手抜き工事は論外であるが、そもそも日本と同じ高温多湿の風土で、ヨーロッパのシステムが不具合を起こすのは当然である。

高速鉄道が計画された当時、米国は中国に擦り寄るために、台湾への戦闘機の輸出を拒否した。そのため台湾はフランスから戦闘機購入を模索するために、フランス製の客車とドイツ製の気動車の購入を決定する。

だが、ヨーロッパ高速鉄道（ＩＣＥ）の大事故や欧州方式に地震対策が不十分であることなどが判明した。さらに米国が戦闘機の売却に合意したために形勢は変わり、日本製の車両が導入されたのだ、だが、先に契約した欧州連合のシステムだけ残って日本製と混合導入になった。いつの時代も大規模なインフラは政治と深く結びついている。

啓吾と恵利は、台北午後七時三十六分発の高鐵で商務廂（ビジネスクラス）である六号車に乗車していた。途中駅にすべて停まる列車のために終点の左營《ズオイン》には午後九時三十六分に到着する。二人は、一つ手前の台南で下車する予定だ。

車内は掃除が行き届き、室温も快適である。百パーセントではないが乗車率も高い。当然のことながら、外観も内装も日本の新幹線と多少異なるが、女性のアテンダントがワゴンで車内販売をするのは同じだ。ただし商務廂は日本のグリーン車と違い、軽食とドリンクが全員に無料でサービスされる。

「コーヒーのお代わりをください」

啓吾は近くを通りかかった女性のアテンダントに声を掛けた。

「私にミネラルウォーターを頼んで」

窓際の席に座る恵利が耳元で言ったので、啓吾は台湾語で頼んだ。

「少々お待ちください」

アテンダントは笑顔で答え、他の乗客からもオーダーを受けながら車両を出て行った。

「飛行機と同じでサービスがいいわね。もっともこんなことしているから、破綻《はたん》するのよ」

恵利は英語で皮肉を言った。

高鐵は二〇一五年の三月に多額の累積《るいせき》赤字により経営破綻すると言われている。理由は様々あるが、一つはどこの停車駅も都市から離れて不便な場所にあり、利用客が伸び悩んでいることだ。

二つ目は乗客を増やすために乗車料金が異常に安く設定されており、サービスも過剰《かじょう》なことで乗客は年々増えても採算が合ってない。

三つ目は財務予測の甘さである。これが最大の原因だが、毎日の利用客が三十万人という前提で財務計画がなされていた。開業から七年経過した二〇一四年末で一日十三万人に達したが、台湾の人口(二〇一四年十一月末で約二千三百四十二万人)からすれば三十万人はそもそも過大な見積もりだったと言える。

「君は、いつも皮肉屋だね。日本や台湾に恨みでもあるようだな」

啓吾は苦笑いをした。

「あなたが、日本国民だからよ。私は日系米国民。この差は大きいわ」

恵利は小声で言い返してきた。

「日米開戦で、米国内の日本人が差別されたことをまだ恨んでいるんじゃないだろうね？」

「それもあるけど、有色人種は、米国では不利になることが多いの。島国で優越感に浸《ひた》って平和ぼけしている日本人が羨ましいわ」

わざとらしく恵利は肩を竦めた。

「だが、白人の優越感を助長しているのは、日系や中国系、それに韓国系米国民じゃないのか。まあマイク・ホンダを例に取るまでもないがね」

啓吾は鼻で笑った。

民主党の下院議員であるマイク・ホンダは、米国における反日の急先鋒《きゅうせんぽう》である。彼は幼少期に受けた差別により、日本を心底嫌悪《けんお》していると言われている。だが、実態は中国の工作員ノーマン・スーから多額の献金《けんきん》を受け取り、某国の意に沿って日本を貶めてきた。

ノーマン・スーは一九九三年に逮捕されたが、ホンダは現在も中国系反日組織〝世界抗日戦争史実維護連合会〟や韓国系米国人団体から多額の献金を受け取り、慰安婦問題を米国議会で取り上げるなどして日本を攻撃している。つまり金のために自分のルーツも忘れて動いているのだ。米国の白人層から見れば、アジア人は品性の欠片《かけら》もないと映るのは当然だろう。

「なっ！」

恵利は、啓吾を睨みつけると顔を背けて黙った。遠からず当たったようだが、任務がうまくいっていないので苛ついているのかもしれない。

台湾でフィル・ハリソンと名乗っているはずのトレバー・ウェインライトの捜査は、台北の住居に飾られていた油絵を基《もと》に進めることになった。だが、絵に描かれていた場所を探すというのだから、あまりにも希薄な手掛かりである。事前にインターネットで調べて数カ所の候補を出して来たがあてにならない。

恵利からは、どうして十年前に保護プログラムで米国社会から逃れた人物を探すか教えられていない。だが誠治からウェインライトは軍需《ぐんじゅ》会社の幹部だったことだけは教えられている。十年前と言えば、ジョージ・W・ブッシュ大統領のころだ。彼の時代に米国を揺るがす大きな事件が相次《あいつ》いだ。

まずは二〇〇一年九月十一日の米国史上最悪である同時多発テロが起きた。だが、ブッシュ大統領は事件を自分の支持率回復とイラクの石油欲しさに、報復と称してまったくテロと関係のないイラクに対して翌々年の三月に開戦する。この時代を背景にして、軍需産業における重要な機密をウェインライトが握っていたことになる。

啓吾は六月に誠治とカリフォルニア州の自宅にいた海軍特殊部隊のダニエル・ジャンセン中佐を尋問したことを思い出していた。尋問と言っても、誠治が自白剤を注射したので自発的な証言ではない。

ジャンセンは、シリアとトルコで勢力を伸ばす自称イスラム国（ＩＳ）に参加しているスティーブン・トールソン、元海軍特殊部隊ＳＥＡＬｓの中尉のことや軍需産業から賄賂《わいろ》を得ていたことを自白した。

トールソンは、ＩＳを利用して世界を混乱に陥れることを目的としていた。ジャンセンは軍事情報をトールソンに漏らすことで、彼の仕事に協力していたのだ。結果、ＩＳに無関心だった米国大統領と米国民を目覚《めざ》めさせることになる。

誠治は米国が本格的な空爆を開始し、さらに地上戦にも参加することにより、軍需産業が発展することを危惧していた。なぜなら軍需産業は力を得ると、必ず政治に悪影響を及ぼすからだ。だが、その予感は当たり、二〇一四年十二月末の時点で米国はＩＳの本格的攻撃に向かって突き進んでいる。

啓吾はこのタイミングでトレバー・ウェインライトを保護する理由は、彼が持っている情報が、復活を期した軍需産業を未だに恐怖に陥れるだけの効力があるからだと考えている。

「何、気難しい顔をしているの？」

恵利が啓吾に寄りかかってきた。彼女の体から微かに香水の香りがする。

「別に」

啓吾は素《そ》っ気《け》なく答えた。気を許せば、自分が駄目になりそうな予感があるからだ。

「まだ、さっきのことを怒っているの？　気にしないでね、米国では思ったことを言うのが普通だから。あなたを嫌って言ったんじゃないの」

恵利は啓吾の右腕に左腕を絡ませてきた。頭がいい女だからパートナーとの喧嘩《けんか》は仕事に支障を来すと反省したのだろう。

「怒ってはいないさ。考え事をしていたんだ」

啓吾は恵利の腕を左手で優しく叩いた。

二

猫空の〝四哥の店〟で茶葉料理を堪能した浩志と美香は、食後の花香冷凍茶を飲みながら台北の夜景を楽しんでいた。中国茶は焙煎《ばいせん》してから熟成させるのだが、花香冷凍茶はできたてのお茶を冷凍保存するため、生茶に近い。そのため、フルーティーで花のような香りがする。

長年浩志は傭兵として働き、平時においても気を休めることはなかった。だが、うまい食事とお茶のせいもあるが、笑顔を絶やさない美香のおかげでゆっくりとした時間の中に浸っている。

ふと浩志は平和を楽しんでいる自分に気が付き焦った。歳を取って気持ちに余裕が出てきたのかもしれないが、闘争心が薄まれば傭兵としては使い物にならない。闘い続けるのなら常人のように歳を重ねるわけにはいかないのだ。

「どうしたの？」

美香が首を傾げた。浩志の心の揺らぎを見透《みす》かしたのかもしれない。

「そろそろ行くか」

左腕の腕時計を見た。時刻は午後九時四十八分。猫空ロープウェイの営業は午後十時までだ。それに酒も飲まずに茶を飲む時間でもない。

浩志は左耳に入れてあるブルートゥースイヤホンの通話ボタンを軽く押し、店の二階にいる池谷にスマートフォンで電話をかけた。

「帰るぞ」

――了解しました。我々は先に店を出ます。

「分かった」

傍から見れば、美香と会話しているように見えるだろう。

美香がお茶を飲み終えると、浩志は二階に下りてレジに向かった。三階と違って二階は満席に近い。店の営業時間は午後十二時までだ。台湾人は平日でも夜遅くまで遊ぶことが多いため、二階の客はまだまだ粘るのだろう。ロープウェイの営業が終わっても、深夜まで営業しているバスがあるので帰りの心配はない。

「思ったより、冷えるわね」

三階の席は外気と変わらなかったが、外に出てみると風が吹いているため体感温度はさらに下がる。気温は十二、三度あるはずだが、美香はダウンジャケットのファスナーを上げた。

二人はロープウェイの猫空站に向かっている。駅に通じる道路は団子や焼きトウモロコシなどを売る屋台が出店しているため、賑やかである。他にも観光客は大勢いるため緊張感はないが、浩志はいつでも銃が抜けるように神経を集中させた。

「楽しかったわね。帰りのロープウェイから見る景色も楽しみ」

美香は浩志の左腕に腕を絡ませてきた。

「帰りはタクシーかバスだ」

夜のゴンドラは照明が灯《とも》るために狙撃するにはもってこいの標的となる。

「ひょっとして、狙撃を心配しているの？　だったら大丈夫よ。山の中は木が邪魔でゴンドラは狙えないし、地上とは三百メートル前後離れているのよ。むしろ、台北の中心部に戻った時の方が危ないと思うわ。麓の動物園站でタクシーに乗りましょう」

美香はまだ観光気分を味わいたいようだ。確かに木々の隙間から動く標的を狙うというのは凄腕のスナイパーでも狙撃は難しい。

「……帰りは、水晶車には乗らないぞ」

浩志は渋々認めた。

駅に向かう観光客に紛れるようにゆっくりと歩く。周囲に二十人ほどの台湾人がいる。怪しげな素振りを見せる者はいないが、それでも一人一人じっくりと観察した。指南宮では観光客に扮《ふん》した女たちに騙されただけに油断はできない。

猫空站に着くと麓の文湖線の動物園站行きのマイクロバスが停車していた。ほとんどの台湾人はバス停に並んだ。人数からしてすし詰めになるが、運賃はロープウェイのおよそ半額でロープウェイの駅から歩く手間も省ける。

他にも二台のタクシーのバンが駅前に停まっていた。

「台北市内に行くよ。安くするから、乗らないか！」

タクシーの整理係なのか、中年の男が大声で客引きをしている。市内までなら三百元前後、その他に深夜料金の四十元が加算される。台湾人は見向きもしないが、白人のカップルが手を上げると、男は後部座席を倒して二人を六人席の一番奥に座らせた。どうやら乗合タクシーらしい。

「あと二人、二人だ。安くするよ！　寒いのにロープウェイに乗るのか。ゴンドラは、風が吹き込んで寒いよ。あんたたち我慢強いね」

余計なお世話だ。男はロープウェイ客に怒鳴《どな》るように客引きをしている。言葉が分かる台湾人が乗らないのは当然だ。これなら並んでロープウェイに乗っても、麓の駅の近くで普通のセダン型のタクシーを拾った方がましである。

「あれに乗る?」

美香がタクシーを指差し、悪戯っぽい顔で尋ねてきた。

「ロープウェイでいい」

浩志は苦笑を浮かべた。

十メートルほど先にいる池谷と黒川が、猫空站に入った。浩志らがバスやタクシーを使わないと判断したのだろう。

浩志らはタクシーの運転手を横目で見ながら観光客に混じって駅舎に入る。夜だというのに水晶車の改札には人が並んでいる。浩志らは並ぶ必要のない一般車ゴンドラに乗り込んだ。池谷らは一台前のゴンドラに収まっている。

浩志と美香が乗り込むとドアは閉じられた。後ろに並んでいたカップルが乗車を拒んだらしい。二人だけで乗りたかったのだろう。空いているので係も黙認したようだ。

席に座ると美香が擦り寄ってきた。

二人とも進行方向に向いて座っているため、夜景を独占しているようだ。

「奇麗」

美香は浩志の肩に頭を載せてきた。グッチの香水、〝エンヴィ〟の気品のある香りが、彼女の首筋から匂い立つ。この誘惑に勝てる男はいないだろう。

浩志は思わず美香を抱き寄せた。美香の両腕が浩志の首に絡まり、熱くみずみずしい彼女の唇が浩志の唇に重なった。生きているとはこういうことを言うのだと、改めて教えられる。戦場で雨のように降り注ぐ弾丸から逃れた時とは、全く次元が違う生の喜びである。男はこの歓喜を守るために闘うだけでもいいのかもしれない。

ゴンドラは数分後に指南宮站を通過した。すでに午後十時を過ぎているので途中駅とはいえ営業は終わっており、新たな乗客はいない。車内の照明は小さなＬＥＤランプが六つ点いている。夜景が見えるようにわざと暗くしているようだ。しかも反射を防ぐために窓ガラスは特殊なコーティングが施《ほどこ》されているため、夜間は外から見え辛くなる。狙撃される心配は杞憂だったらしい。

速度は秒速五メートル、十分ほどで麓から数えて二つ目の〝方向転換站２〟に近付いてきた。ゴンドラの転換角度は八十・三度とかなりの鋭角を専用の駅舎を使って曲がる。

〝方向転換站２〟の構内が見えて来たので、浩志は美香から少し離れた。駅舎内にあるコントロールルームには、職員が詰めているからだ。

「むっ！」

浩志は職員がいないことに気が付いた。しかも構内が異常に暗い。

パンッ！　パンッ！　パンッ！　パンッ！

ガラスの弾ける音。

「伏せろ！」

浩志は咄嗟《とっさ》に美香を床に押しやり、ホルスターから銃を抜いてスライダーを引いて初弾を込めた。

パンッ！　パンッ！　パンッ！　パンッ！

「くっ！」

弾丸が頰をかすった。椅子に座った状態で腰の高さから上が窓になっている。

浩志は身をかがめながらガラス越しに反撃した。

銃撃音が続く。数人がゴンドラの左右から撃って来る。だが、ゴンドラ内は暗いため、闇雲に撃っているに違いない。敵も存在がばれないように構内の照明を消したことが、却《かえ》って仇《あだ》になったようだ。

「うっ！」

左肩に激痛を覚えた。

ゴンドラが駅舎から離れるのに四十秒近くかかる。このまま伏せているだけでは、いずれ撃たれる。浩志は全弾を撃ち尽くすと、新しいマガジンを装塡した。

浩志は闇に点滅するマズルフラッシュ目がけて、銃を撃った。

パンッ！　パンッ！　パンッ！

手応えはあったが、右肩を弾丸が掠《かす》めた。

敵の銃弾は激減したが、まだ撃ってくる。浩志は割れた窓から銃だけ出して反撃し、銃弾がなくなると美香の隣りに横になった。

方向転換を終えたゴンドラは駅舎から押し出されるように通過し、銃撃も止んだ。狙撃はライフルとは限らない。至近距離からハンドガンで狙える場所があったのだ。

四十秒が果てしなく長く感じられた。息を吐いた浩志は、グロックをホルスターに仕舞って床に腰を下ろした。右手で頬を触ると、べっとりと血が付いてくる。あと三センチずれていれば、頭を直撃していた。それに左肩と右肩も撃たれている。

「美香？」

浩志は床にぐったりとしている美香に気が付いた。抱き起こすと、左手にぬるっと温かいものを感じる。

慌てて浩志は、美香のダウンジャケットを脱がして傷口を確認した。右肩と左の肩甲骨《けんこうこつ》の近くを背中から撃たれている。右肩はともかく肩甲骨の近くは心臓が近いだけに危険だ。彼女のハンドバッグからハンカチを取り出し、右手で背中に押し当てると、左手でスマートフォンを取り出して池谷に電話をした。

「俺だ。美香が銃撃された。すぐに救急車の手配をしてくれ」

――わっ、分かりました。

池谷が悲鳴を上げるように高い声で答えた。

「しっかりしろ！」

浩志は止血しながら美香を抱きしめた。

三

午前三時、台北市満芳《マンファン》病院の中央手術室前のベンチに浩志は座っていた。一緒に黒川もいるのだが、落ち着かない様子で廊下を歩き回っている。

手術室では背中と肩に弾丸を受けた美香が、緊急手術を受けていた。深夜ということもあるが病院内は静まりかえり、閉じられた手術室のステンレス製のドアからも物音一つ聞こえて来ない。

猫空ロープウェイの〝方向転換站２〟で銃撃された浩志と美香は、麓の動物園站で救急車に乗せられ、最寄りの満芳病院に収容された。救急車を手配した池谷は、同時に台湾の知人にも助けを求めている。台湾で相当な実力者だったらしく、彼の便宜《べんぎ》で病院で最高の治療を受けているようだ。またその人物の指示で事件を表沙汰《おもてざた》にしないように、警察ではなく軍が対処しているらしい。池谷は様々な人物と折衝《せっしょう》のために今も奔走《ほんそう》している。

左肩の弾丸摘出手術を受けた浩志は、安静にするようにという医師の忠告を無視して手術室までやってきた。頬を三針縫って頭に包帯を巻き、左肩も包帯で固定されている。右肩はかすり傷で消毒しただけですんだ。だが数えきれないほどの戦場を経験し、瀕死《ひんし》の重傷を何度も経験している浩志にとっては、大した怪我ではない。

手術中という赤いランプはまだ点灯している。

腕組みをした浩志は手術室のドアをじっと見つめ、襲撃を避けられずに彼女を守りきれなかった自分を責めていた。

「敵はどうして〝方向転換站2〟で待ち伏せしていたのでしょうか。移動手段は他にもあります。あえてロープウェイに絞《しぼ》ったのでしょうか？」

沈黙に耐えきれなくなったのか、黒川が尋ねてきた。一つ前のゴンドラに乗り込んだにもかかわらず、敵を見いだせなかったと彼は悔やんでいるらしい。

〝方向転換站2〟の構内は真っ暗だった。敵はコントロールセンターの職員を倒し、夜間灯も消したようだ。至近距離にいた浩志でさえ敵の姿を捉えられず、マズルフラッシュだけで敵の位置を確認した程度である。

「猫空站からはロープウェイ、タクシー、マイクロバスの三通りの移動手段があった。俺たちが車に乗った場合は、山道で攻撃するプランがあったに違いない。敵はそれぞれ数人ずつ配置していたのだろう」

ロープウェイに浩志と美香が乗ったのを確認して、山中にある〝方向転換站2〟で待ち伏せすることは不可能である。敵は日が暮れる前から準備していたのだろう。どのルートでも、襲撃は避けられなかったに違いない。

「それにしても、いきなり銃撃して来るとは凶悪ですね」

黒川は眉間に皺を寄せて首を振った。

「明るいうちに指南宮から帰るべきだった」

浩志は六人の女とすれ違い様に手を切られたことを黒川に教え、すぐに報告しなかったことを詫びた。昼近くから襲撃までは数時間もある。敵に準備するのに充分過ぎる時間を与えたのだ。

「指南宮は単なる脅《おど》しで、それを無視したために襲ってきたのでしょうか？」

黒川は首を捻った。

「脅しなら、何らかのメッセージを寄越すはずだ。俺はからかわれたのか、あるいはいたぶることが目的だと思っていた。だが、やつらはいきなり命を狙ってきた。指南宮で女を使ったのは、反応を見て俺に仲間がいるかどうか調べたのだろう。いずれにせよ。指南宮からすぐに帰らなかった俺のミスだ」

いたぶって浩志に恐怖を味わわせることが目的なら、もっと段階を踏むはずだ。もし、浩志や美香を守るために仲間が集まるのなら、敵は別の攻撃方法を考えていたのかもしれない。また手の甲を切られた傷も浅かったため敵を見くびり、銃を携帯していたためかえって油断に繋がった。

「敵は蜥蜴のコードネームを持つ丁計劃でしょうね」

黒川は怒気を含んだ声で言った。

「おそらくな」

浩志は小さく頷いた。間違いなく襲撃者たちは丁の息がかかった者だろう。だが、美香が仕事で来台しているために断定はできない。

エレベータが開く音が聞こえてきた。静かなだけに、微かな呼び鈴のような音でさえ不謹慎に思える。

振り返ると、池谷がエレベータから降りてきた。

「まだ、手術中なのですか？」

池谷が今にも泣き出しそうな顔で尋ねてきた。彼も浩志と美香の身辺を警戒すると張り切っていただけに責任を感じているらしい。

浩志が無言で首を横に振ると、

「四時間近く経っていますが、手術はまだ続いているようです」

黒川が暗い表情で答えた。

「そうですか」

池谷は溜め息をついて肩を落とし、浩志の横に座った。

「現場はどうなっている？」

美香の状況を確認したら、浩志は事件現場に戻り犯人の手掛かりを探すつもりだ。襲撃犯はもちろん、命令した人間も地の果てまで追いつめる。借りは必ず返さなければならないのだ。

「軍の情報部で現場検証をしているはずです。銃弾を撃ち込まれたゴンドラは、明日の朝までに取り替えられるはずです。事件は表に出ることはありません。それから、私の方から内調の柏原祐介には連絡を入れておきました」

政府と太いパイプを持つ池谷も、美香がすでに新しい組織に移ったことを知らないようだ。もっとも柏原に連絡すれば、彼の方から伝達されるだろう。

「終わったようです！」

黒川が声を上げた。手術中の赤いランプが消えている。

ステンレス製のドアが開き、中からグリーンの手術着を着た医師が出てきてマスクを外した。

「状況は？」

浩志は立ち上がって、医師の前に歩み寄った。

「現時点で命は取り留めたと言っていいでしょう。ただ、肩の弾丸の摘出はできましたが、心臓近くの弾丸は場所が悪く変形しているため、摘出できませんでした。無理に取り出すと周囲の血管や神経を傷つける恐れがあります。おそらく弾丸はゴンドラに跳ね返って変形した物が、彼女の背中から刺さったのでしょう。安静にしていれば、回復に向かうはずです。ただし、体内に残った弾丸が心臓の動きに合わせて血管に絡まっていく危険性もありますので、予断は許しません」

医師は歯切れの悪い説明をした。心臓近くの弾丸は、跳弾だったらしい。ゴンドラの金属部に当たって変形したに違いない。血管や神経が集中する微妙な場所に弾丸は留まっているようだ。

「変形した弾丸の摘出はできないのか？」

眉間に皺を寄せた浩志は、医師の胸ぐらを摑まんばかりに迫った。

「わっ、我々は最善を尽くしました。残念ながら私を含め、当病院の医師では手に余ります。ただし、心臓外科の世界的な権威なら摘出できるかもしれません。夜が明けたら、心当たりの外科医に打診《だしん》してみるつもりです」

当惑した医師は浩志から視線を外すと、足早に立ち去った。世界的にという言葉から察するに、台湾では対処できないということらしい。

「……」

浩志は医師の背中を見つめ、無言で頭を下げた。

四

午前三時半、浩志は台北市満芳病院の廊下で、ストレッチャーに載せられて集中治療室に運ばれる美香を見送った。彼女が麻酔から醒《さ》めるのは夜が明けてからになるらしい。当分の間、面会は許されないようだ。

「リベンジャーズを招集しますか?」

傍《かたわ》らに立っていた池谷が背中越しに言ってきた。

「これは俺の問題だ。チームには関係ない」

浩志は振り返って言った。今回の事件の責任はすべて自分にあると思っている。蜥蜴のコードネームを持つ丁計劃から命を狙われると聞いていた。にもかかわらず、警戒を怠《おこた》っていた自分にすべての原因があるのだ。個人的な問題で仲間に手伝わせるわけにはいかない。それに敵を倒すのは浩志の銃から発射された弾丸であるべきで、断じてその権利を他人に譲るつもりはなかった。

「しかし……」

池谷は恨めしそうな顔をした。

「手伝うというのなら、この病院の警備を強化することだ。美香が再び襲われないという保証はないからな」

池谷を遮《さえぎ》って浩志は不機嫌な口調で言った。池谷にではなく、自分に腹を立てているのだ。

「分かりました。当面は黒川さんにもお願いしましょう。しかし私と彼だけでは無理ですから、中條にも手伝わせます。成田発の一番早い便なら、こちらにはお昼前に到着するでしょう」

「……頼んだ」

池谷は早口で説明した。彼の親切を無下《むげ》に断る浩志の態度に苛立っているのだろう。

集中治療室は手術室がある二階フロアにある。浩志は小さく頷くと、エレベータホール脇にある非常階段に向かって歩き出した。

「むっ……」

エレベータがタイミングよく開き、三人の屈強な男が現れた。全員チャコールグレーの軍服を着ており、身長は一七六、七センチだが鍛え上げた体をしている。

「ミスター・大石恭平ですか？」

中央の男がいきなり英語で尋ねてきた。年齢は三十代半ば、肩章に三本のラインがある。台湾軍の上尉、諸外国の軍隊でいえば大尉の階級だ。左右の男たちは部下らしく、二人とも上等兵の肩章を付けている。

病院で治療を受ける際に偽造パスポートを見せている。偽名は病院スタッフから聞いたのだろう。

「そうだ」

浩志は男の左右に立つ兵士をちらりと見て答えた。

「私は陸軍情報部の魏《ウエイ》爵《ジユエ》と申します。猫空事件の捜査責任者です。事件についてお伺いしたいことがありますので、我々とご同行願えますか」

魏は鋭い眼差しを向けてきた。

「断ると言ったら?」

浩志は首をぐるりと回し、質問で返した。彼らに非はないが、なぜか腹が立つのだ。

「あなたに断る権利はありません。たとえ我々三人を倒して病院の外に出られたとしても、指名手配されるだけです。台湾から出国することもできなくなるでしょう」

魏は腕に相当な自信があるのだろう。だが、それでももし浩志に倒されたらという危機感は持っているらしい。己に過信していないということだ。

「俺は急いでいる。それに機嫌も悪い」

浩志は魏を睨みつける。

「なっ!　……我々を恫喝《どうかつ》するのか」

一瞬たじろいだ魏は睨み返してきた。

「それがどうした」

浩志が眉間に皺を寄せて前に出ると、男たちは一歩下がりながら身構えた。

「落ち着いてください」

池谷が慌てて飛んできた。

「さっさと、要件を言え」

浩志は溜め息を漏らした。自分に腹を立てている時が、一番始末が悪いことは自覚している。これ以上じらされたら、理性で抑えられなくなることも分かっていた。

「先ほど現場検証を終えた我々は、被害者がこの病院に収容されたことを知り、駆けつけてきました」

よほど生真面目《きまじめ》なのか魏は、馬鹿丁寧な説明をはじめた。

「……」

浩志は思わず右眉を上げたが、続けるように顎をしゃくった。

「襲撃者は猫空ロープウェイの〝方向転換站2〟で、あなた方が乗ったゴンドラを左右から襲ったと思われます。現場には数十発分の9ミリパラベラム弾と思われる薬莢《やっきょう》が落ちていました。ゴンドラが駅舎を通過するのにおよそ四十秒かかります。ゴンドラの速度からすれば、マガジンを入れ替えても二、三人で撃ち尽くすことができますが、薬莢の落ちていた場所が数カ所あり、襲撃犯は五、六人だったと思われます。現在部下に〝方向転換站2〟周辺の地面に残された足跡を調べさせていますので、夜明けまでには正確な人数が判明するでしょう」

魏は論理的に説明をしている。軍情報部といっても捜査経験があるらしい。

「それで」

浩志は中国語で促した。魏の説明が馬鹿丁寧なのは、英語の文法に従って正しく話そうと努力しているように見受けられたからだ。

「中国語が話せるんですか、助かります。英語は堅苦しくて状況を説明するのに時間がかかります。問題は、ゴンドラの内部に襲撃犯が発射した弾丸だけでなく、シートの裏側に薬莢も残っていたことです。これも9ミリパラベラム弾と思われますが、襲撃犯が、ゴンドラに銃を突っ込んで発砲したとは考えられないのです」

魏は苦笑を漏らし、中国語で話しはじめた。

「……」

浩志は目を細めて舌打ちをした。自分が撃った薬莢はすべて拾ったつもりだったが、美香の傷口を押さえていたため全部回収できなかったらしい。

「薬莢は、あなたが反撃したことを意味します。それに〝方向転換站2〟の構内に三人分の血液が検出されました。襲撃犯も負傷者を出したようです。これまでの説明で状況はご理解していただけますね」

魏の表情が硬くなった。

「……」

浩志は肩を竦めてみせた。

「事件が軍部に回されたことで、特殊な事件として認識しています。我々は被害者であるあなた方の保護と犯人の捜索を命令されましたが、あなたも銃を持っていたとなれば、話は変わってきます。まずはあなたが使った銃をお渡し願えませんか。我が国の法律では外国人が銃を携帯することは許されていません。それはあなたが外交特権も持っていても同じです。銃は外交ルートを通じて、後ほどお返しします」

魏は右手を前に突き出した。

「……」

鼻で笑った浩志は、後ろのホルスターからグロック26を抜いて魏に渡した。

「それから新たな命令があるまで、あなたを拘束《こうそく》します。抵抗はしないでもらいたい」

魏は浩志の目をじっと見つめている。

浩志は傍らの池谷を見た。

「御心配なく」

池谷は日本語でゆっくりと頷いてみせた。

「分かった」

浩志が両手を上げると、魏の二人の部下が浩志の腕を摑んで手錠をかけた。

五

松山《ソンシャン》空港にほど近い台北の中心部に台湾軍憲兵指揮部（司令部）はある。西に中山美術公園、東に民族公園が隣接しており、民族公園と新生《シンシオン》北路三段を隔《へだ》てて敷地が二十ヘクタールある市民の憩《いこ》いの場である新生公園もあり、空港の騒音さえなければ環境のいいところである。

浩志は銃の不法所持の現行犯で、身柄を軍情報部から憲兵隊に引き渡された。ただ、逮捕されたわけではなく、襲撃された浩志の保護が目的のようだ。本来なら警察でするべき任務を軍で極秘に処理しているために、扱いに困っているのかもしれない。

浩志が監禁されている部屋は、司令部のグランド脇にあるレンガ色のビルの二階にあった。鉄格子のスライドドアが東側にあり、西側の高窓にも鉄格子がある。壁から吊るされた折り畳みベッドと洋式の便器があるだけの五畳ほどの広さの部屋には、清潔感があった。

憲兵隊の対象は自軍の軍人である。浩志の拘束されている場所はおそらく将校向けの施設なのだろう。

台北市満芳病院で拘束されてすぐに浩志は、憲兵指揮部に連れて来られた。扱いは丁寧である。朝昼と食事も二度出されたが、まあまあの内容であった。それに朝刊のサービスまで受けている。

午前中は新聞を読んで過ごしたがさすがに昼食後の睡魔には勝てず、浩志はベッドで眠っていた。

「ミスター・大石」

「……」

偽名を呼ばれた浩志は、ベッドから起き上がった。廊下の気配に気付くことなく眠っていたらしい。腕時計を見ると、午後二時四十一分になっていた。二時間近く眠っていたようだ。

「少し話を聞かせてもらっていいですか？」

魏が鉄格子の向こうから覗き込んでいる。憲兵隊では浩志を預かっているだけで、担当は未だに情報部らしい。

浩志は返事をする代わりに、壁を背にしてベッドに座った。

「失礼します」

魏は鉄格子のドアを部下に開けさせると、折り畳み椅子を広げて浩志の前に座った。付き添って来た部下は、未明の男たちとは違うようだ。鉄格子に鍵を掛けて外で見張りをしている。

「猫空ロープウェイの〝方向転換站2〟で襲って来たのは、どうやら女だったようです。猫空の山中に女の遺体を三つ発見しました。体内から摘出した弾丸を解析した結果、あなたが所持していた銃のライフリング（線条痕）と一致しました。また、DNA鑑定まではしていませんが、現場に残された血液型とも一致したので間違いありません。おそらく襲撃犯は、死んだ仲間を山中に捨てて逃げたのでしょう」

魏は淡々と説明し、浩志をじっと見つめて来た。反応を見たいのだろう。浩志は三人も殺したことになる。民間人なら罪は重い。

「それで？」

浩志は顔色も変えずに聞き返した。

「質問しているのは、私です。女たちに心当たりはありませんか？」

魏は苦笑を浮かべた。

「指南宮で、俺は六人の女のグループとすれ違い様に手の甲を切られた。襲って来たのはそいつらだろう」

浩志は腕組みをして答えた。

「襲われた理由は何でしょうか？」

目を細めた魏は探りを入れて来た。そもそも浩志が何者かも知らないはずだ。

「聞きたいのはこっちだ。観光を楽しんでいた。それだけだ」

浩志は素っ気なく答えた。

「銃を持った方が、ただの観光ですか？」

あきれたように言うと、魏は舌打ちをした。救急車が来る間に美香の銃とホルダーは外し、池谷に渡している。美香のことは疑えないはずだ。

「俺の証言の裏はとったのか」

昨日の行動は魏に正直に話している。

「確かに観光をされていたようですね。しかし、あなたは会社員ということになっていますが、銃を所持していたんですよ」

魏は肩を竦めてみせた。

「野暮《やぼ》なことは聞くな」

銃の不法所持だけでなく、偽造旅券を使っていたことまで話す馬鹿はいない。

「……ですよね。実は日本政府の方が面会に来られています。一緒に来てもらえますか」

溜め息をついた魏は立ち上がると、折り畳み椅子を畳んだ。

魏と二人の部下に付き添われて浩志が案内されたのは、一階にあるソファーが置かれた十畳ほどの部屋だった。窓に格子はなく、中山美術公園の緑が見える。何の目的の部屋かは知らないが、四人が面会で使う場所でないことは確かだ。

「お入りください。我々は廊下で待機しております」

ドアを開けていた魏は、軽く頭を下げた。

部屋に入ると、内調の国際部主幹である柏原祐介と池谷がソファーから立ち上がった。柏原は浩志が政府関係者の中でも信頼できる数少ない人物である。

「お迎えに上がりました」

池谷が笑顔で頭を下げた。

「ここからあなたが出られるのに、台湾政府から条件を提示されました。まずはお掛けください」

柏原が気難しい表情をして尋ねてきた。

「条件は何だ？」

浩志は柏原の前に腰を下ろし、腕を組んだ。

「台湾政府は、あなたが我が国の情報員であり、襲撃者は中国の工作員で、両国が台湾で場外乱闘をしたと勘違いしたようです。そのため日本に帰国するなら、何も法的な追及はしないと言ってきました。関わりたくないのでしょう。ただし、台湾に残るようなら、二十四時間態勢で台湾情報局の監視下に置かれるという条件を付けられました。もっとも逃亡の恐れがないと彼らが判断した場合に限りますが」

柏原は浩志の顔色を窺うように上目遣いで見た。

「美香はどうなる?」

自分の行動は美香が今後、どういう治療を受けるかによって決まる。

「心臓外科の権威であるK大学医学部の平子久志《ひらこひさし》教授に手術の依頼をしました。現在先生のスケジュール調整中です。ただ、政府からの依頼ですから、近日中に台湾で手術は受けられるでしょう」

柏原は淀《よど》みなく答えた。

「美香さんは、我々がお守りします。ご安心ください」

池谷が補足した。

「襲撃犯と命令したやつを抹殺する。それだけだ」

浩志が答えると、池谷と柏原が顔を見合わせて頷いた。

六

台南市は台湾の西南部に位置し、一六二三年に進出したオランダの東インド会社により統治されて発展した歴史ある街である。その後一六六二年に明の軍人である鄭成功《ていせいこう》が台湾を攻撃してオランダ人を駆逐《くちく》した。そのため、台湾では鄭成功と孫文と蔣介石《しようかいせき》を建国の祖を意味する〝三人の国神〟と呼んでいる。

昨夜台南に到着した啓吾と恵利は、朝早くからレンタカーのフォルクスワーゲンで安平《アンピン》港周辺の海岸線を調べていた。時刻は午後三時を過ぎている。

「港の風景はどこもありふれているわ」

助手席の恵利は大きな溜め息をついた。

台北では啓吾にハンドルを握らせなかったが、台南では運転をするとは言い出さなかった。会ったばかりの啓吾の腕を信用していなかっただけのようだ。

「確かにそうかもしれないが、ウェインライトの描いた風景画と合致するところが今のところないことも事実だ。ありふれた二枚の絵が全く違う場所で描かれていたら別だが、もし当てはまる場所があれば特定できるはずだ」

一枚の絵は左手に大きな椰子《やし》の木が生い茂る海岸線の絵で、対岸に低い山並みと街が描かれている。細長い入り江で、左手が海に繋がっているのだろう。

もう一枚は桟橋《さんばし》に漁船と思しき船が停泊している漁港の絵で、手前の左側には建物があり、コンビニなのか屋根かデッキと思われる部分が青と白と赤の三色の帯で塗られている。停泊している漁船の船首に〝旺大興《ワンダーシン》〟という船名が書き込まれていた。これらの情報を繋ぎ合わせれば、場所の特定はできるかもしれないと啓吾は思っている。

「あなたは、楽天家ね」

恵利は米国人らしく両手を上げて見せた。一日、あてどもなく走り回るドライブに飽きて、機嫌が悪いのだろう。

「とりあえず日が暮れるまでは探そう」

啓吾らは台南の南にある興達港は調べ尽くし、港から十一キロ北に位置する安平新港に向かうべく海岸線を通る国道十七号線を走っている。

「……」

啓吾のジャケットのスマートフォンが震動している。恵利に気付かれないようにブルートゥースイヤホンの通話ボタンをタッチした。

――私だ。

父親の誠治である。

「えへん、うん」

啓吾は咳払《せきばら》いをして答えた。咳払いが二回の場合は、電話の通話をするのに様々な合図を決めていた。誠治とはあらかじめ、電話に出られないため後で掛け直すという意味だ。

「喉の調子がおかしいな。海岸に出て気分転換しないか」

「いいけど、いちいち外には出ないわよ。今度停める時は、コンビニにしてくれない」

恵利は窓の外を向いたまま答えた。これまで風景を確かめるために何度も外に出ているので、関係のないところで労力は使いたくないらしい。もっとも啓吾はそれを承知で質問したのだ。

「分かった」

啓吾は車を路肩に停めて海岸の堤防に上ると、誠治に電話を掛けた。

――連絡が遅いぞ。

誠治は不機嫌《ふきげん》そうな声である。

「まだ、何も摑めていないんですよ。連絡のしようがないじゃないか」

腹立たしそうに答えた啓吾は、車から見えないように堤防を下りはじめた。

――おまえはまだ梨紗が怪我したことを知るまい。

「えっ！　梨紗が怪我したですって」

啓吾は声を裏返らせた。

――梨紗は藤堂といるところを銃撃されたのだ。藤堂が反撃して敵を追い返したが、梨紗は背中から二発撃たれたらしい。

「いったい、いつのことですか！」

啓吾は声を荒らげた。

――おまえは相変わらず妹のことになると、我を忘れるようだな。昨日の午後十時過ぎ、台北でだ。私も知ったのは一時間前だ。彼女は偽名を使っていたので、分からなかった。台湾の軍情報部が騒がしいので調べてみたら分かったのだ。

「台北？　……それで、怪我の具合はどうなんですか？」

啓吾は落ち着いたのか、周囲を見渡しながら尋ねた。

——命に別状はないらしい。私も迂闊《うかつ》だった。おまえが私の任務を遂行するのに、内調は日本の新しくできた情報機関である情報局に助《すけ》っ人《と》を頼んだらしい。それで梨紗をおまえの妹とも知らずに藤堂と一緒に台湾へ派遣したようだ。

誠治は溜め息まじりに答えた。

「なんてことだ。梨紗は我々の巻き添えを食ったのですか」

啓吾は拳を握り締めた。

——そこまでは分からない。米国の闇の組織が絡んでいるのか、あるいは別の組織から狙われたのかもしれない。なんせ藤堂は、傭兵としては世界でもトップクラスだが、その代わりブラックナイトやレッドドラゴンに命を狙われている。危険な男と付き合う梨紗にも困ったものだ。

「冷酷なあなたが、いまさら父親面をするのですか」

啓吾は鼻で笑った。

——馬鹿を言え、おまえの作戦に支障が出ては困るから連絡したまでだ。日本の情報機関は脆弱《ぜいじゃく》だ。おまえの緊急事態に備えて、梨紗と藤堂を派遣したのだろう。自前で腕利きの護衛官を揃えられないために二人を選んだのだろうが、まったく情けない話だ。

誠治は言うだけ言って、唐突に通話を切った。

「相変わらずだな」

啓吾は苦笑を浮かべたが、梨紗の命に別状がないと聞いて安堵した。

海岸に釣り人の姿がある。近くに50ＣＣバイクがあるので、近所に住んでいるのだろう。四十歳前後で、野球帽を目深に被り、餌釣りではなくルアーを使っているようだ。

「釣れますか？」

台湾語で話しかけながら、啓吾はクーラーボックスを覗いた。

「ボックスを見れば、分かるだろう」

釣果がないため、男は苛立っているのだろう。

「すみません」

苦笑いをした啓吾は、男の横に並んだ。

「うん？　台湾人じゃないのか？」

釣り人は啓吾の顔を見て首を捻った。

「日本人です」

台湾は親日国のため、日本人と素直に言った方が何かとメリットがある。

「台湾語がうまいな。海が汚くなったから昔と違って釣れなくなったんだ。台南じゃ、海より、川の方が釣れるかもしれない。だが、俺は海が好きだから釣れなくてもよくここに来るんだ」

男は笑顔を浮かべて説明をした。

「虱目魚《スームーユイ》がよく獲れるのは、台南だと聞いたんですけど」

「天然の虱目魚のことを言っているのか？　漁船で沿岸に出て獲るのなら分かるが、オカッパリで虱目魚が釣れたのは昔のことだ。そもそも市場で売っている虱目魚は養殖物で、天然物はないだろう。ひょっとすると高雄ならまだ釣れるかもしれないがな」

釣り人は右手を振って笑った。オカッパリとは、海辺や川岸など水辺で魚を釣ることである。

「高雄。そうなんですか。……ところで亡くなった釣り好きの友人が贈ってくれた絵の場所を知りたくて台南に来たのですが」

啓吾はそう言ってスマートフォンでウェインライトの描いた絵を見せた。

「大きな椰子の木があるから、台湾南部なのだろうが、どこにでもありそうだな。休日の時間がある時は、俺は高雄に行く。こんな幹が太いのはあっちの方がよく見かける。もう一枚の絵は、漁船が描いてあるから、どこかの漁港なんだろう。手前の建物はコンビニなのか、派手な色だな。ＣＰＣのガソリンスタンドにも見えなくない」

男は画面を指差しながら言った。絵画の隅にある建物に赤と白と青の帯がある。啓吾もコンビニだと思っていた。

「なるほど、高雄か」

啓吾は大きく頷いた。目を通した資料が古かったのだろう。確かに釣り人と考えたら高雄の方がいいのかもしれない。それに建物の一部がＣＰＣのガソリンスタンドと考えれば絞り込みもできる。

「川釣りなら台南でもでかいナマズが獲れるが、海釣りなら断然高雄のほうがいいぞ」

釣り人はにやりと笑って親指を立てた。

「ありがとうございます」

啓吾はきびすを返すと、土手を駆け上がっていた。

残留捜査

一

　午後三時半、浩志は作業員のような黄色いベストを着て、猫空ロープウェイのゴンドラがゆっくりと移動していく様を見つめていた。

　昨日に続き曇りがちだが太陽は出ている。だが、雲で日が陰ることが多く、昼間にもかかわらず十三度と気温は上がらない。

　台湾軍憲兵指揮部を出た浩志は、襲撃を受けたロープウェイの〝方向転換站2〟の現場検証に来ている。もっとも事件を担当している軍の情報部は一般人に知られないようにと、夜明け前に銃弾で穴だらけになったゴンドラを交換し、現場に残された血の跡も奇麗に掃除したので、事件の痕跡を見つけることはほとんどできない。

　ロープウェイは麓の〝動物公園站〟から北北西に位置する〝動物公園内站〟を抜け、

〝方向転換站2〟で南に向かって八十・三度回転する。そのため、〝方向転換站2〟の駅舎も中央で八十・三度の角度で曲がっており、構内の西側と南側に構造物を支えるための太いコンクリートの柱があった。その他にも駅舎の中心に配列された鉄製の頑丈な柱が数本あり、ゴンドラは〝動物公園内站〟の方から見て上りは柱の右側、下りは左側を通る。

中央の屈曲部には二本の鉄の柱があり、その間に上階に通じる階段があった。コントロールルームは北の外側にあり、ゴンドラの運行状況を一目で見ることができた。また、コントロールルームの向かい側は、ゴンドラの車庫になっており、ロープウェイの分岐点からゴンドラを格納することができるようになっている。

襲撃されたゴンドラは車庫の奥に置かれていた。しかも銃弾で穴だらけになったガラスは取り外されて廃棄されている。事件が発覚してから一時間後には命令を受けた軍の情報部が、現場検証とクリーニング作業を職員が出勤する午前八時まで徹夜で進めたようだ。

コントロールルームに詰めている職員は、浩志と魏を気にすることなく仕事をしている。彼らは事件について知らされてはおらず、二人は会社側から構造物の点検に来た役所の者だと聞かされているはずだ。

「ゴンドラが駅舎に入る直前に、コントロールルームに誰もいないことに気が付いた」

浩志は事件の様子を頭に描きながら呟いた。

「コントロールルームに詰めていた二人の職員は殴られ、床の上で気絶していました。よく気が付きましたね」

浩志と同じ黄色のベストを着ている軍情報部の魏爵上尉は、感心した様子で言った。魏は浩志が帰国を拒否したために部下を二名連れて監視役になり、浩志を自由にさせている。捜査する上で浩志が立ち会って証言がもらえれば、彼らにとっても好都合ということらしい。

魏らは捜査するにあたって軍服ではなく私服に着替えているが、二人の部下は目立たないように魏から車に残るように命じられている。浩志が逃亡の恐れはないと信じているのかもしれないが、今更現場を見たところで何も分からないと高をくくっているのだろう。

「最初に左側から撃たれた。南側の柱の後ろに隠れていたのだろう。遅れて右からも攻撃されたから、コントロールルームの陰にもいたようだ」

南側の柱の傍に立っていた浩志は、ゴンドラが通過するのを待って、コントロールルーム側に渡った。

柱とコントロールルームは、ゴンドラからそれぞれ二メートル弱離れており、敵は二、三メートルの至近距離から撃ってきたことになる。だが、ゴンドラのＬＥＤライトは意外に暗く、窓はコーティングガラスのため、敵は内部がよく見えずに焦って乱射してきたようだ。まともに狙われていたら確実に死んでいた。

「南側の柱の下と、中央部にある階段の下、それにコントロールルームの横にも血痕が残されていました」

魏は現場検証で撮影された写真を見ながら答えて頷いた。浩志の証言を検証しているのだろう。

「指南宮方面から下って来て〝方向転換站2〟に入ってから最初にある南側の柱を通過するのに約十秒かかる。そのため、銃撃戦は、実質的に三十秒もなかったはずだ」

浩志は昨夜の状況を思い浮かべながら、構内をゆっくりと歩いた。襲撃を受けた時は、恐ろしいほど時間が長く感じられるものだ。逆に攻撃する側にとって時間は短く感じられる。まして、浩志の予想外の反撃で敵は時間がなくなったと焦っただろう。

「襲撃犯はまさか反撃されるとは思ってなかったでしょうね。しかも、ゴンドラの中は暗かったはずです。襲撃犯は闇雲に撃つしかなかった。しかし、銃撃を受けながらもあなたは冷静に反撃した。日本の情報機関の訓練は相当厳しいのでしょうねえ？」

好奇心があるのか、魏はさぐりを入れてきた。

「……」

浩志は魏の疑問を無視し、コントロールルームの外壁に残された弾痕を調べた。浩志が撃った弾の痕である。近くの壁に僅かながら血痕が付着していた。クリーニングは現場検証が終わってから慌てて行ったのだろう。しかも情報が漏れないように少人数でしたため見落としがあるようだ。もっとも浩志もゴンドラの中に薬莢を一つ残してしまったので、他人のことは言えない。

「山中に死体が捨てられていたんだな。死体は拝《おが》めるか？」

「それが、我々では死体の処理はできないため、警察に依頼しました。死体はすでに警察署に移送し、我々の管理下には置かれていません。管轄《かんかつ》も違うので見ることはできません。一応写真は持ってきましたが、ご覧になりますか」

魏はポケットから複数の写真を出した。

浩志は受け取ると一枚ずつ念入りに見る。顔のアップの写真と、服を脱がされた全身の写真があった。顔の写真は目を閉じて表情がないため判別は難しいが、指南宮ですれ違った女たちだろう。

全身の写真は前と後ろ、それに銃痕のアップがある。一人は額に二発、もう一人は腹と心臓近くに一発ずつ、残りの一人は腹と左腕に一発ずつ、銃痕があった。

「うん？」

浩志は最後の写真を見て首を捻った。浩志が使用したグロッグ26は、９ミリパラベラム弾を使う。腹と腕に一発ずつ撃たれたとしても、死に至るような致命傷になるとは思えないのだ。

「この写真の女の死因はなんだ？」

浩志は写真を魏に渡した。腹に当たった場合でも、内臓が破裂し、出血多量で死に至る場合もある。

「原因は、二発の銃弾だと思うのですが……」

魏は声を落として答えた。

「検屍《けんし》解剖はしていないのか？」

浩志は魏を睨みつけた。

「夜明け前に死体は移動する必要があったので、軍医の所見だけです。あなたが発射した銃弾が三人の命を奪ったと思われます……」

戸惑いをみせつつ魏は視線を外すことなく答えた。

「馬鹿野郎。まともに捜査するつもりはないのか！」

浩志は思わず怒鳴りつけた。

「なっ！　侮辱《ぶじょく》するつもりか」

魏の顔が真っ赤になった。

「死体はな、大事な物証なんだ。死体に語らせないでどうする……」

二十年以上昔、現役の刑事のころに先輩によく言われた言葉だ。まさか傭兵となった自分が、同じ台詞《せりふ》を吐くとは思わなかった。言った後でさすがに気恥ずかしさを覚えた。

「死体に語らせる？」

首を傾げながらも魏は、腕を組んで思案顔になった。

「俺は殺しを否定するために言っているんじゃない。死体の仲間の居所を知る上で、何か手掛かりが欲しいんだ。残りのやつを捕まえないでどうするんだ」

「なるほど」

魏は小さく頷いてみせた。

「俺に死体を調べさせてくれ。納得しないで引き下がれない」

浩志は魏の肩を摑んだ。

「……分かりました。すぐに手配してみます」

魏は大きく頭を上下に振った。

二

猫空ロープウェイの現場検証を終えた浩志は、魏の部下が運転するトヨタのランドクルーザーの後部座席に乗っていた。

台湾はどこを見ても日本車で溢れかえっている。特にトヨタは台湾で販売台数が十三年連続で首位（二〇一五年一月現在）になっているほどだ。また近年は販売台数の首位から八位までを日本車が独占している。台湾が親日的ということもあるが、日本車は運転が楽で燃費がいいというのが一番の理由らしい。

「失礼ですが、日本の情報部で捜査関係のお仕事をされているのですか?」

浩志の隣りに座る魏は顔色を窺いながら尋ねてきた。彼は上官から浩志や負傷した美香に対して特別に配慮するように命令されているらしい。そのため、浩志が身分の高い情報員だと思っているようだ。

「昔、刑事だった」

浩志はぼそりと言った。台湾政府から勝手に情報員と勘違いされて待遇《たいぐう》を受けている。それをわざわざ否定することはない。差し支えのない範囲で話を合わせるつもりだ。

「やはり、そうでしたか」

魏はにやりと笑った。予想が当たったと単純に喜んでいるようだ。憎めない男ではある。

「ところで、山中で見つかった女の死体はどこにあったんだ?」

〝方向転換站2〟は、ロープウェイのゴンドラの方向を変えるだけでなく、車庫の役割もあり、建物の規模としては客の乗降がある他の駅と変わらない。高さは四階建てほどあり、コントロールルームがある階は三階に相当する。

死体を地上出口まで運び出すのに業務用のエレベータを使ったとしてもかなりの労力を要する。襲って来たのが六人組で、そのうちの三人を浩志が倒したのなら、生き残った女が一人ずつ担いだということだ。

「山中と言っても、〝方向転換站2〟から百メートルほど離れた森の中でした。警察から発見されるのを遅らそうとしたのでしょうが、我々は軍用犬を連れて行きましたからすぐに見つけました」

魏は自慢げに言った。

「百メートルか。奴らは慌てて逃げたんだろうな。だが、人を担いで山の中を百メートル移動するのは、男でも大変だぞ。女が担いだとしたら、そうとう鍛えられた連中だ」

浩志は自問するように言った。

「……確かに、あなたから指南宮で六人の女と遭遇したと聞いていたので、てっきり逃げたのは女だと思っていましたが、男だったのかもしれませんね。あるいは、女の他にも男がいた可能性も考えられます」

魏は腕を組んで唸った。彼らは捜査した現段階で、事実だけを摑んでいるに過ぎない。むろん捜査は事実の積み重ねから犯行を浮かび上がらせるものだが、想像力がなければ断片的な状況証拠をつなげることもできない。魏は軍情報部でも捜査を担当している部署に所属しているようだが、浩志からすれば捜査が生温《なまぬる》い。

「侮れんな」

襲撃された状況を思い浮かべた浩志は、厳しい表情になった。美香が一緒にいたこともあったが、容赦《ようしゃ》ない攻撃にさすがの浩志も焦った。敵はまだ台北に潜伏しているはずだ。

彼らの行動は仲間を殺されたことにより、より先鋭化する可能性がある。

十五分程で車は街の中心部を抜け、寧夏路《ニンシャ》と錦西街《ジンシー》の交差点の角にある台北北警察局の前で停まった。日本統治時代の台湾総督府の警察署が使用していた煉瓦《れんが》造りの建物がそのまま使われているため風格がある。

「局か」

浩志は先に降りた魏に従い、職員用の通用口に向かう。軍が死体の委託《いたく》をするので台湾警察の中枢機関である〝警政署〟に行くのかと思っていたが、日本の警察署にあたる警察局だったため浩志は首を捻った。

魏の部下は車から降りることなく、二人を降ろすと立ち去った。帰りに魏が電話で呼び出すことになっている。警察局に車を停めるスペースがないのだ。台湾の駐車場不足はどこでも深刻である。

「死体の処理ですから、警察でも気持ちよく引き受けてもらえなかったのです。ここだけの話ですが、軍情報部の幹部の知り合いがいる警察局に頼み込んだのです。あなたは私の部下ということにします。絶対日本人だと悟《さと》られないようにしてください」

魏は浩志の呟きを聞きとがめて囁くように答えると、通用口にある警備室の窓口に身分証を提示した。

五分ほど待たされて、中年の警察官が現れた。

「副局長の張《チャン》だ。付いて来てくれ」

張は不機嫌そうに浩志と魏を交互に見ると、ふんと鼻息を漏らして歩きはじめた。死体は身元不明として火葬にするのだろう。書類をでっち上げる必要があるため、任された警察としては面白くないに違いない。

張は非常階段で地下一階に下りて、奥にある〝屍體《したい》安置所〟と書かれたステンレス製のドアを開けた。建物自体は古いが内部は改修されており、霊安室の床は新しいタイル張りになっている。

「死体は五時前には搬出するつもりだ。調べが終わっても、私を呼ぶ必要はない。勝手に通用口から出て行ってくれ」

時刻は午後四時二十四分になっている。ステンレスの台に載せられた三つの黒い死体処理袋を指差しながら説明した張は、再び鼻息を荒々しく吐き出して出て行った。

「そうとう嫌われたらしい」

苦笑を浮かべた魏は、入口近くにある棚から手術用の手袋を二つ出し、一つを浩志に渡して手袋をはめた。死体を扱うのははじめてでないようだ。棚にはステンレスのバットなどの様々な器具が入れられている。検屍もここで行うに違いない。

手袋を装着した浩志は、一番手前の台に載せられている死体処理袋のファスナーを開けた。鼻を突くほどではないが、腐臭が臭う。

額に二発の弾痕がある女の死体が詰められていた。一瞬のマズルフラッシュで見えた残像目がけて、浩志は銃を撃った。我ながら感心するほかないが、立ったまま銃を構えて攻撃してきた相手の不注意だと言えよう。

浩志が二つ目の処理袋のファスナーを開けようとすると、

「これですね」

一番端の処理袋を開けた魏が声を上げた。

「銃痕は左腕と左脇腹か……」

死体を見た魏は、腕を組んで唸った。左腕はもちろん、左脇腹もたとえ腎臓に命中していたとしても致命傷になるとは考え難いからだろう。

「どいてくれ」

浩志は魏を脇にやり、女の死体を調べた。身長は一六一、二センチ、痩《や》せているが骨格はがっちりとしている。肩の筋肉も発達しているので、訓練で鍛え上げたのだろう。

「死体をひっくり返す、手伝ってくれ」

浩志は魏に足を持たせ、死体の肩を持ってうつぶせの状態にした。死後十二時間以上経っている。死体は完全に死後硬直の状態にあり、マネキンのように裏返すことができた。死体の背中には死斑はあるが目立った傷はない。死斑は死後に仰向《あおむ》けの状態で寝かされていたことを示す。やはり、腹に撃ち込まれた銃弾が死因なのか。

「うん？」

浩志は左の髪が濡れたようになっていることに気が付いた。

「ピンセットとメスを取ってくれ」

死体の頭に顔を近づけた浩志は、指先で髪を触った。濡れていると思ったのは、血で固まっていたのだ。

「見ろ」

死体の髪の毛を両手でかき分けて、頭の地肌を魏に見せた。

「銃痕ですか？」

魏は両眼を大きく見開きながらも、浩志にピンセットと手術用メスを渡してきた。銃痕と思われる穴は数ミリと小さく、しかも髪の毛に埋もれていたために監察医も分からなかったようだ。髪の毛にも皮膚《ひふ》にも焼けた痕がないので、銃口は頭からある程度離れていたに違いない。

「……」

小さく頷いた浩志は、メスで死体の銃創を切り裂き、広げた傷口からピンセットをゆっくりと突っ込んだ。頭蓋骨を抜けたピンセットの先に硬い物が当たった。浩志は慎重に挟んで引き抜く。

「うっ」

見ていた魏が、げっぷを漏らした。死体の解剖には立ち会ったことがないらしい。

浩志はピンセットで摘んだ赤黒いどろりとした血液の塊《かたまり》を見つめた。粘性《ねんせい》の強い血液がゆっくりと滴り、小さな弾丸が顔を覗かせる。

「ビーカーに水を入れてくれ」

浩志は魏が用意したビーカーの水で、ピンセットの先を洗った。

「小さな弾丸ですね」

魏が弾丸に顔を寄せて言った。

「22口径だ」

浩志は渋い表情で頷いた。

三

午後五時十分、台北北警察局を出た浩志と魏は、猫空ロープウェイの〝方向転換站2〟に急いでいた。すでに太陽は陰り、残照が西の空をわずかに赤く染めている。

ロープウェイで襲撃された浩志が倒した敵は三人の女だった。三人とも浩志に銃撃されたが、そのうちの一人は致命傷とはならずに別の銃で頭部を撃たれて死亡している。足手まといとなり、仲間に殺害されたのだろう。

「それにしても不思議です。あの22口径の弾丸にはライフリングがありませんでした。現場で採取した弾丸はすべて9ミリ弾、現在鑑定させていますが、すべてライフリングがあったのです。これは何を意味するのですか」

魏は浩志が死体から摘出した弾丸のことを言っているのだ。

「まずライフリングの役目は、なんだ」

浩志は答えるのが面倒くさいので質問で返した。

「発射された弾丸に旋回《せんかい》運動を加えることで、直進性を高め、弾軸を安定させるためです。それと旋回運動する弾丸は、より強力に肉体を貫くことができますね」

元来《がんらい》まじめな男なのだろう。魏は素直に答えた。

「直進性を高めるには、銃身の長さも関係するが、ライフリングのない銃だとしたら三、四メートル以内の至近距離から撃ったはずだ。頭を狙ったのは、銃創が目立たないようにしたのと、22口径のため確実に殺すためだろう」

仲間を殺した人間は、9ミリ弾を使う銃を携帯していないのだろう。襲撃してきた時はどこかで見ていたに違いない。

「なるほど仲間を確実に殺すことができるということは、襲撃犯のリーダーのような存在だった可能性がありますね。しかし、なんとも残忍で冷酷です」

魏は渋い表情で言った。

「使われたのは、至近距離のみで使うための小型の拳銃か、あるいは偽装された銃のはずだ」

浩志の脳裏にワットが殺害したターハ・イスマイールの顔が浮かんだ。ダニエル・クロスマンと名乗り、シリアで紛争を泥沼化させるために工作活動をしていた。冷酷で人を殺害するのをなんとも思わない男で、レフチェンコ・ピストルとも呼ばれる小型のロシア製のPSS銃を掌に隠し持っていた。

イスマイールはパキスタン最大の情報機関である軍統合情報局〝ISI〟に所属しながら、レッドドラゴンとも関係していたらしく、浩志の命を狙う蜥蜴こと丁計劃からの命令で動いていたようだ。冷酷なイスマイールを使うことができた丁という人物なら、さらに残忍に違いない。女の殺し屋の頭部を撃ったのは、丁ではないかと浩志は思っている。

「なるほど、そうかもしれませんね。しかし、一体どういう銃なのでしょうか」

魏は首を捻った。

「ライフリングがない小型の銃は昔からある。ナチスのバックルガンやテロリストが使う携帯電話型の銃を知らないのか」

浩志はじろりと魏を見た。

職業柄、ありとあらゆる武器の情報は集めている。敵が降伏してきても、隠し持った武器で反撃された上に殺されては笑い話にもならないからだ。

「バックルや携帯型の銃があるのですか?」

魏は目を見開いて尋ねてきた。

ナチスドイツの高級官僚には、ハーケンクロイツと鷲《わし》がデザインされた国章が彫り込まれたバックルガンが支給されていた。敵に銃を向けられた場面を想定して開発されたもので、腹圧でベルトのバックルのカバーが開いて22口径の弾丸を四発発射できるという優《すぐ》れものだ。

携帯電話型の銃は、実際に通話できる機能を持ち、外見もアンドロイド系の携帯電話と遜色《そんしょく》はない。22口径の弾丸を四発撃つことができ、至近距離なら殺傷能力はある。十数年ほど前に開発されたもので、主にマフィアが使っていたが、最近では護身用に持つ一般市民もいるらしい。

また、この数年の間にテロリストにも広まり、警官や軍人が暗殺されている。欧米で武器ではなく携帯電話を持っていた市民が警官に誤認射殺される事件が後を絶たないのは、携帯型銃の存在があるからだろう。

「俺に聞くな」

浩志は冷たく言い放った。

車は動物園近くの街灯もない山道に入り、突き当たりにある〝方向転換站2〟の前で停まった。浩志を襲った三人の女の死体が遺棄されていた場所の現場検証に来たのだ。〝方向転換站2〃の構内を検証した後に調べるつもりだったが、死体が処理されてしまうと聞いて慌てて市内の警察局に向かったため後回しになってしまった。

日も暮れてしまったので明日にするべきだろうが、浩志はじっとしていることができずに戻ってきたのだ。

「こちらです」

車を降りた魏は、ハンドライトを手に〃方向転換站2〃の裏から雑木林に分け入った。浩志もハンドライトで足下を照らしながらゆっくりと進んだ。枯れ葉は山肌を埋め尽くすほど落ちているわけではなく、地面は雑草に覆われている。落葉が少ない沖縄や石垣島の山林と似た環境なのだろう。

「ここに三体並べて遺棄されていました」

百メートルほど進んだところで立ち止まった魏は、足下の草むらにライトを当てながら指差した。死体の位置を示すためか、三本の杭《くい》が打ち込まれている。

「足跡は採取できたか？」

浩志は周囲の草むらをライトで照らしながら尋ねた。

「それが、どこも乾燥していたので、採取できませんでした」

魏はすまなそうに答えた。雨期にもかかわらず、三日前の十五日から台北に雨は降っていない。

「そうか」

期待していなかっただけに浩志はそっけなく頷いた。

四

台北市満芳病院の病室で、美香は眠っている。手術後の経過はよく集中治療室から一般病棟の三階にある個室に移されていた。

左腕には抗生物質と思われる点滴が打たれている。幾分やつれた感じがするが、彼女の美しさを妨《さまた》げるほどではない。

「……いつから、いたの？」

目を覚ました美香がにこりと笑った。

「十分ほど前だ」

ベッドの右脇に置かれた折り畳み椅子に座っている浩志は、口元を僅かに弛めた。椅子が軋《きし》んで音を発《た》てたため、美香を起こしてしまったようだ。だが、寝顔だけ見るつもりだったので、正直言って声を聞けてほっとした。

午後九時四十分、面会時間は過ぎていたが病院の計らいで病室に入ることができた。もっとも面会は二十分と制限されている。

猫空ロープウェイでの現場検証は、結局空振りに終わった。捜査を指揮している魏は、それなりに精力的に動いてはいるのだが、軍の上層部からは事件を隠蔽《いんぺい》せよという命令を受けているようだ。

真面目な性格なため、命令に従いつつも捜査を進めていたことを浩志に正直に打ち明けてくれた。台湾政府としては、猫空での事件は日中間の諜報戦の場外乱闘と見ており甚《はなは》だ迷惑というのが本音なのだ。

浩志が捜査できるのは魏の好意であって、彼の任務ではない。本来の彼の任務は浩志を監視することだ。病院に一人で見舞いに来られたのも、彼が気を遣ってくれたからだ。もっとも二時間以内にホテルに戻ることが条件に付けられている。

「明々後日、弾丸の摘出手術をするらしいわ」

美香は不安げな表情で言った。

心臓外科の世界的権威であるK大学医学部の平子久志教授は、急遽《きゅうきょ》二日後に来台して美香の手術をすることになった。政府が動いたことは言うまでもないことだが、池谷も陰で尽力《じんりょく》したらしい。

「そうらしいな。心配することはないようだ」

浩志は美香の目をじっと見つめながら言った。

「私は自分のことは何も心配していない。三年前に大怪我をした時に、いつ死んでも大丈夫と思うようになったの。死はいつでも訪れる可能性があるから、あらがっても仕方がないって。だから私は仕事でもプライベートでも一生懸命生きることにしたの」

美香は淀みなく言うと右手を伸ばして、浩志の左手を握り締めた。

「悟りを開いたようだな」

浩志は美香の手を右手で優しく握った。

「大袈裟よ。私はただ自分の意志で自由に生きたいだけ。昨日もタクシーに乗ればよかったかもしれないけど、ロープウェイに乗って正解だと思っているわ。もし、タクシーに乗って銃撃されていたら、関係のない運転手まで巻き添えにして後悔していたと思う。何よりあなたの怪我が軽傷で本当によかった」

美香は気丈に話した。薬を飲んでいるせいかもしれないが、傷が痛むような素振りは見せない。

「あまり話さない方がいい。後で傷が痛むぞ」

浩志はゆっくりと首を左右に振った。

「台湾に付き合わせて、ごめんなさいね」

美香はそういうと、大きな溜め息をついた。

「謝るのは俺だ。傭兵として力になれなかった……」

病室の外から微かに足音が聞こえたために、浩志は美香の手を離して身構えた。

「面会時間は終わりました」

ドアが開き、若い看護師が顔を覗かせた。

「また来る」

浩志は美香の右手を毛布の中に仕舞うと、立ち上がった。

「退院したら、ご褒美《ほうび》が欲しいの」

美香は珍《めずら》しく遠慮がちに言った。

「快気祝いか。……どんな?」

彼女から物を強請《ねだ》られた記憶がないため、浩志は首を捻った。

「秘密。退院したら話すわ」

美香は笑顔で首を振ってみせた。

「……分かった」

頭を掻きながらも浩志は頷いて部屋を出た。

美香は二人でしばらくの間、ランカウイ島で過ごしたいと言っていた。おそらくそのことだろう。浩志にとっても彼女と二人きりで暮らした日々は忘れられない。仕事がなければまた島の自然の中で過ごすのも悪くないと思っている。

廊下は深閑《しんかん》としており、耳を澄《す》ませるとさきほど顔を見せた看護師が履いているメディカルシューズの密やかな音が遠ざかるのが分かった。

浩志は薄暗い非常階段を下りて、病院の裏口から外に出た。敵はどこから監視しているかは分からない。病院に立ち寄ったことを知られたくなかった。

外気は十二度、日中も十三度と気温が上がりきらず、昼夜の寒暖差がないせいか寒さは感じない。むしろ病院を一歩出ると、体中が熱く感じられた。

美香の前では感情を押し殺していたが、傷ついた彼女を見ていたら襲撃者たちへの怒りがこみ上げてアドレナリンが分泌《ぶんぴつ》されたようだ。

病院の裏通りは右側にバイク、左側に車がびっしりと停まっている。病院の隣りには警察官の官舎があるため、警察官とその家族の車なのだろう。

人気のない通りを歩き、興隆路三段に出た。表通りだけあって、時刻は午後十時になろうとしているが、通行人はいる。

浩志は走って来るタクシーに向かって手を挙げた。まだ夕食を摂っていないので適当にどこかの食堂ですませるつもりだ。

交差点の角にいた二人の男が浩志を見るとぴくりと反応し、近付いて来るタクシーの前に立ちはだかって追い払った。すると近くに停まっていた二台のバンから五人の男たちが降りて来た。

大半は二十代から三十代前半と若い。服装も派手なトレーナーやジャージを着て全員金のネックレスをしており、スキンヘッドの後頭部に刺青《いれずみ》をしている男もいる。説明がなくとも一目で地元のヤクザだと分かった。

「藤堂浩志か?」

一番年配に見える三十代後半の男が中国語で尋ねてきた。

「むっ!」

浩志は右眉を上げた。台湾で浩志の名を知り得るのは、レッドドラゴンの息がかかった者だけだ。丁は部下が殺されたために台湾のヤクザを雇ったに違いない。

「顔写真と似ている。こいつですよ」

他の男が懐から写真を出して浩志と見比べながら叫んだ。

「失せろ」

浩志はズボンのポケットに入れてあるクボタンをさりげなく抜いて手の中に隠した。今の精神状態で素手で闘えば、際限なく相手を叩きのめしてしまう恐れがある。武器を持ったことを自覚することで、怒りを抑制しているのだ。

「粋《いき》がるな。こっちは七人だ。俺たちにおとなしく従え」

年配のヤクザは若い手下たちの肩をぽんと叩いた。

「こっちへ、来い!」

二人の男が両脇から浩志の腕を摑んだ。

「触るな!」

浩志は体を右に捻りながら両腕を交差させて男たちの手を振りほどくと、クボタンの先端を男たちの脇腹に押し当てた。

「ゲッ！」

男たちは脇腹を抱えて次々と倒れた。手加減したので骨は折れていないだろうが、しばらく激痛で起き上がることもできないだろう。

「何！」

ヤクザたちは状況が分からず、きょとんとしている。

「終わりか？」

浩志はゆっくりと年配の男に近づいた。

「全員でかかれ！」

年配の男はうわずった声で命令した。

四人の男たちは四方に分かれてパンチと蹴りを繰り出してくる。

浩志は体を回転させながらすべての攻撃をかわしながら背後の男の顔面に裏拳を当て、左から蹴りを入れて来た男のスネにクボタンを当てた。二人の男が倒れる前に浩志は右の男の鳩尾《みぞおち》に肘打《ひじう》ちを入れ、前方から左右のパンチを放った男の鳩尾を蹴り抜く。四人の男たちが歩道に横たわるのに十秒とかからなかった。

「ふう」

浩志は短く息を吐いた。怪我をしている左肩は使わないようにしたが、激痛が走り額に汗が滲んだ。

「なっ」

リーダー格の男は目の前の光景が信じられないらしく、呆然と立ち尽くしている。

「おまえはどうして欲しい?」

浩志はクボタンをポケットに仕舞い、男に近寄った。年齢的に組織でもある程度の地位があるはずだ。簡単には自白しないだろうが、情報を手に入れるべきだろう。

「おっ、俺は……」

男は両手を前で振りながら後ずさりした。

「誰に頼まれたのか教えろ……」

浩志は右手で男の胸ぐらを摑んだ。

「うん?」

遠くでパトカーのサイレンが聞こえて来た。しかも通行人が遠巻きにこちらの様子を窺っている。冷静に行動しているようでも頭に血が上っていたらしい。

目の前にタクシーが停まった。

「乗りたまえ」

後部ドアが開き、中年の男がフランス語で呼びかけてきた。

「戸惑っている場合じゃない！　警察も来る。そのうち野次馬に囲まれて写真を撮られるぞ。面が割れてもいいのか！」

語気を強めた男は、手を振って催促した。

「……」

浩志はヤクザを突き放し、タクシーに乗り込んだ。

五

浩志を乗せたタクシーは、病院があった台北市の南から中心街に向かっている。

隣りに座る男は彫りが深く、鷲のように曲がった鼻の下に切りそろえられた口髭を伸ばしている。アジア系だがラテン系の血が混じったようなはっきりとした顔立ちだ。

「噂通りに強い。だが、〝黑道《ヘイダオ》〟に手を出したようだな。面倒なことになる」

男は窓の外を見ながら舌打ちをした。声は低くしわがれており、年齢は六十歳前後と思われるが、鍛え上げられて発達した首の筋肉からするともっと若いのかもしれない。

「正当防衛だ」

浩志はふんと鼻息を漏らした。〝黑道〟とは台湾の暗黒街を意味する。

「私が心配しているのは、〝縦貫線《ゾンガンシエン》〟とかかわることだ」

浩志は男を不審に思いながらも、話に聞き入った。

「〝縦貫線〟とは台湾の南北に通じる鉄道のことだが、〝縦貫線〟に沿って台湾で活動するヤクザを意味する隠語でもある。組織は古くから地域の実力者である本省人（大陸系）の角頭《ジャオトウ》（親分）が治めている。それだけにかかわればやっかいだ」

「〝縦貫線〟？」

男は景色を見ているようだが、外は辛亥《シンハイ》路三段の地下トンネルである。タクシーの運転手にバックミラーで顔を見られるのを嫌っているのかもしれない。

二〇一〇年四月十一日に偉大な角頭と言われた李照雄《リーヂャオシオン》が亡くなり、二万人の構成員と台湾の政治家を筆頭に著名人が参列する国葬とも言うべき盛大な葬儀が行われた。また、三百人の警察官が動員されて警備と交通整理に当たり、葬儀場までの道路は交通規制まで行われて参列者が徒歩で移動するのを、沿道の一般市民は息を潜めて見守ったという。台湾が裏社会と密接な関係を保っていることがよく分かる出来事である。

トンネルを抜けて福州山《フージョンシャン》公園を過ぎると、寂しげな郊外の景色はビルが建ち並ぶ街へと変わった。

「そこで停めてくれ」

辛亥路三段から基隆路二段に入り、陸橋を下りた商店街の前で男はタクシーを停めた。

「付いてくるんだ」

男は周囲を警戒しながら裏路地に入った。追っ手の有無を確認しているようだ。

「何者だ？」

浩志は足早に歩く男の後を追いながら尋ねた。

「私の名は片倉誠治だ」

男は振り返ることもなく名乗った。

「片倉……？」

浩志は誠治の横顔をじっと見た。片倉というのなら、内調の啓吾と同じである。身長もさることながら体型も似ていた。しかも目元がそっくりで、あえて言うのなら啓吾の方がバタ臭い顔をしている。

「片倉啓吾の縁者か？」

「啓吾は我が不肖《ふしょう》の息子である」

周囲に人がいないことを確認した男は日本語で答えた。フランス語を使っていたのは、会話の内容が聞かれないようにするためだったらしい。台湾は中国語、日本語、英語を理解する住民が多くいるため、日本語や英語では迂闊なことは話せないのだ。

啓吾が息子というのなら、美香にとっても父親である。

「彼女の見舞いに？」

浩志は誠治が胡散《うさん》臭いため警戒を解かなかった。

「娘には恨まれている。顔を見せるつもりはない。容態を聞くために病院に行っただけだ。一杯付き合わないか」

誠治は立ち止まって浩志を見た。恐れを知らぬ強い視線である。幾多の修羅場を経験した男の目だ。

「美香の親だと納得しているわけじゃない」

浩志は訝しげな目で誠治を見返した。父親だと安心させておいて、陥れる可能性もある。それに病院の前で襲われただけに美香のことが心配だった。

「君が初対面の男を信用するほど馬鹿でないことは知っている。信頼できないのなら、この場で別れよう。だが、私は今回の事件の真相を知る権利がある。また君にも有益な情報を話すつもりだ」

「俺は病院に戻って美香のガードを固めるつもりだ」

黒川が病院で警戒に当たっているはずだが、彼一人では心もとない。

「娘の身を案じているのなら、その必要はない。リベンジャーズがあの病院を密かに固めている。心配なら日本の傭兵代理店の社長である池谷に電話をかけてみるがいい」

誠治は息を漏らすように笑った。

「何！」

浩志は慌ててスマートフォンを出して池谷に電話をかけた。彼は中條を呼び寄せたと言っていたが、リベンジャーズにまで声をかけたとは聞いていない。

――はい、池谷です。どうかされましたか？

池谷は、すぐに応答した。彼もまだ台湾にいるに違いない。

「俺だ。病院の警備をリベンジャーズにさせているのか？」

浩志は咎《とが》めるような口調で尋ねた。

――気付かれましたか。夕方の便で、辰也さん、瀬川さん、宮坂さん、加藤さん、田中さん、京介さん、村瀬さん、鮫沼さんの八名が到着し、美香さんと同じフロアの二つの病室に分かれて詰めています。台湾政府を通じて病院に事情を説明し、警護の許可を得ています。特に夜間は、病院内の巡回警備をしても構わないという許可も得ています。藤堂さんではなく美香さんの護衛のためなので、お知らせしませんでした。

池谷はあっけらかんと答えた。浩志がリベンジャーズの招集は必要ないと断ったことをまだ根に持っているに違いない。

「付き合えそうだな」

電話を切ると、誠治はにやりと笑った。

「……」

誠治を睨みつけた後浩志は、渋々認めた。

六

誠治は人気のない裏通りを抜け、新交通システムの高架がある和平東路《フーピン》三段に出るとタクシーを拾った。タクシーを乗り換えるのは尾行をまく常套《じょうとう》手段である。誠治の行動と情報力、それに語学力から察するに情報員だろう。だが、これほど有能な情報員に日本では美香以外にお目にかかったことがない。誠治が所属するのは海外の情報機関かもしれないと浩志は思った。

五分ほどタクシーに乗った二人は、〝台北１０１〟にほど近い信義路四段と基隆路二段の交差点から一本入った裏路地で降りた。誠治は浩志がグランド・ハイアットに宿泊していることを知っていたに違いない。ここからホテルまでは五百メートルほどの距離だ。

さすがに台北のランドマークに近い商業地区だけに路地裏にもおしゃれなバーやカフェが建ち並ぶ。だが、小籠包《ショウロンポウ》を出す昔ながらの店があるのも台湾らしい。

誠治は店先にテーブルを出すカフェバーに入った。店内は台湾人と思われる若者で賑わい、奥のテーブル席には欧米人のカップルも座っている。ＢＧＭのジャズと客のざわめきがほどよい。密談するには持って来いの場所である。

浩志は腕時計で時間を確かめた。時刻は午後十時二十分、魏と約束した時間は、午後十一時二十分である。ここからホテルまでは歩いて数分の距離だ。時間はまだ五十分以上あった。ただし、魏から時間に遅れたら、日本に強制送還すると言われている。

二人はカウンター席に座ると、浩志はターキーの八年もの、誠治はスコッチウイスキーのラガブーリン十二年ものを頼んだ。

「昔からシングルモルトなのか？」

誠治の注文に浩志は思わず苦笑を漏らし、英語で質問をした。フランス語で話すほどのこともないが、店の従業員や客に日本人と悟られたくなかったのだ。

「そうだが、何がおかしい？」

誠治も英語で返し、不快そうな顔で首を捻った。

「最近美香もラガブーリンを飲むようになった。シングルモルトが気に入っているようだ」

店に入るまで半信半疑であったが、美香と誠治が親子であると確信した。彼女は子供の頃誠治が飲んでいた酒を好むようになったに違いない。

「何年も会っていないが、嗜好《しこう》までは嫌われていないらしい」

誠治は鼻で笑った。

バーテンダーが酒の入ったショットグラスを二人の前に出した。

「娘が心配で台湾に来たのか？」

浩志はグラスのターキーを一口喉に流し込んだ。空きっ腹だけにバーボンが胃壁にどんと染みる。

「それもある。そもそも、彼女が君と一緒に台湾に来るとは思わなかった。身分は明かせないが、啓吾を指名し仕事をN機関に依頼したのは私だ」

誠治もグラスを握ると、フランス語で話しはじめた。

N機関とは、内調のことだろう。誠治は十年前に保護プログラムで台湾に移送した米国人を再度保護する任務のことを簡単に説明した。

「今聞いた話は、トップシークレットじゃないのか?」

保護プログラムは、携わった者しか情報は共有されない極秘の任務である。それだけに第三者である浩志に話をする誠治を訝った。

「今回の任務を私は侮っていたわけではない。その緊張が伝わったのか、N機関は別の機関に助っ人を頼んでしまった。それが娘と君だ。すでに君はプログラムの一員になっている。無関係ではないのだ」

誠治は苦虫を噛み潰したような顔で答えた。

「……なるほど」

浩志は頷いた。啓吾と美香が兄妹ということを知っているのは、日本では浩志と池谷だけで内調も美香が所属している〝国家情報局〟も知らないはずだ。二人が兄妹と知っていれば、任務を与えるはずがない。

「ターゲットは五年前に失踪していたらしい。情けないことに組織は把握していなかった。現在啓吾のチームが捜索に当たっている。一方で、彼らのサポートで待機中の君たちが襲撃された。この時点で本来なら任務は中止すべきかもしれない。だが、襲撃された原因がまだ掴めていない。それを解明するために急遽私は来台したわけだ」

「台湾に来て二日目に俺はある男と偶然会った」

浩志は〝九份〟で馬用林に声を掛けられ、丁計劃に命を狙われていることを教えられたと誠治に告げた。

「……丁計劃、確か軍総参謀部第二部にいたという記録を見たような気がする。今はレッドドラゴンに所属するのか。なるほど、今回の事件は我々の任務には関係なく、君自身の問題だったのかもしれないな」

誠治は腕組みをして唸った。

「丁が九十九パーセントの確率で関係していると思う。だからこそ独自に犯人探しをしている。俺がプログラムに勝手に加えられているようだが、外してくれ」

承諾なしに関係者にされるのも気に食わないが、今はこれ以上誰も巻き添えにしたくなかった。

「分かった。だが、一パーセントでも我々の任務に関係している可能性が排除できない以上、お互い連絡が取れるようにしないか。もし啓吾のチームも危機的な状況になった場合、君の助けが欲しい。逆に私にできることがあったら、連絡をくれ。娘も世話になった以上力になる」

誠治は声を落とし、軽く頭を下げてみせた。あくまでも軽い会話をしているようにみせかけているのだろう。

「大きな組織のくせに外部に頼るのか」

浩志は皮肉っぽく言った。誠治の話を聞いて、彼が米国のＣＩＡの情報員だと推察したのだ。

「所帯が大きいだけに身内も信用ができない。だが、君なら信頼できる」

溜め息を漏らした誠治は、ラガブーリンのグラスを口にした。

「仕事の依頼なら代理店を通してくれ」

クールに答えた浩志は、グラスに残ったバーボンを呷《あお》った。どんな仕事も職業柄危険が伴うが、代理店を通せば様々なサポートや情報が得られるため、仕事はスムーズになる。そのため浩志はいつでも仕事は代理店経由にしていた。それに連絡先を教えるのは互いに制約になりかねないため、教えたくないのだ。

「それができるのなら苦労しない。今回の仕事は任務の性質上ほんの一握りの人間で遂行しなければ意味がないのだ。だからこそ、私が直々に動いている。察して欲しい」

誠治はバックヤードに並べられた洋酒の瓶を見つめながら言った。

「連絡は俺からする」

浩志はバーテンダーに空のグラスを見せた。

「隙《すき》を見せない男だな。もっとも私ならそうするだろう。メモを取らないでくれ」

苦笑した誠治は自分のスマートフォンに電話番号を表示し、浩志に見せた。

浩志は携帯の画面をちらりと見て番号を記憶した。

「君を傭兵にしておくのが、実においしいよ。転職は考えたことはないのか」

スマートフォンをポケットに仕舞った誠治も空になったグラスをバーテンダーに差し出した。バーテンダーは緊張した面持《おもも》ちで二人のグラスに酒を満たす。厳《いか》つい二人の男が、フランス語で声を潜めて話している。しかも浩志は頬に血の滲んだ医療用テープが貼ってあった。バーテンダーは二人にかかわりたくないのだろう。

「俺の仕事は傭兵じゃなくなっているのかもしれない」

浩志はターキーで満たされたグラスを手に取った。

「むっ、日本の組織から誘いでもあったのか？」

誠治は両眼を見開いた。

「他人の不幸を背負《せお》うという仕事だ」

浩志はぼそりと言った。

黒道の罠《わな》

一

馬英九総統は、二〇一三年六月に中国と密議の上で二国間による関税を撤廃し経済協力を原則とする〝中台サービス貿易協定〟に調印した。だが、協定が実行されれば、大陸から中国人と巨大資本が雪崩《なだれ》のごとく流入し、台湾は瞬く間に中国に飲み込まれ、事実上の中国領土と化すのは明白であった。

当然のことながら協定は野党、世論から猛反発を受けて調整がうまく行かず、業《ごう》を煮やした馬総統は協定を実行すべく二〇一四年三月十七日に審議を打ち切る。これに異を唱《とな》えた学生が、翌日の十八日に協定の撤回を求めて日本の国会にあたる立法院議場を占拠した。またそれを支持する国民も立法院の周囲を囲み、参加者が五十万人にも膨れ上がるデモに成長する。

これに対して政権側は、警官隊を派遣する一方で学生らを恫喝するためにカウンターデモを敢行《かんこう》した。デモ隊を組織したのは、台湾最大の暴力団である〝竹聯幇《チュリエンバン》〟とかかわりを持つ〝白狼《バイラン》〟こと張楽安《チャンラアン》である。彼は数百人のチンピラやヤクザを引き連れて、議場周辺の学生を罵倒《ばとう》し暴力を振るったが、警官隊に阻止《そし》されて三時間ほどで姿を消した。議場に突入し、学生を力ずくで引きずり出すつもりだったらしいが、警官を国の下僕《げぼく》と考えて自分たちに手を出さないと高をくくっていたに違いない。

張は米国で殺人事件に関与して台湾政府から指名手配を受けるも中国に渡り、当局の庇護《ひご》を受け、中国に居住しながら台湾の政党である〝中華統一促進党〟を創設して総統に就任した。

二〇一三年に、台湾に帰国し逮捕されるもなぜかすぐに釈放され、現在も台湾で中台統一活動をしており、台湾工作を担当する中国の国家安全第四局から資金援助を受けていると言われている。

〝台北１０１〟の八十五階に台湾料理の〝欣葉《シンイエ》１０１食藝軒〟がある。完全予約制で入店するには、まずは〝台北１０１〟の南側にあるオフィスタワーの入口から入り、セキュリティーゲートで入店チェックを受けなければならない。

ゲートで予約確認された客はエスカレーターで二階に上がり、受付のレセプションスタッフに誘導されて六十階までエレベータで上がり、そこでさらに専用エレベータに乗り換えてはじめて八十五階の店に入ることができる。面倒な手順はあるものの、店の北と東西の三面がガラス張りで台北の絶景が楽しめて食事もうまいと人気の店だ。

午後十時四十分、浩志と誠治が〝台北１０１〟にほど近い裏通りのカフェバーで酒を飲んでいる頃、その上空とも言うべき〝欣葉１０１―食藝軒〟の西側にあるシャンデリアに照らされたＶＩＰ席に中年の二人の男が向かい合って食事をしていた。

本来は八人掛けの丸テーブルだが、六脚の椅子は片付けられている。しかも周囲にはダークスーツを着たいかつい男たちが無言で立っているため、この一角だけ異様な空気に包まれていた。他の客は目を背けて彼らと視線を合わせないようにしている。

「藤堂をいたぶっているのか、それとも作戦が甘いのか。どちらか知らないが、時間の無駄だ」

箸を置いてナプキンで口元を拭いた男は、赤ワインが入ったグラスを引き寄せた。男は革製のテーラードジャケットを着ており、長い銀髪を後ろでまとめている。レッドドラゴンの馬用林であった。

「いたぶっているつもりはない。作戦が甘いとも思わない。慎重にことを運んでいるだけだ」

対面に座る男は爬虫類《はちゆうるい》を思わせる冷淡な瞳を持ち、店で人気の牛ヒレのチャーハンを載せたスプーンを口に放り込むと咀嚼《そしやく》するように薄い唇を左右にゆっくりと動かした。ベージュの仕立てのいいスーツを着ているが、品性は感じられない。蜥蜴のコードネームを持つ、丁計劃である。

「小賢《こざか》しい女を使うよりは、君が直接自慢の部下と一緒に藤堂の宿泊先でも襲った方が早いのじゃないか？」

馬用林はグラスを右手で回し、ワインの香りを嗅《か》ぎながら丁の背後に立つ逞《たくま》しい体つきの男をちらりと見た。

小賢しい女というのは、浩志と美香を襲った六人の女のことだろう。馬用林は丁の居場所は分からないと浩志に言っていたが嘘をついていたようだ。浩志と丁の闘争を楽しんでいるのかもしれない。

「小賢しい女だと？　〝女豹《ニユバオ》〟は、人民軍最高の殺人教育を受けたエリートで、これまで数々の暗殺を成功させてきたプロの工作チームだ。なんならおまえの寝首を搔いてやろうか。明日の朝までにおまえの骸《むくろ》は淡水河に浮いているだろうよ」

丁は箸をテーブルに叩き付けるように置いた。〝女豹〟とは浩志を襲撃してきた女たちのコードネームらしい。

「趣味の悪い冗談だ。藤堂の居場所を教えてやった恩義を忘れたのか。君は個人的な恨みに組織のチームを使って失敗している。これ以上失態を繰り返せば、後がなくなる。私は親切心で忠告しているのだぞ」

苦々しい表情をした馬は、グラスのワインを半分ほど飲み干した。

「余計なお世話だ。私は共産党幹部の厚い信認がある。一時的に職務を離れているに過ぎない。それに二凶《リャンシオン》を使うのは最終手段だ」

丁は鼻息を荒々しく吐いた。二凶というのは、丁の後ろに立っている二人の男のことらしい。二人ともサングラスをかけて圧倒的な威圧感がある。名前を呼ばれて、男たちは微かに頷いた。

「幹部の信認か……まあいいだろう。ところで二凶を使わずに藤堂を抹殺する新たな手段は講じているのかね」

ワインを飲み干した馬は、近くに立っている自分の部下に命じグラスにワインを注がせた。

「作戦はある。手始めに台湾の黒道とのパイプを使って五百人のヤクザを台北に動員させた。今頃街中にヤクザが溢れかえっているはずだ。それに黒道とかかわりのあるタクシー会社にも協力させた。やつの顔写真をみんなに持たせている。藤堂がタクシーを使えばすぐ分かる。やつをネズミのように追い回して、殺してやるつもりだ」

丁は薄い唇を歪《ゆが》めるように笑った。

「台湾の黒道をまた使ったのか。あきれた男だ。ひまわり革命の失敗を忘れたのか。余計なことをしていると反対に殺されるぞ」

溜め息を漏らし、馬は首を横に振った。ひまわり革命とは台湾の学生が、立法院議場を占拠した学生運動のことを指す。

「ほお、私のことを心配しているとでもいうのか。てっきり極東の担当から降ろされた私をあざ笑っていると思ったが、違ったのか」

丁はじろりと馬を見た。

「まさか、組織の仲間じゃないか」

馬は肩を竦めて笑った。

「おまえは所詮中国人じゃない。仲間であるはずがないだろう」

丁は忌々《いまいま》しげに馬を睨みつけた。

「私のもたらした情報で、中国は様々な利を得た。君よりも高く評価されているのだ。それに私は君の尻拭いをさせられている。礼を言われてもいいはずだがな」

馬は空になったワイングラスをテーブルに置いた。

「偉そうに、せいぜい夜道に気をつけることだ」

丁はわざとらしく英語で言うと、下品に笑ってみせた。

「君も藤堂には気をつけることだ」

すかさず馬も英語で返す。

「なっ！」

顔を真っ赤にさせた丁は、腰を浮かせた。

「噂では、あの男の命を狙って、これまで生き長らえた者はいないそうだ」

馬は笑いながら立ち上がった。

二

午後十一時になろうとしている。浩志は腕時計を見て席を立った。

「引き上げる」

浩志はポケットから二千元札（日本円で約七千六百円）を出してカウンターに置いた。タクシー代も含めても払い過ぎだが、借りを作るつもりはない。

「ここは私の奢《おご》りだ。また会うこともあるだろう。何か困ったことがあったら遠慮なく電話をくれ。言い忘れたが、私は台湾の黒道とパイプがある。またヤクザに襲われることがあったら力になるよ」

誠治は座ったまま浩志に札を返そうとした。まだ店を出るつもりはないらしい。

「自分の酒代は払う。飲んだ酒がまずくなるからな」

浩志は誠治を無視して店を出た。

歩き出した途端、ポケットのスマートフォンが反応した。

――ミスター・大石、今どちらにいらっしゃいますか？

軍情報部の魏からの電話だ。彼には美香の見舞いに一人で行く条件として、スマートフォンの電話番号を教えてあったのだ。

「台北１０１の近くだ。これからホテルに向かう」

――あなたから連絡がないので病院に部下を向かわせたのですが、いらっしゃらないので心配しました。それではホテルのロビーで待っています。

魏は苛立ち気味に早口で言った。

「うん？」

歩きながらスマートフォンをポケットに仕舞った浩志は、表通りに通じる三叉路から曲がって来た二人の男を見て右眉を上げた。男たちの人相は悪く、格好も派手だ。しかも一人が写真でも持っているのか、すれ違う通行人の顔と片手の紙を見比べている。

「ちっ」

浩志は舌打ちをした。二人のヤクザ風の男たちが浩志に気が付き駆け寄って来たのだ。男たちはいずれも身長一八〇センチ近くあり、ガタいもいい。

「おい、おまえ、藤堂だな」

黒いトレーナーを着た右側の男が、左腕を捲って龍の刺青をわざとらしく見せた。それに左側の男はガムを嚙みながら睨みつけている。二人とも腕には自信があるのか人を脅すのに馴れているらしい。

「どけ」

病院前と違い、酒を軽く飲んだので気持ちは落ち着いているが、相手をするのが面倒くさかった。

「なんだと偉そうに！」

刺青の男が浩志の左肩を摑もうと手を伸ばしてきた。

「くっ！」

男の手を左手で払ったが、負傷している肩に激痛が走りかっとなった。思わず男の顔面に右掌底《しょうてい》を叩き込んだ。ついでに呆然としている左の男の頭を摑むと、引き寄せて鳩尾に強烈な膝蹴りを入れて昏倒《こんとう》させ、手に持っていた紙切れを奪った。やはり浩志の顔写真である。どこかで隠し撮りされたらしい。今の服装と同じであることから、猫空で撮影されたのだろう。路上に二人を転がせた浩志は、写真を握りつぶしてポケットにねじ込んだ。

三叉路を右に曲がろうとすると、表通りである基隆路一段から四人のヤクザ風の男たちがやって来た。倒すのは簡単だが、人通りがある。

立ち止まった浩志は一瞬迷った末にさりげなく男たちに背を向けて左に折れると、ポケットからスマートフォンを出した。画面に表示される電池残量が極端に少なくなっている。この二日間、充電する時間もなかった。

「俺だ。少し遅れる」

浩志は魏に電話をかけた。

——何かあったんですか？

魏の声が緊張している。

「台湾ヤクザが俺の顔写真を持って探しまわっている。俺を見つけ次第、襲うように命じられているらしい」

浩志は淡々と説明した。

——本当ですか！　それでは、お迎えに上がります。今どちらですか？

「基隆路一段近くの裏路地だが、迎えの必要はない」

スマートフォンをポケットに入れた浩志は、交差点の左手の角にある中興《チヨンシン》公園に入り、街灯の光が届かない東屋《あずまや》に足を踏み入れた。南国らしい幹が複雑に絡み合うガジュマルに囲まれた公園は東西に長い台形をしており、三叉路は公園の北の東側にある。先ほどの四人の男たちはカフェバーのある公園の東側の通りに入って行った。

浩志は東屋のベンチに腰を下ろし、やり過ごした連中がどうでるか待つことにした。路上に倒れている二人のヤクザを発見して慌てるようなら仲間ということだ。

右手で痛みが走る左肩を押さえた。二人のヤクザを倒した際に左腕も使ったため、鈍い痛みが左肩に残っている。傷口が開いてしまったようだ。銃創は縫うことができないため、動かせば傷口は簡単に開く。

待つこともなく、二人の男が公園の脇を表通りに向かって走り去った。倒れている仲間を見つけて二手に分かれたのだろう。

浩志は腕組みをして首を捻った。

病院の前で待ち伏せされたのは、ロープウェイの襲撃犯が救急車で運ばれる浩志と美香を尾行したためだろう。その後、尾行ができないように誠治とタクシーを乗り換えて街の中心部にまでやってきた。もし、尾行されていたのなら、二人がいた店まで特定できたはずだ。だが、浩志を見つけたヤクザは写真を見ながら探しまわっていた。おおまかな位置は分かっていたが、所在は摑んでいなかったということだ。

とすれば誠治が裏切った可能性はない。考えられるとすれば、タクシーの運転手が浩志らを降ろした場所をヤクザに密告した可能性だ。浩志らはタクシーから降りて百メートルほど移動したに過ぎない。ヤクザがそこを中心に街を探索しているとしたら、説明はつく。ただ、たまたま乗り込んだタクシーが浩志の顔を知っていたというのは、奇遇すぎる。

「待てよ……」

浩志はベンチから立ち上がり公園の闇を移動し、北側から路地に出て基隆路一段と反対の西に向かった。百歩譲ってタクシーが密告したとしても、ヤクザらが浩志を見つけるスピードが早過ぎる。ホテルを中心に大勢のヤクザが見張っており、なおかつ浩志を探しているに違いない。

ホテルに戻れば、途中でヤクザの一団に襲われるだろう。彼らは人前で暴力を振るうことをなんとも思っていない。それに襲い来るヤクザを倒して警察沙汰《ざた》になれば、強制送還されるのがオチだ。

浩志は再びスマートフォンで魏に電話をかけた。

「面倒なことになった。ホテル周辺はヤクザに囲まれているようだ。戻るのに時間がかかりそうだ」

——ミスター・大石、いいかげんにして下さい。負傷された彼女を見舞いに行くというから、私はあなたを一人で行かせたのです。おかげで私は上司から散々叱られました。それに我々の監視下に置かれるのを嫌って、妙な言い訳ばかりじゃないですか。午後十一時三十分まであなたを待ちますが、時間通りにホテルに戻らない場合は、不法滞在としてあなたを逮捕し、強制送還します。政治的な工作活動をしているのなら、スパイ容疑で逮捕監禁しますので覚悟してください。

魏の声が怒気を含んでいた。中国人と銃撃戦までしている浩志を信じたのに裏切られたと思っているに違いない。

「分かった。待っていろ!」

舌打ちをした浩志は、ホテルとは反対の裏通りに面した住宅街に抜けた。

三

午後十一時十二分、古いアパートの住民用通路を抜けて一本北側の路地に出た浩志は、ヤクザにかかわらないようにグランド・ハイアットがある東ではなく西に向かっている。ホテルまではたかだか五、六百メートルだが、ヤクザが待ち構える〝台北101〟の繁華街を通るのは避けねばならない。少々遠回りをしても裏路地を縫って行くほかないのだが、魏に言われた午後十一時半までに着くには、タクシーに乗った方がよさそうだ。

裏路地と光復《ガンフー》南路の交差点の角にあるファミリーマートから二人の男が出て来た。一人はウインドブレーカー、もう一人はジージャンを着ており、二人ともコーヒーの紙容器を握り、うまそうに飲んでいる。台湾にもセブンイレブンとファミリーマートは多数出店しており、日本と同じようにカウンターで淹《い》れたてのコーヒーを販売しているのだ。

気温は十二度と夕方から一度下がっており、さすがに冷えてきた。誠治とカフェバーで酒を飲んだため、浩志も喉が渇いている。思わず湯気を立てる紙容器に目が奪われた。

ウインドブレーカーの男が浩志を二度見すると、ジージャンの男の腕を引っ張りながら浩志を指差した。

「馬鹿野郎、コーヒーをこぼすだろう！」

ジージャンの男は怒鳴りつけたものの、浩志の顔を見るなり持っていたコーヒーを道端に投げ捨てて光復南路へ走り去った。二人の格好は取り立てて変わったところはないが、鼻ピアスや手の甲に刺青をしているので一般人とは言い難い。カフェバーの前で倒した連中と同じ組織のヤクザなのかもしれないが、彼らは見張りが専門のようだ。残されたウインドブレーカーの男は浩志と視線を合わせないように、コンビニに戻った。

舌打ちをした浩志は、立ち止まることなく光復南路に出た。この通りも商店が連なっているが、時間が遅いために開いている店は一部の飲食店とコンビニだけだ。

浩志は交差点を右折してファミリーマートの前から通りを北に向かって歩き出した。

コンビニの隣りにシャッターが閉まっている洗濯屋《せんたくや》があり、軒下に五人の男たちが煙草を吸ってたむろしている。先ほどのジージャンの男は仲間の陰に隠れているが、他の四人の男たちは凶悪な面構えをしており、体格もよく黒いスポーツウェアを着ていた。彼らは浩志に臆《おく》することなく睨みつけ、闘志に溢れている。ただの見張りと実行部隊は分かれているようだ。

男たちには目もくれず、浩志は歩きながらズボンのポケットからクボタンを抜いて隠し持った。

四人の男たちから異常なまでの緊迫感が伝わってくるが、浩志はあっさりと彼らの前を通ることができた。背中から襲うつもりかもしれない。

「うん?」

十メートルほど歩くと、次の路地裏から六人の男がのそりと姿を現した。男たちは歩道一杯に広がり、肩を怒らせながら近付いて来る。やり過ごした男たちは最初から浩志を挟み撃ちにするつもりだったようだ。

前方の男たちは無言で駆け寄り、いきなりパンチを繰り出してきた。先に浩志が倒した男たちから、凄腕だと聞かされているのだろう。先手必勝とばかりに攻撃を仕掛けてきたに違いない。

浩志は掌からクボタンの先端を僅かに出して左右の男たちのパンチを払い、前方の男の金的を蹴り上げた。払うと同時にクボタンで腕や甲を打ち付けるのだ。衝撃を一点に集中させるため、破壊力は大きい。

「ゲッ!」

瞬く間に三人の男が呻き声を上げて歩道に倒れた。

浩志は黒いスポーツウェアを着た四人が加勢する前に、容赦なく残りの三人の男たちをクボタンで倒して振り返った。背後にいた連中は退路を防ぐことが目的だったのか、あるいは先に攻撃をしてきた六人だけで充分だと思っていたのか、まだ洗濯屋の近くにいた。

「おまえたちもやるか？」

浩志はにやりと笑って手招きした。左肩は闘うたびに痛みが激しくなる。やるのなら早くすませたい。

呆然と立っていた男たちは、戦意を喪失《そうしつ》させたのか首を横に振ってみせた。

「うん？」

ファミリーマートがある路地から五人の新手の男たちが現れた。店内に残っていたウインドブレーカーの男が知らせたに違いない。洗濯屋の近くにいる男たちが、拳を握って喜んでいる。

「九人か」

さすがに苦笑を浮かべた。一度に五、六人なら対処できるが、九人に囲まれると無傷ではいられないだろう。体調も万全でないこともあるが、所詮《しょせん》体を痛めてまで闘う相手ではない。

浩志は首をぐるりと回し男たちを見ると突然車道に飛び出し、走って来たタクシーを停めて乗り込んだ。

「グランド・ハイアットだ。急げ！」

浩志はポケットから千元札を出して運転手に渡した。

「わっ、分かりました」

運転手は、いきなり渡された千元札に驚き急発進させた。

タクシーは4ブロック走って仁愛路四段との交差点の赤信号で停まり、右のウインカーを点滅させた。振り返ると、ヤクザたちが歩道を走って必死に追いかけて来る。距離は二百メートルほどだが、信号が青になる前に追いつくのは不可能だろう。

大通りは別として台北の路地は一方通行が多い。浩志がタクシーに乗った場所から車でグランド・ハイアットまで移動するには、仁愛路四段をまっすぐ東に進み、突き当たりの三叉路で市府路《シーフー》に右折し、次の交差点で松壽路に右折するコースが最短である。

「……？」

浩志は運転手がバックミラーでじっと見つめていることに気が付いた。

信号が青に変わったが、運転手はバックミラーとサイドミラーを交互に見て発進しようとしない。走って来るヤクザを見ているようだ。

「さっさと車を出せ！」

浩志はドスの利いた声で言った。

「お客さん、金は返すからここで降りてくれ、頼む」

運転手は千元札を浩志に投げ返して泣きそうな声で答えた。よく見ると額にびっしょりと汗をかいている。

「どういうことだ？」

浩志は後ろを振り返りながら尋ねた。ヤクザとの距離は百メートルと縮まっている。

「後でヤクザに酷い目に遭わせられるに決まっている。お願いだから降りてくれ」

運転手は両手を合わせて訴えてきた。

台湾のタクシーは、車のナンバーを車体に書き込むことが義務づけられており、どの角度からもナンバーを確認することができる。ヤクザがタクシーナンバーを覚えていてもおかしくはない。運転手は浩志を逃がしたことで、ヤクザに報復されることを恐れているのだろう。

「くそっ！」

浩志は乱暴に後部ドアを開けた。

四

浩志がタクシーを降りたのは、午後十一時二十二分。

徒歩でグランド・ハイアットまでの最短のコースなら仁愛路四段から、台北市議会庁舎前で右に曲がって基隆路第一段をまっすぐ進めば突き当たりがホテルである。昨日の朝、美香と散歩したコースと同じだ。

急げば魏が言った時間にはなんとか間に合うと思っていたが、どうやら諦める他なさそうだ。仁愛路四段を西に向かって走り出すと、三十メートル先の路地から風体の悪い一団が現れた。

「一体、何人いるんだ！」

鋭く舌打ちをした浩志は、歩道の植栽を飛び越えて仁愛路四段を渡り、反対側の歩道の柵も越えて中山公園に駆け込んだ。

中山公園は一辺が四百メートルの正方形で、南側に緑に囲まれた湖があり、北側の西に小学校、東に台湾の国父である孫文の國父紀念館がある。

浩志は湖の暗い遊歩道に沿って東に進んだ。

「いたぞ！」

背後から怒声が響く。

振り返ると光復南路から追ってきた男たちだ。前方からは仁愛路四段の裏通りから現れた一団も迫って来る。

「仕様がない」

浩志は湖の中程に架かる橋まで走った。東西に長い湖はいびつなひょうたん形をしており、湖の中心にあるコンクリート製の東屋が建てられた小島に南北の両岸からジグザグに折れ曲がるデザインの橋が架かっている。橋は幅が二メートルほど、浩志は東屋の手前で立ち止まった。

追ってきた男たちと新手の男たちが橋のたもとで合流し、橋を渡って来る様子を浩志は腕組みをして見つめている。相手は十五人いるが、橋の上で攻撃できる人数はせいぜい二、三人だ。挟み撃ちにするには湖を回り込まなければならない。負傷した浩志にとってこれほど迎撃に適した場所はないだろう。

案の定、団子状態で男たちは浩志の前に立ち止まり、先頭の男たちが殴り掛かってきた。懲《こ》りない連中である。喧嘩慣れはしているようだが、実戦の格闘技を身に付けた浩志の敵ではない。

クボタンを最大限利用した浩志は、瞬く間に四人を倒し、二人を池に落とした。

「どけ！」

後方にいたヤクザが仲間を蹴散らしながら前に出てきた。身長は一七五、六センチ、細身で締まった体つきをしており、スキンヘッドに眉毛も剃《そ》っているらしく、能面のように不気味な顔をしている。

「逃げられると思っているのか。こっちは五百人いるんだぞ。それに生きたまま捕まえろとは言われていない」

スキンヘッドは、ジャケットから二本の短剣を抜き両手に握った。中国武術で使われる諸刃の剣で、刃渡りは二十センチほどある。

男は左右のパンチをするようにナイフを勢いよく繰り出してきた。カンフーの経験者なのだろう。鋭い突きに交えてスピードのある蹴りを入れてくる。これまでのヤクザより数段攻撃力が上だ。

「くっ！」

左右の突きと前蹴りをかわした途端、右腕を浅く切られた。革ジャンを着ていなければ、深手になるところだ。相手の速いパンチのタイミングが摑めない。身長は浩志と大して変わらないが、ナイフの分だけリーチは長くなる。そのためどうしても男の懐は深くなり、浩志の攻撃が浅くなる。

「なかなかやるな」

男はにやりと笑うと、再びナイフを突き入れてきた。スピードは速い。だが、目が慣れてくると攻撃が単調なことが分かる。

右の突きに対して浩志は瞬時に体を左に移動させ、男の首を引っ掛けるようにクボタンで突き上げた。

「ゲッ！」

男は後方によろけると、口から泡を吹いて倒れた。

浩志は男が倒れるよりも早く近くにいたヤクザの鳩尾をついでに蹴り抜く。敵の人数はようやく半分を切った。

「九人！」

間髪を入れずに九人目の男の脇腹をクボタンで突き、右からパンチを放ってきた男の顎に肘打を決めた。

「十人！」

倒した敵を数えるにも息があがってきた。怪我をしているせいで、体力の消耗《しょうもう》が激しい。よくよく考えれば晩飯も食べていなかった。疲れよりもエネルギー不足のようだ。

「むっ！」

十人目を倒した途端に左顎にパンチを食らった。一瞬目の前に星が飛んだ。疲れで注意が散漫になっていたらしい。体勢を立て直して左からの攻撃をかわし、男の脇腹に膝蹴りを入れて崩れたところを後頭部に肘打を落とした。

「十一人！」

体力の限界を気力で補《おぎな》うべく、あえて声を張り上げるのだ。呼吸はゆっくりと深く吸い込むように努める。疲れを敵に悟られてはならない。闘う上での鉄則である。

残りは四人、男たちは顔を見合わせて後ずさりしはじめた。

「かかって来い！」

浩志は両手を広げ、雄叫《おたけ》びを上げた。

「ひっ！」

肩をびくりとさせた男たちは、我先に逃げ出した。

クボタンをポケットに仕舞った浩志は大きく息を吐き出し、橋の上で気絶している男の体を探ってスマートフォンを抜き取った。浩志のはすでに電池切れで使えないからだ。奪ったスマートフォンの電源を切ってジャケットのポケットに仕舞うと、重い足取りで小島の東屋を抜けて対岸に渡った。

時刻は午後十一時四十分、魏との約束の時間も過ぎた。それにスキンヘッドの男が言ったことが本当で浩志を追っているヤクザが五百人もいるのなら、ホテルに向かうのは諦めるほかない。

浩志は北に向かって足早に國父紀念館の脇を通り、公園を後にした。

五

午前四時二十分、夜空を厚く覆っていた雲はその重さに耐えられなくなったのか、大粒の雨を落としはじめた。

「……」

浩志は顔に降り掛かる冷たい雨に気が付き瞼《まぶた》を開いた。

雨音が鋭く弾けて聞こえる。周囲は半透明のゴミ袋の山、プラスチックゴミで膨れ上がった袋に雨が叩き付ける音が響く。浩志はゴミ袋に埋もれるように眠っていたのだ。

昨夜ホテルに帰ろうとした浩志は、ヤクザの一団に襲われた。彼らは五百人も繰り出して浩志を狙っているという。もはや台北市内に留まることは危険と判断した浩志は、街角に停車していた資源回収トラックの荷台に隠れて、郊外までやってきた。

台湾では分別された資源ゴミは一旦台北市政府環境保護局の〝資源回収隊〟の集積場に回収された後、大小の民間の回収商（業者）に委託される。

ボディーに忠孝環保科技有限公司と書かれたトラックに乗った浩志は、桃園国際空港の北側で海沿いの観音《カンイン》工業団地にあるゴミ処理場でゴミと一緒に放り出され、極度の疲労に塗《まみ》れていた浩志はそのまま眠ってしまった。

「くっ！」

体を起こそうとすると、左肩に鋭い痛みが走った。ヤクザを相手に奮闘したせいで、銃創が悪化したらしい。

激痛に耐えながら起き上がった浩志は、足を取られながらゴミ山から滑り下りた。息が白くなる。気温は十度前後だろう。寒さで体を震わせながら、浩志はジャケットのポケットからヤクザから奪ったスマートフォンの電源を入れてハンドライトの代わりにした。ゴミ集積所だけに照明もなく、真の闇に包まれているのだ。

ゴミ山を縫ってしばらく歩くと、バケットが付けられたフォークリフトが無造作に置かれていた。浩志はフォークリフトの運転席に座った。トタンを針金で繋いだ手製の天井が付けられているため、雨はなんとかしのげる。

浩志はハンドライト代わりにしていたスマートフォンで池谷に電話をした。

「俺だ」

——藤堂さん！　一体、どこにいらっしゃるんですか！

いきなり池谷の怒鳴り声が響いた。電池が切れたスマートフォンは、傭兵代理店から支給されたものだ。そのため、ＧＰＳで場所も特定できる。それもできなかったために池谷は怒っているのだろう。

「五百人のヤクザに狙われているらしい。とりあえず郊外に逃げた。辰也たちに病院の守りを固めるように伝えてくれ」

面倒くさいので簡単に説明した。連絡をしたのは、美香のことが心配だったからだ。

——ほっ、本当ですか。お怪我はありませんか。

池谷のトーンが下がった。

「少し休めば、なんとかなる。とりあえず、ヤクザを操っている人間を洗い出すつもりだ。気を弛めるなよ」

——電話を切らないでください。台湾軍情報部は、藤堂さんが失踪したと思っていますよ。見つけ次第、逮捕すると怒っています。一度戻ってきてもらえませんか。

「俺の手配写真が、かなり出回っているらしい。台北市内に戻るのは危険だ」

ヤクザの待ち受ける市内に戻れば、美香や仲間にまで被害は広がる可能性が高い。

——それならなおさら、リベンジャーズのどなたかを藤堂さんのサポートに付けるべきだと思います。場所を教えてもらえれば、お迎えに行きますよ。

「目の前の障害物を取り除かなければ捜査どころか、身の安全も保証できない。リベンジャーズの任務は美香の警護に絞るんだ。それから彼女を手術する先生の警護も頼んだぞ。敵は何をするか分からないからな」

池谷の意見はもっともだが、今度ばかりは仲間に手伝ってもらうつもりはない。自分の手で決着をつけなければ、意味がないのだ。それに仲間が美香の警護に就いてくれれば安心して行動できる。

——……そうですか。くれぐれもお気を付け下さい。台湾の軍情報部には、内調を通じて説明を試みます。お手伝いできることがあったら、すぐにご連絡をお願いします。

池谷は不服そうに答えた。

「分かった」

浩志は電話を切ると、すぐに新しい番号に掛けた。

——待っていたぞ。

スマートフォンから渋い男の声が響いてきた。片倉誠治である。

「また、ヤクザに襲われた。連中の話を信じるのなら、五百人も繰り出しているらしい」

――五百人！

誠治の声が半音上がった。

「あんたでも驚くことがあるのか。台湾の黒道とパイプがあるそうだな。紹介してくれないか。まず、どこの組織が動いているのか調べ、そこのボスと差しで話し合いがしたい」

五百人の雑魚《ざこ》を相手にしてもきりがない。

――台湾にはいくつも暴力団がある。私が知っているのは古い組織だ。そこの角頭にまずは話を聞いてみよう。だが、組織が分かったところで、話し合いができるとは思えないがな。

誠治はふんと鼻で笑ったようだ。

「分かっている。だから、差しで話がしたい」

非合法な活動を生業としている相手とまともに話し合いができないことは、浩志が現役の刑事をしているころに嫌という程経験させられた。

「なるほど、差しで話をするんだな。分かった。お膳立てしよう」

誠治は浩志の意図を理解したようだ。

六

上半身裸の啓吾は、高雄港をホテルの一室から見下ろしていた。晴れてはいるが、街は朝靄《あさもや》に覆われている。目線を北西に移すと、朝靄から島が頭を出していた。実は寿山《ショウシャン》という戦前には日本の高雄神社があった山で、霧で山の裾野が隠れているのだ。

啓吾と恵利が宿泊しているのは、高雄港にほど近い場所にある地上八十五階、地下五階の〝高雄85ビル〟の上階にある〝85スカイタワーホテル〟である。〝高雄85ビル〟の南側に入口があり、フロントがある三十七階から展望台がある八十五階までがホテルになっていた。双子のビルが高層で一つのビルを支えるという独特のフォルムは、高雄の〝高〟をイメージした勇壮なデザインである。

啓吾らは七十八階のスイートにチェックインしていた。高雄で一番高いビルから見下ろせば、朝靄で少々視界が利かない高雄の街も幻想的な風景に変わる。

昨日まで啓吾と恵利は台南の海岸線を捜索したが、トレバー・ウェインライトが描き残した風景画に合致する場所は特定できなかった。そこで台南で釣り人から釣りをするのなら高雄のほうがいいという情報を聞いていたので、台南の捜索は切り上げて昨夜遅く高雄にやって来たのだ。

「もう起きていたの?」

ベッドで毛布にくるまった恵利が甘えた声を出した。

二人は夫婦を装って行動しているため、同じ部屋で宿泊している。任務という意識が強い啓吾は、彼女が眠ってからベッドに潜り込むようにしていた。かまとぶるつもりはないが、仕事に私情を挟みたくなかったのだ。

だが、昨夜は任務を遂行する上でチームワークを深めたいという彼女の誘いに応じて、セックスをしてしまった。彼女の再三にわたる誘惑に負けてしまったのが本当のところだ。

「起こして、すまない」

啓吾はわずかに開けていたカーテンを閉めて、部屋を元の暗闇に戻した。時刻は午前六時四十分になっている。啓吾は毎朝六時過ぎに起きて、資料に目を通すという生活を何年もしているので、特別早く起きたわけではない。

「天気悪いの?」

恵利が毛布から抜け出して顔を覗かせ、ベッドサイドのランプを点灯させた。もともと目立たないように化粧気のない女だが、素っぴんの顔は年齢より若く見える。

昨夜は彼女が裸でベッドに入っていたため、啓吾の理性のタガが外れた。多忙な啓吾に特定の彼女がいないことも手伝って、恵利に気を許してしまったこともある。だが、妹の美香が負傷したというのに快楽に走ったことに後ろめたさを感じていた。高雄も今夜から当分の間天気が悪くなるようだ」

「いや、雲は多いがなんとか晴れている。だが、台北は雨が降っているらしい。

一刻も早く仕事を終わらせて日本に帰りたいという気持ちはある。今回の任務は、父親である誠治が、自分の組織でやるべき仕事を日本政府というより、啓吾に半ば強制的に押し付けてきたものだからだ。

だが、一方で本来の職務とは違う情報員のような仕事も意外に面白く、私的にも恵利と行動を共にしてもいいという感情が芽生えていることに啓吾は戸惑いを覚えていた。

「明日から雨か。それじゃ、今日はゆっくりしない？　この三日間、休む間もなく働いたでしょう。ランチを食べてから動き出しても罰は当たらないわ」

恵利は左手で毛布を押さえ、右手を伸ばして可愛らしく欠伸《あくび》をしてみせた。彼女は誠治が言うように一流の情報員で一挙手一投足が計算されているのではないかと疑う時もあるが、彼女の素朴《そぼく》な女性としての魅力に抵抗できないでいた。

「……そうだね」

啓吾は曖昧に返事をした。もともと仕事は彼女が主導していたため、イニシアチブは彼にはない。それに反発していたが、今ではそれもどうでもいいと思っている。

「こっちに来て」

恵利が両手を伸ばした。その瞬間、毛布がずれ落ちて胸元まで露《あらわ》になった。

「ああ」

さきほどまでの心の葛藤《かっとう》は霧散《むさん》し、啓吾は臆面《おくめん》もなくベッドに潜り込んで恵利を抱きしめた。

「うん?」

枕元に置いてあるスマートフォンが一瞬震え、恵利にキスをしていた啓吾の肩がびくりと動いた。

「どうせメールでしょう。後で確認したら?」

恵利は啓吾の首に両腕を絡ませて言った。

「たぶん私の組織からの連絡だ。スマートフォンは個人的なことでは使っていないんだ。すぐ確かめないと」

啓吾は恵利の腕を優しく解《ほど》くと、スマートフォンを持ってベッドから離れた。

「これだから日本人は嫌い。生真面目過ぎるのよ」

恵利はわざとらしく頬を膨らませ、毛布にくるまった。

「そう言うなよ……」

恵利に背中を向けてメールを確認した啓吾は眉を寄せた。

内容は差出人名もなく「高雄の天気はどうなっている?」と一行書かれているだけだ。

誠治からのメールで、活動している地名が使われた場合は至急を表し、天候を表記する単語は、連絡を寄越せという意味である。事前の打ち合わせで誠治と簡単な暗号を取り決めておいた。つまり「至急連絡せよ」ということだ。

「すまない。ちょっと外の空気を吸って来る」

啓吾は着替えながら言った。

「私に聞かれちゃまずいの？」

体を起こした恵利が睨みつけている。

「おたがい別の組織に所属しているんだ。今回の作戦に関係ないことは、トップシークレットになる。君に言えないことは、山ほどあるさ」

苦笑を浮かべた啓吾は、スマートフォンをポケットに突っ込み部屋を出ると、思わず周囲を見渡した。客室があるビルの中央は、新宿の住友三角ビルと同じ作りでガラス張りの吹き抜けになっている。そのため吹き抜けの向こう側の客室の廊下までよく見えるのだ。

「啓吾です。どうしたんですか？」

歩きながら啓吾は耳に入れているブルートゥースイヤホンのスイッチを入れて誠治に電話を掛けた。

――台北で藤堂が五百人のヤクザに追われている。敵の目的と首謀者がまだ判明していないが、我々の任務とまったく関係ないとは断言できない以上おまえも気をつけるのだ。

誠治は淡々と言った。

「五百人のヤクザ！　彼は大丈夫なのですか？」

浩志に世話になっているだけに、啓吾は声を裏返らせた。

――あの男はスペシャルAの傭兵だ。彼は浩志と接触していることは一言も啓吾に言ってない。

誠治は低い声で笑った。それに頭も切れる。なんとかするだろう。

「私も台湾にいます。なんとか力になれませんか」

――馬鹿をいうな。おまえは特命任務を受けているんだぞ。それにおまえが藤堂に何の手伝いができる。かえって足手まといになるだけだ。

「……確かに。ところで、梨紗は大丈夫なのですか？」

啓吾は恵利から離れた途端、美香のことが気になっていた。

――手術は二日後に行われる。K大学医学部の平子久志教授が予定通り執刀する。心配する必要はない。捜索の目処はたったのか？

「おそらく高雄ではないかと思っています。まだ時間はかかりそうです」

啓吾の声が小さくなった。

――おまえは任務に専念せよ。とにかくはやくターゲットを見つけることだ。

誠治からの電話は一方的に切れた。

「はやくしろって、海は広いんだぞ」

啓吾はぶつぶつと独《ひと》り言《ごと》を言いながら歩き続けた。廊下は回廊になっているので、一周すれば自分の部屋に戻れる。

「待てよ。海……」

啓吾は立ち止まった。台南で出会った釣り人のことを思い出したのだ。彼は台南なら川の方が釣れると言っていた。釣り好きのウェインライトの絵が海だとばかり思っていたので気にしなかったが、川や湖という可能性は否定できない。高雄には台湾でも有名な湖がある。これまで、パソコンのストリートビューや衛星写真は海岸線しか調べていない。海と決めつけるのは早計だった。

「なんてことだ！」

舌打ちした啓吾は走って部屋に向かった。

真夜中の潜入

一

浩志は豆漿《トウジャン》(豆乳)店の軒下に用意されたテーブルで、台湾では定番の朝ご飯である豆漿のスープに揚げパンを漬け込んだ鹹豆漿《シエントウジャン》と小麦の皮で包まれた卵焼きである蛋餅《タンピン》を食べていた。

店は観音工業団地に隣接する住宅街の路地にあった。昨夜浩志が台北市内から運ばれてきたゴミ処理場から歩いて二十分ほどの距離である。

時刻は午前八時十分、テーブルは出勤前の工場の労働者で埋まっていた。浩志は数人掛けられるテーブルの角に座っているが、隣りの席は空いている。二十時間ほど食事をしておらず飢餓《きが》状態だった浩志が、皿まで食べそうな勢いで貪《むさぼ》り食っているため他の客は敬遠しているようだ。

「ふう」

鹹豆漿の丼と蛋餅を二皿平らげ、浩志は満足げに息を吐いた。まだ腹は減っているが、一度に満腹にすると動きが鈍《にぶ》るために控えめにしたのだ。

「そろそろか」

腕時計を見た浩志は、席を立ち小雨降る中近くのバス停に並ぶ住民の最後尾に立った。十分ほど待っていると、桃花園飯店《タオファユンファンテン》行きのバスが来る。路線は国道15号線から桃園国際空港の近くを通り、桃園市にある桃花園飯店（タオガーデンホテル）まで行く。

距離は二十一キロほどだが、浩志が乗ったバス停から終点までは、五十七もバス停があった。渋滞も手伝って終点のバス停に到着するまでに三時間近く揺られる。居心地悪い席でも雨風が凌げるため、体を休めることができた。

バスを降りた浩志は、道を渡って桃花園飯店の前にある〝日式炭火焼肉・風太《ふうた》〟という店に入った。時刻は午前十一時半を回っている。すでに腹は減っている。

「いらっしゃいませ！」

赤いポロシャツのユニフォームを着た店員が、深々と頭を下げて出迎えてくれた。日式とは、和風のことである。韓国風ならともかく焼肉に和風も妙だが、親日国家である台湾では日式と付けることにより店の評判は上がるのだ。そのため、やたら日式と書かれた看板を見ることになる。

浩志は店員にことわって店内の奥に進み、壁際の四人掛けのテーブル席に座るスーツ姿の中年男の前に立った。男はメニューからちらりと視線を向けると、さりげなく周囲を見渡し、浩志の尾行の有無を確認したようだ。

「意外に早く来られたな。私もさきほど着いたばかりだ」

男はにこりともせずに浩志に座るように手招きをした。誠治である。この店で待ち合わせをしていた。

「案内してもらおうか」

浩志は立ったまま言った。誠治が知っている黑道のボスに引き合わせてもらうことになっている。

「昼飯を食べてからにしないか。それとも私と一緒に食事をするのが嫌なら別だが」

誠治はメニューを片手に肩を竦めた。

「いや」

浩志は誠治の前の席を引いて座った。男二人で焼肉というのは気が進まないが、誠治に頼み事をしている以上贅沢《ぜいたく》は言えない。

「私がこれから引き合わせる〝鹿埔《ルーブー》〟という組織の梁克秦《リヤンガチン》は、台湾では五本の指に入るボスだ。二十年近く前から私は付き合いがある。事前に君の襲撃にかかわっているか電話で尋ねてみたが、本人になら教えると言われてしまったよ。むろん台北での騒ぎは知っているらしい。彼の口ぶりからしてかかわっていないとみたが、可能性は零《ゼロ》とは言えない。会いに行けば、帰って来られないかもしれない。それでも行くかね」

誠治はフランス語で話しはじめた。おそらくＣＩＡは台湾の〝黑道〟を使って政界工作する際に梁克秦とその組織を利用してきたのだろう。

「あんたはどう思う？」

浩志は表情も変えずにフランス語で尋ねた。

「君を引き渡せば、褒美が貰えるかもしれない」

誠治はにやりと笑った。わざとだろうが、狡そうな表情をしている。この男は意識的に表情を様々に変えるようだ。情報員として長年人を欺《あざむ》いてきたのだろう。浩志の気持ちを試しているらしい。

「面白い」

浩志も口元を緩ませた。

「面白いか」

誠治は鼻で笑うと、店員を呼んでオーダーした。腹は減っているが、オーダーは任せている。仲良くメニューを見るほど、打ち解けているわけではない。

「美香の情報は得ているか？」

浩志は誠治の顔色を見逃すまいと尋ねた。彼はＣＩＡでも幹部のはずだ。それだけにあらゆる情報は耳にしているはずだ。まして実の娘のことなら、最新の情報を得ているだろう。

「二日後に美香の手術は予定通り、平子教授の執刀で行われることになった。とりあえず報告しておく」

常に毅然《きぜん》とした態度を取っていた誠治の表情が一瞬曇り、神妙な表情になった。音信が途絶えて久しいらしいが、親としての情があることに間違いはないようだ。

「よかった」

浩志は素直に頷いた。池谷からも聞いていたが、誠治の情報が合致したことで安堵を覚えた。

「一つ尋ねたい。なぜ一人で闘う？」

誠治は浩志の瞳を覗き込むように目を細めた。

「俺の闘いだからだ」

浩志はきっぱりと答えた。

「娘の仇《かたき》を討つためか？」

誠治は首を僅かに捻った。

「彼女を守ることが任務だった。だが、彼女を負傷させてしまった。俺の完全なミスだ。彼女を二度と襲えないように敵を殲滅《せんめつ》する。それが新たな使命だ」

憎しみという感情で動いているのではない。傭兵として責任は最後まで取るつもりだ。

「任務は継続中ということかね？」

「任務を放棄することはない」

プロとして任務を投げ出すことなどありえない。

「それは、生涯《しょうがい》娘を守ってみせるという意味かね？」

誠治の眼光が鋭くなった。

「むっ……」

生涯と言われて、浩志ははたと考え込んでしまった。だが、今回限りというわけでもない。しかも、誠治は違う意味で尋ねていると気付いたからだ。

「答えに窮《きゅう》したのかね。正直な男だ。私は愛するが故に家族を捨てた。傍にいない方が物理的にも精神的にも安全だからだ。だが、もし、君のように強靭《きょうじん》な精神力と戦闘能力があったのなら、私は家族を捨てなかったかもしれない。君は、その持てる力で美香を守り続けると言うのならありがたい話だと思う。今さら父親面するつもりはないが、この通り、よろしく頼む」

誠治は頭を下げてみせた。

「……」

浩志は何も言えず、溜め息を吐き出した。

二

食事を終えた浩志は、誠治が運転するトヨタのカムリの助手席に収まっている。

行き先は聞いていないが、誠治は中山高速公路で台北市内に入り、台湾の三大河川の一つである淡水河沿いにあるジャンクションで環河南北快速道路に乗り換えて北に向かった。

スピードを出しても安定した走りを見せる誠治の高度な運転技術は、鍛え上げられたものである。美香がスピードレーサー並みのハンドルテクニックを持っているのは、父親譲りのようだ。

フロントウインドウに叩き付ける雨をワイパーが単調な動作で拭うのを浩志は漠然と見つめている。極度の疲れもあるが、食事をした後に助手席に座っているために睡魔が襲ってくるのだ。瞼《まぶた》が閉じないようにしているだけでも拷問《ごうもん》である。

分岐点が近付いてきた。桃園市を出発して四十分ほど走っている。誠治は〝出口　大業《ダーイエ》路・北投《ペイトウ》〟と書かれた道路標識の下を潜り、高速から下りた。

「もう少しで到着する」

車に乗ってから無言で運転していた誠治がはじめて口をきいた。

「〝北投〟か」

浩志はぼそりと言った。

北投には〝地熱谷〟を源泉とする百年以上の歴史を誇る温泉街があり、保養地としても人気がある。またその北側にある〝上北投〟には、〝地熱谷〟から温泉を引く贅沢な別荘街もあり、台湾で五本の指に入る暴力団のトップなら〝上北投〟に豪邸を構えていてもおかしくはない。

車は十分ほどで温泉街を抜けて勾配《こうばい》のある山道に入った。やがて坂道が緩やかになると、左手に敷地の広い建物が並んでいるエリアになる。別荘街に到着したらしい。洒落《しゃれ》た塀に囲まれ、建物も一軒一軒独創的で周囲の緑と馴染んでいる。

誠治は豪邸を数軒過ぎたところで左折し、狭い引き込み道路の突き当たりで車を停めた。目の前に鉄格子の立派な門構えの屋敷が建っている。車から降りた誠治は門柱にあるボックスの呼び鈴を押すと、車に戻ってきた。

待つこともなく門は自動的に左右に開く。門柱の上にある監視カメラで、誠治を確認したのだろう。

「ほお」

さすがに眠気も飛んで、浩志は体を起こした。

誠治はカムリを十五メートルほど進めて、和風の木造建築の玄関先に車を停めた。

戦前の台湾には温泉浴の習慣はなかったが、統治していた日本は豊富な源泉に目をつけて〝北投〟を開発した。そのため、この界隈《かいわい》には日本統治時代の面影を残す建物が数多く残されている。目の前の建物も、戦前の建物を修復したのだろう。

午後一時二十分になっているが、雨降りのため気温は十三度ほどと大して上がっていない。白い息を吐きながら、浩志と誠治は玄関前の軒下に立った。

「お待ちしていました。お上がりください」

格子戸が開き、黒いスーツ姿の男が台湾語で挨拶をした。四十代前後、髪をオールバックにしているが、どちらかというと温和な表情をしているのでヤクザには見えない。日本のヤクザもそうだが、大幹部になればそれなりに世間的な品性を身に付け、ぎらぎらとした獰猛《どうもう》さは外に出さないものだ。男は組織の中でかなり高い地位にあるのだろう。

「どうぞ、こちらへ」

浩志と誠治が靴を脱いで上がると、男は廊下の奥へと案内した。黒光りする板張りの廊下の左右は、ふすまの部屋がいくつもある。ふすまを開け放つと大広間になる昔ながらの作りになっているのだろう。

「……」

浩志は神経を集中させてゆっくりと、前を行く誠治に従った。ふすまの向こうに無数の人の気配を感じる。十数人はいるだろう。息を潜めていつでも動けるように待機しているに違いない。

　案内役の男が突き当たりにあるドアの前で止まった。木製の重厚なドアで、十五センチ四方のステンドグラスがはめ込んである。

「お連れしました」

　男はドアをノックし、伺いを立てた。

「入ってもらえ」

　ドアの向こうから渋い男の声が響いてきた。年配のようだ。

　案内役の男は右手でドアを開け、左手を前に出して頭を下げた。

　誠治が最初に、次いで浩志が部屋に入る。

　部屋は十二畳ほどと意外に狭いが、暖房が入っているらしく暖かく快適だ。壁の三面が天井まである本棚に囲まれているので書斎らしいが、机はなく奥に置かれた革張りの椅子に白髪の老人がハードカバーの本を手に座っていた。正面の東向きに二十センチ四方の高窓が二つある他に窓はなく、狙撃を恐れているのかもしれない。

「久しぶりだな、小《シャオ》誠治。偉くなっても会いにきてくれたか」

　老人は笑みを浮かべ、本を傍らの棚に置いて立ち上がった。身長は百六十センチほど、年齢は七十代半ばだろうか。眼光鋭く、ただ者でないことは一目で分かる。

　年下に付ける呼称である〝小〟を姓ではなく名に付けて誠治を呼ぶというのは、そうとう親しい間柄らしい。しかも誠治の身分を知っているようだ。やはり米国の情報部と深い関わりがある人物なのだろう。

「老梁《ラオ》、ご無沙汰しています」

誠治は梁克秦を年上の敬称である〝老〟を付けて呼び、握手をした。

「こちらが、電話でお伝えした藤堂浩志です」

紹介された浩志は、梁の目を見つめたまま頭を軽く下げた。

「チンピラどもを二十四人も叩きのめした男だけあって、いい面構えをしている。しかも、そのうちの三人は、台湾の〝黑道〟の中でも知られたヒットマンだった。大した腕だ」

梁は腕組みをして唸るように言った。話し振りからすると、彼の組織である〝鹿埔〟はかかわっていないようだ。

「老梁、お電話で話した通り、藤堂は台北に五百人もの兵隊を送り込んだ角頭と差しで話し合いを願っています。ご存知なら教えてもらえませんか」

誠治は丁重に尋ねた。浩志が叩きのめした男たちの人数ばかりか、顔ぶれまで梁は把握している。当然ボスの名も知っているはずだ。

「差しで話し合う？　直接脅して駄目なら相手を殺すのか？」

梁は浩志に近付き、見上げてきた。鋭い眼光を放つ瞳の奥には暗い愁いを秘めている。

長年修羅場を潜り抜け、苦しみや悲しみを背負い続けてきたのだろう。

「相手次第だ。殺しが目的ではない。俺の命を狙っている真の敵を知りたいだけだ。台湾のボスや五百人の手下をすべて抹殺しても意味がない」

浩志は梁の目を見据えて答えた。所詮、台湾のヤクザは浩志の殺害を請《う》け負ったに過ぎないはずだ。彼らに恨みを買われる覚えもなければ復讐《ふくしゅう》するつもりもない。

「道理だ。真の敵が分かったら、どうするつもりだ？」

「殺す。それが俺の任務だ」

浩志はきっぱりと答えた。

「今度は殺すと言うのか。無慈悲《むじひ》な男だ。だが、おまえが言う通り、差しの話し合いをしない限り、台湾から出国することはできないだろう。今回動いている〝黑道〟は、台湾の古い組織ではない。声をかけて手打ちできる相手でもないのだ。煮ようが焼こうが好きにするがいい。我々は手出しをせずに見守ろう」

梁はなぜか不愉快そうな顔をした。

「新しい組織は、既存の組織と反目しているのか？」

浩志は首を捻った。大小様々な組織が台湾には存在するため、まったくかかわりがないと聞いても納得できないのだ。

「この十年ほどで急速に力を付けた〝天人同盟《テンレントンモン》〟という組織だ。角頭は沈白承《シエンパイシヨウ》、構成員は六千人、そのうちの幹部の三人と百人の直属の部下は、沈白承も含めて大陸からやってきた者たち、つまり外省人だ。あいつらは中台統一を掲げ、反日運動の急先鋒でもある」

梁は忌々しそうに答えた。

「……沈白承か」

傍らで聞いていた誠治が渋い表情になった。

「知っているのかね?」

今度は梁が首を傾げた。

「沈白承と幹部三人が、中国の国家安全第四局の工作員だという疑いを我々は持っています。しかも彼が大陸から連れてきた中国人は、凶悪事件を起こした囚人に訓練を施した准工作員という噂もあります。ひまわり革命の時に学生たちに暴力を振るったデモ隊に彼らは大勢動員されたという報告もあります」

顔をしかめた誠治は、浩志と梁を交互に見た。

「やはり、やつらは中国の犬か。とすれば、我々も黙ってはいられない。手を貸すぞ」

両眼を見開いた梁は声を上げた。

「断る。俺の闘いに手助けは不要だ」

浩志は頑《かたくな》に首を横に振った。

三

台北にほど近い〝上北投〟にある別荘の一室。

革張りの椅子に座った片倉誠治と鹿埔の角頭である梁克秦は、ブランデーグラスを片手に向き合っていた。天井のシャンデリアが空調の風で微かに揺らいでいる。男たちの会話は本に埋もれた空間で静かに流れていた。

時刻は午後四時二十分、浩志の出発は夜になってからと決めている。そのため梁は別室で休むように勧めたが、頑に断った浩志は誠治が借りてきたレンタカーであるカムリの中で仮眠を取っていた。梁を信用していないこともあるが、心地のいい場所で休むと緊張がほぐれて闘争心も薄れてしまうからだ。

「小誠治、はじめてあんたと会ってから、何年になるか？」

梁は、ブランデーグラスを掌で回して香りを嗅ぎ、流暢な日本語で尋ねた。浩志がいる時は台湾語で話していたが、幼い頃日本語教育を受けたのだろう。日本統治時代の名残《なごり》とすれば、八十歳前後ということになる。

「一九九六年ですから、もう二十年近く前の話ですね」

誠治は遠くを見つめるような目で答えた。

「そんなに経《た》つのか。私も年を取るはずだ。だが、最近では昔のことをよく思い出す。というのも、あの頃と今は世間がどこか似ている」

梁は唇を湿らす程度にブランデーを口に含んだ。

「中国の露骨な野心が台湾を蝕《むしば》んでいるとおっしゃりたいのですね。領土を拡大し、掠《りゃく》奪《だつ》するという人民解放軍の根本的な思想は今も昔も変わりません。違うのはあの頃の米国は、中国を赤子の手を捻るかのごとく圧倒的に強かったということです」

誠治は視線を梁に移して言った。

中国人民解放軍と中華民国国軍（台湾）は、一九五〇年代から台湾海峡を隔てて数度に亘って戦闘行為を行った。これを〝台湾海峡危機〟とよび、いずれも米国が介入することにより戦争という事態にまでは発展しなかった。

一九九六年に行われた台湾総統選挙で台湾の独立を唱える李登輝氏が優勢となったため、中国は軍事演習と称して台北沖にミサイルを撃ち込んで恫喝した事件のことを、二人は言っているようだ。一般的には〝第三次台湾海峡危機〟と呼ばれている。

米国は中国の脅しに対して台湾海峡に太平洋艦隊だけでなく、ペルシャ湾から第七戦闘群の艦隊を呼び寄せて威嚇《いかく》した。

一方中国はミサイルの恫喝で台湾国民が恐怖におののき李登輝氏は敗退すると思っていたが、結果は台湾人を激怒させ李登輝氏は総統に再選されている。

「米国のプレゼンスは強大だった。それに比べ我が国は非力。当時から中国の工作員は台湾で好き放題に動き回っていた。政府はやつらを嗅ぎ取ることもできなければ、処罰する力もなかった。あんたの手助けがなければ、いまごろ台湾は中国の一地方自治体に成り下がっていただろう」

梁は苦虫を嚙み潰したような顔で言った。国内の中台統一勢力の封じ込めにＣＩＡと〝黑道〟が動いたことを梁は思い起こしたらしい。

「今の中国は馬鹿ではありません。恫喝だけじゃだめだと思い、世界中に金をばらまき味方にしている。中国が酷い国だと分かっていても、文句をいう国は少なくなりました。台湾でも、学生が立ち上がらなければ馬英九を止められなかったでしょう」

「まったく、その通りだ。ほとんどの〝黑道〟は蔣介石とともに大陸から渡ってきた外省人、誰しも自分を中国人だと思い、大陸は祖国だと思っていた。そのため台湾の独立なのか中台統一なのか態度がはっきりしないものも多い。だからこそ、そこに付け込まれて〝天人同盟〟のような中国傀儡《かいらい》の組織をのさばらせてしまったのだ」

梁は大きな溜め息をついた。

「戦前からいた台湾人や現代の若者ならともかく、戦後台湾に渡ってきた中国人にとって、台湾の独立は、自ら中国人としてのルーツを断つことになります。難しい問題でしょう」

誠治は複雑な表情で相槌《あいづち》を打った。

「こんな話をしても詮《せん》無いな。……ところで、藤堂は一人で行くと言っているが、犬死にするだけだろう。本当に行かせるつもりか？」

梁は話が湿り気味になってきたためか話題を変えた。

「これまでも不可能と思われた任務をあの男はやり遂げてきました。普通の人間だとは思わないことです。もし何か協力するのなら、彼に気付かれないようにすることをお勧めします。邪魔をしたと判断したら、容赦なく我々にも牙をむくでしょうな」

誠治は浩志が国際犯罪組織であるブラックナイトを壊滅させたことや自称イスラム国と名乗る武装組織が支配するシリアの街から、人質を救出したことなどを説明した。

「そんな男が、この世の中にいるのか。あの男を買いかぶり過ぎているのじゃないか」

梁は鼻から息を漏らした。

「私もはじめて資料を見た時は信じられませんでした。彼が私の組織でも知られるようになったのは、六年ほど前からです。一時は我が組織の情報員ともトラブルを起こしてブラックリストに載っていたのですが、数年前から彼の活躍が有益だと判断されるようになりました。結果論ですが、米国大統領の命を救ったこともありますから。今では組織の分析官ですら彼を排除するのではなく、積極的に利用すべしと報告書の末尾に書くほどです」

「カンパニーも認めた男か、面白い。だが、もっと周到な準備をしてもいいんじゃないのか？」

梁は肩を竦めて笑った。カンパニーとはＣＩＡを意味する隠語である。やはり梁は誠治の正体を知っていたようだ。

「藤堂が率いる傭兵特殊部隊は、現地の武器商で武器を購入、あるいは敵の粗末な武器を奪って闘うこともあるそうです。だが、その働きは最新鋭の装備を身に付けた欧米の特殊部隊と変わらないというのですから、そもそも個々人の出来が違うのでしょう」

誠治は苦笑してみせた。


昨日まで台北市満芳病院の三階の一般病棟の個室にいた美香は、最上階の八階にある特別病棟に移っていた。池谷が他の入院患者もいる病棟では警備の都合上まずいと判断したからだ。彼は私費を投じて病院側に納得させたのだが、病院側も警備と称して胡散臭い傭兵が院内をうろつくのを避けたかったに違いない。

特別病棟は本来ならＶＩＰクラスを収容するためのもので、ホテルのような応接セットがあるリビングスペースが用意された個室が全部で五部屋ある。そのすべてを池谷は借り切っているのだ。

「美香さんの警備も大切だが、俺たちは本当に藤堂さんの手伝いをしなくていいのかな？」

カーテンの隙間から外を監視しながら宮坂は、傍らの辰也に尋ねた。

美香は八〇三号室で、その右隣の八〇二号室に辰也と宮坂、病棟の入口にある八〇一号室は瀬川と加藤、村瀬、反対側の八〇四号室は田中と京介、鮫沼、突き当たりの八〇五号室は池谷が使用していた。傭兵らは二十四時間態勢で警備するために三チームに分かれ、病棟内の警備と美香の病室の前での警護を四時間交代で行っている。

「俺には藤堂さんの気持ちが分かる気がする。誰にも手伝わせたくないんだろうな」

辰也はリビングスペースでストレッチをしていた。二人は病棟警備と病室前の警護を終えて、休憩時間に入っている。この時間は食事、就寝など自由時間でもあるが、彼らはいつでも闘えるように待機しているのだ。

「そういうものか。お前の方が藤堂さんとは付き合いが長いからな。だが、同じ付き合いが長いはずの池谷さんは冷たいと怒っていたぞ」

宮坂は苦笑いをした。

「あの人には、藤堂さんの気持ちは分からないだろうな。美香さんと二人のところを襲撃されたんだぞ。襲撃してきたやつらと暗殺命令を出したやつを藤堂さんは絶対生かしてはおかない。必ず自分の手で始末をつけるはずだ。俺たちの出る幕はないさ」

辰也は体を捻りながら答えた。

「負傷したのが他でもない美香さんだからな。なるほど、言われてみればそうだ。あの人ならたった一人でもやり遂げるだろう。だが、藤堂さんが危機的状態になった場合は、どうなんだ。それでも手伝っちゃだめなのか」

宮坂は不満げに言った。

「俺たちの中で藤堂さんの死を願っている者は誰もいない。だからこそ、いつでも闘えるように準備する必要がある。だが、今の任務は美香さんを守り抜き、無事に日本に帰すことなんだ。俺たちの鉄壁の守りで美香さんの安全が確保されていれば、藤堂さんも安心して闘えるはずだからな」

ストレッチを終えた辰也は、シャドーボクシングをはじめた。

四

日は暮れて雨に濡れそぼつカムリは闇に包まれている。

運転席のリクライニングを倒して眠っていた浩志は、突然目を見開いた。眠りながらも車に降り掛かる雨音や風の音を意識下で聞いていたが、梁克秦の別荘の玄関の引き戸が開く音が加わったからだ。

計器盤の時計は、午後七時ちょうどを表示している。

浩志が座席を起こすと助手席のドアが開き、誠治が乗り込んできた。

「ゆっくり眠れたのかね？　差し入れだ。梁克秦の専属の料理人が作ってくれたよ」

誠治から温かい包みとペットボトルの水を渡された。

「ほお、ありがたい」

包みを開いた浩志の顔が綻《ほころ》んだ。大きなおむすびが五つ入っていた。

「私が運転するからゆっくり食べたらどうかね」

誠治は苦笑がてら言った。

浩志は〝天人同盟〟のボスである沈白承が週の大半を過ごす別荘の近くまで車で乗り付け、一人で侵入するつもりだ。だが浩志が帰還不能になれば車を返せなくなるので、誠治が同行することになった。

「途中で代わる。それまで頼もう」

浩志はおにぎりをダッシュボードの上に置いて運転席から降りた。誠治に借りを作りたくないが、闘いの前だけに体力は少しでも温存しておきたい。

気温は十度ほどか。山間だけに気温も下がった。雨は霧のように細かくなっている。

車の前で誠治とすれ違い、浩志は助手席に座った。

「出発しよう」

エンジンをかけた誠治は屋敷前ですばやくUターンし、山道に出た。六十歳を超えているはずだが、タフな男である。この男も夜明け前から活動しているが、疲れた表情を見せない。ＣＩＡの管理職なのだろうが、未だに体を鍛え続けているのだろう。

浩志はふんわりと握られたおにぎりを頬張った。具は贅沢にも台湾名産の〝からすみ〟と魚のそぼろである魚鬆《ユーソン》の二種類で、純和風ではない。だが、濃厚なチーズのような滋味のある〝からすみ〟と甘辛い魚鬆は、どちらもほどよい塩加減のご飯と絶妙のハーモニーを醸し出している。

「うまい」

浩志は夢中で五個のおにぎりを腹に納めた。

「ふむ。私は美香とは高校生の時以来会っていないので、大人になった彼女のことをよく知らない。電話をすることはたまにあるが、けんもほろろだ。だが、君の食べっぷりを見て彼女が君に惚《ほ》れた理由が、なんとなく分かった気がする」

横目でちらりと浩志を見た誠治は笑ってみせた。

「理由？」

浩志は首を傾げた。彼女の実年齢は知らないが、一回り前後下のはずだ。才色兼備の美香がどうして浩志と付き合っているのか未だに自分でも分からない。

「ドイツに赴任《ふにん》していた時だ。高校生だった美香がそのころ付き合っていた彼氏を我が家の夕食に招待した。相手は三つ年上の大学生で頭もよかったが、サッカーの選手で運動神経も抜群だった。何よりも大食いで、妻が作った料理を恐ろしいスピードで平らげた。それを美香はニコニコしながら見ていたんだ。私も妻もあきれてしまったよ」

「ほお」

浩志は半ば納得した。決して大食いではないが料理を無心に食べていると、美香はいつもうれしそうに見ているのを思い出した。

「私は米国の商社に勤めていると家族を騙し、情報員として世界中で活動していた。そのため、家でゆっくりと食事をすることはほとんどなかった。だから美香は食事をしている彼氏を見ると幸せな気分になるのだろう。今思えばあの娘には不憫《ふびん》なことをした」

誠治はしんみりと語った。

「……」

浩志は黙って聞きながらウインドウの外を見た。お互いの仕事を理解しているため、美香とは毎日会うこともない。日本にいるときだけ一緒に過ごすが、それも短い間である。彼女は束《つか》の間の幸せを喜んでいるのだろうか。少なくとも幸せにしているとはいいがたい。これまで浩志は仕事柄、幸せという単語は禁句だと思っていた。決して彼女を軽んじていたわけではないが、二人の未来を考えることから逃げてきたに過ぎない。

「つまらないことを聞かせてしまった。ダッシュボードを開けて、中を確認してくれないか」

言われるままにダッシュボードを開いた。

「むっ」

浩志は右眉を上げ、グロック19を取り出した。ほかにも予備のマガジンが五本にサバイバルナイフとアウトドア用のハンドライトがある。

「梁克秦に用意してもらったものを私が買い取った。遠慮なく使ってくれ。これまで美香が世話になった礼だ。これで君に借りは返した。礼はいらんよ」

誠治は表情もなく言った。

「……分かった」

言葉通りとっていいのか、あるいは浩志に断られないように言ったのかは分からない。だが、借りを返すと言われれば断る理由はなくなる。武器は敵のアジトに侵入して奪えばいいと思っていたが、あらかじめ装備できるに越したことはない。

浩志はグロックのマガジンを抜いて弾丸を確認し、スライドを引いて銃身に残弾がないことを確かめると、マガジンを装塡してズボンに挟み込んだ。銃に装塡してある分も含めれば、一つのマガジンに9ミリ弾が十五発込められているので、合計九十発の弾丸があることになる。サバイバルナイフはホルダーのフックをズボンのベルトに通し、予備のマガジンとハンドライトをジャケットのポケットに突っ込んだ。

車は台北市内を抜けて中山高速公路に入り、ひたすら南に向かった。一時間ほど走り、インターチェンジで台南に通じる国道3号線に入る。誠治は休むことなく走り続けるため、交代する暇もない。

二時間後、国道3号線は台湾中部で海岸沿いから島の中央部に折れ曲がる。誠治は道なりに進んだ途中で国道6号線に入って東に進んだ。

山道が開けて台湾の地理的中心に位置する〝台湾地理中心碑〟がある埔里《プーリー》市内に入ったところで、一般道に下りて今度は南に走り、三十分ほどで湖に出た。〝日月潭《イーユエタン》〟に到着したのだ。

〝日月潭〟の北西には霧社《ウーシャ》という小さな町があった。日本の歴史からは忘れさられているが、台湾最大の武装抗日事件〝霧社事件〟が起きた場所である。

一九三〇年十月二十七日、霧社公学校で行われていた運動会に武装した先住民が乱入し、日本人を百三十人以上殺害し、二百人以上が負傷した。原因は日本人の先住民に対する過酷な労働や女性への不当な扱いだったという。

日本軍はただちに先住民を討伐《とうばつ》し、二百七十人以上を殺害した。その悲しい記録を留めるために後に作られた〝霧社事件記念公園〟には、事件の首謀者であった莫那魯道《モーナルダオ》の像があり英雄として地元では祀られている。今日親日国である台湾との間には、忘れてはならない負の歴史があることも日本人は肝に銘じるべきだろう。

誠治は交差点を右折し、湖の周遊道路を時計の針とは反対の左回りに走りはじめる。半周ほど街灯もない道を走り、暗くて湖面は見えないが小高い場所で誠治は車を停めた。

「梁克秦からの情報によれば、この先に引き込み道路があり、湖に沿って百メートルほど歩くと、沈白承の別荘があるそうだ。腕利きの手下を大勢泊まらせているらしい。セキュリティまでは分からないと言われた」

誠治は周囲の闇を見透かすように警戒しながら険しい表情になった。

浩志はカーナビで位置を確認した。別荘は湖の西南にあるようだ。

「助かった」

車から降りた浩志は、淡々とドアを閉めた。気負いはない。

「連絡をくれ」

硬い表情で頷いた誠治は車をゆっくりと発進させた。

梁克秦の別荘で、浩志のスマートフォンは充電してある。いつまでもヤクザから奪ったものを使うわけにはいかないからだ。だがスマートフォンの電源はまだ入れていない。どこまでやれるか分からないが、できれば最後まで自分一人で行動したいと思っている。

テールランプを見送った浩志は、さりげなくグロックを抜いてスライドを引き、初弾を込めるとズボンの後ろに差し込んだ。

五

〝日月潭〟は、標高七百四十八メートルの高地にあり、ほぼ同じ標高（七百二十四メートル）の芦ノ湖《あしのこ》を彷彿《ほうふつ》とさせる台湾最大の湖である。

日本統治時代から保養地として開発され、蔣介石はたぐいまれな美しい風景を愛し、湖畔《こはん》に別荘を建てた。現在は湖の周辺に景観を保ちながらもリゾートホテルや別荘が建てられ、観光地として人気がある。

浩志は〝日月潭〟湖畔にある沈白承の別荘に向かって、全神経を集中させながら歩いていた。

午後十時四十八分、建物に侵入するには少し早い。とりあえず、別荘の周囲を調べるつもりだ。

「うん？」

浩志は立ち止まり、藪《やぶ》の中に身を隠した。三十メートルほど先にゲートがあるのだが、監視カメラが設置されていることに気が付いたのだ。

別荘に続く引き込み道路は幅三メートル弱、道に沿って両側に藪があり、右手はすぐに湖の岸になっている。左手の藪は深く、湖畔の周遊道路に挟まれた森になっていた。

浩志は左側の藪に分け入った。別荘は、高さが二メートル近い金網のフェンスで囲まれている。しかもフェンスの上部に有刺鉄線が張られており、道具もなしにフェンスを越えることは難しい。

ゲートは高さが一・五メートルほどの鉄製で自動開閉する仕組みになっている。簡単に乗り越えられる高さということは、ゲートは常に見張られているということなのだろう。

ゲート近くの藪から敷地内を覗いた。敷地の東側は湖で、五、六十メートル先の暗闇に屋敷の灯りが見える。その手前は広い駐車場になっており、一番奥の湖側に白いベンツが停めてあり、その周りに車が六台停めてあった。ベンツは当然沈白承の車だろう。大勢の手下を伴っていると誠治は言っていたが、一台に二人と計算しても十人以上いてもおかしくはない。

さらに藪を進むとコンクリートの二階建ての屋敷の全容が見えてきた。玄関ドアは木製で、入口は二本の柱で支えられたひさしがあり、半円形のスパニッシュ瓦に上部が円形の窓枠がはめ込まれた南欧を思わせる贅沢な洋館である。建坪は百坪ほどか。一階の電気は消えているが、二階の窓は明るい。カラオケをしているのか、騒ぎ立てる声と音楽が漏れ聞こえる。

屋敷の窓に泥棒よけの鉄格子はない。都心部の建物と違って無粋なことはしていないようだ。有刺鉄線のフェンスだけで充分だと思っているのか、あるいは窓にセンサーが取り付けられているのかもしれない。

フェンスに沿って敷地を回り込み湖の岸辺に出た。湖側にフェンスはなく、四、五十坪の芝生《しばふ》の庭にしゃれたテーブルが置かれ、中央にガーデンライトに照らされた小道が小型のプレジャーボートが舫《もや》われた桟橋まで続いている。〝天人同盟〟は新興勢力らしいが、相当な財力があるようだ。もっともまともな商売で得たものではないだろう。

コの字形に屋敷を囲むフェンスの端は湖にまで張り出しており、フェンスを伝って回り込めないように先端に有刺鉄線が張られていた。少なくとも陸側から屋敷に潜入するのは至難の業と言えよう。

「ふーむ」

ここにいたって装備も整えずになぜこんなにも性急にここまで来てしまったのか、自分でもあきれてしまった。いつもなら潜入のプロである加藤が、道具を揃えているのでこんなフェンスは容易《たやす》く破ることができる。

チームで活動することに馴れてしまったとしたら、指揮官として失格である。だが、長年傭兵として活動し、こんな些細《ささい》なミスをするはずはないと浩志は思い直した。やはり美香が負傷したことで我を失っているのかもしれない。今更ながら、彼女の存在の大きさに浩志は驚きを覚えた。

藪の奥へ分け入って巨木を見つけた浩志は、太い幹を背に白い息を吐いた。周囲の木々が風除《よ》けになり、巨木が雨を防いでくれる。しかも藪のわずかな隙間から屋敷の灯りが見える場所を選んだ。

雨は小降りだが、気温は十度を切っている。雨風が防げても、寒さまで防いでくれるわけではない。浩志は膝を高く上げて足踏みをはじめた。

一時間ほど体を動かしながら時を待った浩志は、巨木を離れて屋敷に近づいた。二階の窓の灯りが消えてから三十分以上経っている。

午前零時。そろそろ屋敷に侵入してもよさそうだ。浩志はグロックを抜いて岸辺から静かに湖に入った。

「くっ！」

心臓を鷲掴みされているかのように水が冷たい。銃が濡れないようにフェンスに沿って数メートルほど泳いだ。それだけでも体は芯から冷えきった。

岸に上がると銃を構え、フェンス際の闇に紛れて走り、屋敷の壁にへばりつく。

革のジャケットに入れてあるマガジンをすべてズボンのポケットに突っ込むと、水を含んでぐっしょりと重くなり、もはや使い物にならなくなった革のジャケットを脱ぎ捨てた。耳を澄ませたが、やっかいな犬や警報装置も今のところなさそうだ。聞こえるのは寒さで歯と歯が噛み合う音だけだ。

「……」

建物に沿って庭を横切り玄関がある南側に進もうとした浩志は、はっとして暗闇に戻った。二階の壁に監視カメラがある。カメラの角度から庭と桟橋まで監視しているに違いない。

反転して暗闇に沿って歩き、湖に面した一階の窓を覗き込む。窓枠の片隅に小さな突起から配線が伸びている。センサーが仕掛けてあるのだ。

台湾は日本と同じで、電気の供給が地下ケーブル式なのは都心部だけで、どこにいっても張り巡らされた電柱から電線を引き込んでいる。別荘も屋敷近くの電柱から電線を引いているが、二階のかなり高い位置から取り入れており、通常は建物の外にある配電盤も見当たらない。外部から電源を切断されることを回避しているのだろう。

舌打ちをした浩志は壁に吸い付くように建物を回り込み、玄関と反対の北側に出た。施錠された木製の裏口がある。さらに北側から湖と反対の西側の一階も調べてみたが、窓にはすべてセンサーが取り付けてあるようだ。他にも玄関先に監視カメラが設置されている。カメラの死角になっている湖のフェンス際から侵入したのは正解だった。

窓か裏口から侵入するほかなさそうだが、音もなく破ったとしても気付かれるのは同じである。

湖から風が吹き上げてきた。

「ううっ！」

湿り気を帯びた風が、体温を奪って行く。ぐずぐずしていると寒さで体が動かなくなる。

浩志は建物から離れて北側のフェンス際の暗闇から大きく回り込み、駐車場まで移動した。腰をかがめて車に近付き、一台ずつ運転席のドアが開くか確かめる。車はベンツSクラスを含めて七台あり、そのうちのベンツワゴンとフォルクスワーゲン・ゴルフのドアが開いた。二台とも鍵が差し込まれたままになっている。別荘の敷地内ということで油断しているのだろう。

ベンツワゴンの運転席に乗り込んだ浩志はエンジンをかけ、すぐさま車を玄関の正面に後ろ向きに停めた。

ギアをバックに入れて助手席のシートに腕をかけた浩志は、サイドブレーキを引いたままアクセルを踏んだ。後輪が悲鳴を上げる。口元を僅かに上げた浩志は、床までアクセルを踏むと同時にサイドブレーキを解除した。

唸りを上げる車、凄まじい轟音《ごうおん》。

別荘の玄関は全壊し、白煙に包まれた。

六

玄関アプローチの二本の石柱をなぎ倒してドアを突き破り、ベンツワゴンは大破した。瓦礫《がれき》に埋もれた車体後部からめらめらと炎を上げ、もうもうと煙を上げている。ガソリンタンクに引火するのは時間の問題だ。

頭を振った浩志は運転席のドアを蹴って開けると、転がるように飛び出した。

「何が起こった！」

「さっさと起きろ！」

建物内部に怒号が飛び交う。

浩志は湖と反対の建物の西側を回り込み、北側にある裏口の木製のドアを蹴破って侵入した。部屋はちょっとしたレストランの厨房ほどの広さがある。調理場を抜け、廊下に通じるドアを開けて外の様子を窺った。廊下は二十メートルほどまっすぐ続き、左右にドアがいくつかある。照明は点けられていたが、大破した車が吐き出す煙が充満して視界が悪い。

「裏口でも音がしたぞ！」

玄関の近くが騒がしい。階段があり、はやくも人が集まったようだ。

煙の向こうから人影が近付いて来る。浩志は咄嗟《とっさ》に近くのドアを開けて中に入った。掃除道具などが入れられた納戸である。

通り過ぎる男たちをやり過ごし、ドアを開けて彼らを追って厨房に入った。

「ドアが破られているぞ！」

銃を持った三人の男たちが、声を上げた。三人とも身長は一八〇センチ前後ある。腕利きの手下と誠治は言っていたが、喧嘩慣れした連中なのだろう。

浩志は最後尾にいる男の後頭部を銃底で殴って失神させ、間髪《かんはつ》を入れずに左隣の男の脇腹に足刀蹴りを食らわし、二メートル先の冷蔵庫まで蹴り飛ばした。

「なっ！」

右脇に立っていた男が振り向いた。浩志はすかさず男の顎を蹴り上げる。まさか背後から襲われるとは思っていなかったのだろう。男たちの反応は鈍かった。

「ほお」

浩志は男たちが握っている銃を取り上げた。〝NP42〟、中国製92式手槍の米国向けモデルである。民間用とはいえ、簡単に手に入る銃ではない。9ミリ弾使用モデルのため、浩志が持っている弾丸が使える。浩志は一丁を左のポケットに入れ、残りをゴミ箱に捨てた。

「うん？」

さっきは気が付かなかったが、冷蔵庫の隣りに配電盤があった。カバーを外し、すべてのブレーカを落とすと、厨房を後にした。廊下にはフットライトだけ点いている。蓄電池式の非常用ライトにもなるタイプだ。

「馬鹿野郎、何をやっている！」

「車を運転していたやつを探せ！」

「誰か電気を点けろ！」

玄関先に人の声が増えた。

浩志は厨房に戻り、気絶している男たちを裏口から外に引きずり出すと、コンロにガスボンベを置いて火を点けた。敵は何人いるか分からない。もっと混乱させる必要がある。銃を構えてゆっくりと廊下を進む。左にあるドアが突然開き、男と鉢合《はちあ》わせになった。浩志は男の肩を摑んで引きずり出すと、鳩尾に膝蹴りを二発入れて倒した。敵は暗闇での同士討ちを避けるために一瞬攻撃を躊躇《ちゅうちょ》する。その点、相手を確認する必要がない浩志に利があった。

男が出てきたドアを開けて中を覗いた。湖に面した大きなリビングで、天井からシャンデリアがぶら下がり贅沢なソファーやテーブルが置かれてある。誰もいないことを確認した浩志は倒した男を部屋に転がし、小走りに玄関に向かった。

煙が立ちこめる玄関ホールではハンドライトの光が交錯《こうさく》し、五人の男が消火活動をしている。炎は消えていた。ガソリンタンクへの引火は免《まぬか》れたらしい。

浩志が階段下に入り暗闇に紛れた途端、大音響とともに屋敷が揺れた。

厨房のガスボンベが爆発したのだ。今頃厨房は炎に包まれている。配電盤も焼かれて電気を流すことも当分できないだろう。

「今度は何だ！」

二階から怒鳴り声が響いた。低いしわがれた声である。

「分かりません！」

鎮火したベンツワゴンにライトを当てていた男が、大声で答えた。

「馬鹿野郎！　玄関はもういい。さっさと見て来い！」

またしわがれた声が響く。

「はっ、はい！」

五人の男たちが一斉に消火器を置き、浩志の目の前を通って廊下を駆けて行った。罵声の主はどうやら沈白承のようだ。

浩志は銃をズボンに差すと階段下から抜け出し、消火器の粉末と煙の立ち込める階段を駆け上がった。

二階の廊下に三人の男のシルエットがある。フットライトはあるが、顔を見分けられるほど明るくはない。左右の男はちゃんと服を着ているが、真ん中の男はパジャマにガウンを羽織っているようだ。

「なんで戻ってきたんだ！」

真ん中に立っている男が怒鳴った。銃も持っていないため、手下だと思っているに違いない。

浩志は無言で一番左の男の鳩尾を蹴り抜き、昏倒させる。

「何！」

右端の男がすばやく反応し、パンチを繰り出してきた。浩志は左右のパンチを両腕でガードする。ヘビー級並みの重いパンチだ。

「くっ！」

衝撃で左肩が悲鳴を上げた。男は体重を載せて正確に浩志の顔面を狙って来る。浩志はガードを上げて後ろに下がりながら相手の動きを見た。

男は体を左右に揺らし、巧みにジャブからボディーブローを打ってきた。瞬間、浩志は体を入れ替えてフック気味のトリッキーな右パンチで男の鼻を叩いた。浩志は前のめりに崩れる男の右腕を摑みながらその懐に入り、階段下に男を投げ飛ばした。

「きっ、きっ、貴様」

唖然としていたガウンの男が口を震わせた。太くしわがれた声は、酒と煙草で声を潰したのだろう。

「おまえが沈白承だな」

浩志はグロックを抜き、男の喉元に銃口を当てた。

「わっ、わっ」

男は金魚のように口をぱくぱくとさせている。

「答えれば、殺さない。沈白承だな」

グロックを押し付けて念を押すと、沈は顎を上下に揺するように頷いてみせた。

「一緒に来い」

浩志は沈の襟を摑んで階段を下りると、瓦礫と化した玄関の隙間から抜け出て駐車場に連れ出した。

「ベンツのキーはどこだ？」

駄目元で聞いてみた。ベンツで脱出し、手下の車のタイヤはすべて銃で撃ち抜くつもりだ。どうせ盗むなら乗り心地のいい車に限る。

「げっ、玄関のキーボックス」

沈は恐る恐る大破した玄関を指差した。車のキーは瓦礫に埋もれたようだ。

「手下の車のキーも一緒か？」

「……そっ、そうだ」

沈は首を傾げた。質問の意図が分からないらしい。

不運続きだったが、つきが回ってきたらしい。浩志はゴルフの助手席の前に沈を立たせると、ドアを開けた。この車で脱出すれば、手下たちは追って来られないはずである。

「乗れ」

浩志は顎で指示をした。この男には聞きたいことが山ほどある。

「いっ、いやだ」

目を白黒させた沈は、首を激しく横に振った。

「……」

浩志は無言で沈の鳩尾に膝蹴りを食らわし、助手席に押し込んでドアを閉めた。

証人プログラム

一

啓吾は胸に掛かる毛布が僅かに擦れる感触で目覚めた。

左隣に眠っていた恵利がベッドから抜け出したのだ。

寝返りを打つ振りをした啓吾は、枕元の時計を見た。午前一時七分になっている。台湾に来て四日働き、日付が変わったため五日目になった。

彼女は決まって夜中に起きて部屋を出て行く。夜中に眠れなくなると、ホテルの喫煙室へ行って煙草を吸うという。宿泊している〝85スカイタワーホテル〟の四十一階にも喫煙室がある。彼女がホテル選びをしており、セキュリティを優先して五つ星を選んでいるが、喫煙室も選択肢に入っているに違いない。

足音を忍ばせて恵利は、バスルームに入った。啓吾は薄目を開けて彼女の動向を監視している。今回の任務は最初からつまずいているため、ストレスが溜まって喫煙に走っているようだ。少なくとも一昨日まではそう思っていた。

バスルームで素早く着替えた恵利は、猫のように足音を消して部屋から出て行く。啓吾は急いでパジャマを脱ぎ捨ててベッド脇に畳んでおいたジーパンとカラーシャツに着替えると、靴下を履くのがもどかしく素足に革靴を履いて部屋を後にした。

今回の任務は、米国の情報部と内調の合同ということになっているが、内調だけでなく誠治とも極秘に連絡を取り合っている。誠治が啓吾の父親であることを知っている者は、関係者では誰もいない。啓吾が自分の上司と通じているとは、恵利は露《つゆ》ほども知るはずがないのだ。

彼女も情報員らしく、啓吾の前では一切連絡を取らない。そのため、喫煙と称して夜中に限らず啓吾の前から姿を消すのは連絡のためと認識していた。

だが、今では彼女がヘビースモーカーだったというのも嘘ではないかと疑っている。彼女は三十分ほどで部屋に戻って来る。口臭対策のサプリメントを服用するらしく、ミントの香りはするのだが、煙草臭は感じられないことに気付いたのだ。

彼女には内緒で四十一階の喫煙室を調べた。十二畳ほどの広さに、三つのベンチが三方の壁際に置かれ、上部が灰皿になっているゴミ箱がベンチの両端に配置されている。空調は効いているが換気は不十分で、中に入れば煙草の臭いがいやでも体に染み付く。煙草を吸わない啓吾は、臭いには敏感であるためすぐ分かる。彼女の服から煙草の臭いがしないのは、あまりにも不自然なのだ。

　仕事上極秘の連絡をする必要はあるのだろうが、それが真夜中という点も啓吾は不審に思った。誠治に確認を取ると案の定知らないという。そのため恵利が抜け出すときに監視するように命じられてしまった。

　恵利がエレベータに乗り込んだことを確認し、啓吾は別のエレベータの呼び出しボタンを押した。エレベータホールの表示で恵利が下に向かっていることは分かるが、下りた階までは表示されない。この時間レストランは閉まっており使える施設も少ない。フロントがある三十七階は禁煙だが、だだっ広いロビーフロアには椅子とテーブルが設置されている。それと四十一階の喫煙室なら二十四時間出入りは自由だ。

　啓吾はエレベータに乗り、四十一階のボタンを迷わず押した。恵利は啓吾を起こさないように黙って出て行った。煙草を吸うとは限らないが、後で彼女の言質《げんち》を取る上で喫煙室は調べる必要がある。

　四十一階で降りた啓吾は、慌てずに喫煙室まで歩いた。すでに彼女を見失っている。焦っても仕様がないのだ。喫煙室はガラスの窓がある少々クラシックなドアのため、僅かに煙草の臭いが廊下にまで漏れて来る。さりげなくドア窓から中を覗いたが、誰もいない。

小走りにエレベータに戻り、今度は三十七階に向かった。日中も人気が少ないロビーには、宿泊客は誰もいない。フロント係が笑顔を浮かべたが、ちらりと啓吾の足下を見た。時間帯もそうだが素足に靴という格好を怪訝に思ったに違いない。

「すみません。7811号室の佐伯だけど、家内と喧嘩しちゃってね。見かけなかった?」

啓吾は苦笑いを浮かべながらフロント係の男に尋ねた。この時間にロビーフロアに下りれば嫌が上でも分かるはずだ。

「少なくとも、この三十分間でこの階に下りられた方や外出されたお客様もいらっしゃいません。七十五階の〝75起舞ラウンジ&グリル〟でしたら、午前二時まで営業しております。まもなくラストオーダーになってしまいますが、ひょっとしたらそちらにいらっしゃるのかもしれませんよ」

フロント係は、腕時計で時間を確かめると笑顔で答えた。

「そうか、ありがとう」

啓吾は他のレストランが午前零時で営業が終わるためにどこも同じだと勘違いしていたのだ。時刻は午前一時十九分である。慌ててエレベータに乗り込み、七十五階に向かった。

苛つく思いを抑えて啓吾はエレベータを降りる。

「失礼」

エレベータから慌てて出ると、ホールで待っていた白人の男とぶつかりそうになり、啓吾は英語で謝った。

「こちらこそ」

男はにこやかな表情で頷き、すれ違った。欧米の金持ちの旅行者らしい。銀髪を後ろで束ね、口髭を生やしている。

啓吾は大きく息を吸って店まで歩いた。内調はそもそも対外情報機関ではない。情報収集の訓練は受けたが、監視や尾行など工作員としての訓練を受けていないのだ。

「おひとりさまですか？　間もなくラストオーダーですが、よろしいですか？」

店の入口でウエイターが、丁重に尋ねてきた。

「妻が来ているはずなんだが」

店は三方がガラス張りになっており、意外と広い。食事をしている客はほとんどいないが、酒を飲んでいる客は大勢いる。

「あっ。あそこにいた」

店内を見渡した啓吾は、カウンターの端の席にぽつんと座っている恵利を見つけて指差した。隣りに客はいない。

「そうでございますか。閉店まで時間はございませんが、お楽しみください」

ウエイターがにこやかにお辞儀をした。このホテルの従業員は誰しも五つ星のホテルに相応《ふさわ》しい接客態度である。

「いつから来ているんだい？　私にはマティーニを」

啓吾は恵利の隣りに座りながら、バーテンダーに注文をした。

「あらっ、よく分かったわね」

肩をびくりとさせた恵利は、ぎこちない笑顔を浮かべた。表情に疲れが滲み出ている。

ハードな任務ではないが、精神的に満たされないためだろう。

「目が覚めてしまってね。この店が午前二時まで営業していることを思い出したら、無性にマティーニが飲みたくなったんだ」

啓吾は笑顔で答えた。

「私のことが心配で探したんじゃないの？」

恵利は啓吾にしだれかかってきた。

「喫煙室に行っていると思っていたよ」

クールに答えた啓吾だが、彼女への疑心は霧散していた。

二

盗み出したゴルフのハンドルを握る浩志は、人家の絶えた寂しい山道を走っていた。

助手席には〝天人同盟〟のボスである沈白承が気絶したまま車が揺れるに任せている。眠った振りをしているのかもしれないが、バスロープを引き裂いて作った紐《ひも》で手足をしばってあるため逃げることはできない。

時刻は午前一時四十六分、〝日月潭〟湖畔にある沈の別荘を出てから二時間近く経っていた。浩志は湖から北に向かったが、台湾中部に通じる国道6号線には入らずに国道14号線を東に向かっている。

〝天人同盟〟は台北を中心に活動する暴力団である。別荘を襲った際に暗闇だったため手下に顔は見られていないが、浩志の仕業《しわざ》と思っていることだろう。そのため台北や台北に近い台中に出るのは危険であった。それに美香の手術が無事に終わるまでは、台北に戻るつもりはない。

身を隠すのなら台北から離れた台東、あるいは高雄だろう。ルートは台中とは反対の中央山脈を越えて東シナ海に面した花蓮《ファレン》県を経由して台東に出る。さらに海岸線沿いを南に進み高雄に行くのが安全であった。

国道14号は三千メートル級の先門山《シェイメンシャン》北峰を越えた所で、台中と花蓮を結ぶ国道8号線にぶつかる。8号線を東に進み最後の山越えをすれば南シナ海側に出ることができるのだが、道幅は狭く、ヘアピンカーブが続く難所も多い。しかも霧雨が車にまとわりつき、視界も悪いという悪条件が重なる。

「むっ！」

浩志はガツンと激しく車体を揺さぶる衝撃ではっとした。咄嗟に前方とバックミラーを確認したが、車にぶつかったような物はない。タイヤホイールが縁石にぶつかり、車道に押し戻されたらしい。一瞬だが居眠り運転していたようだ。鋭角に衝突していたら縁石を乗り越え、ガードレールも突き破って谷底に落ちていただろう。

「いかん」

スピードを落とした浩志は、右手で頰を叩いた。

さきほどまでは三百度もあるヘアピンカーブが続いたためにそれなりに緊張していたのだが、山間の村である仁愛郷に入って緩い坂道になった途端に睡魔に襲われたようだ。

「うん？」

大きな道路標識があるY字路の前で浩志は車を停めた。

〝日月潭〟の別荘からの脱出ルートはあらかじめ考えてあった。作戦は攻撃から脱出まで計画してはじめて成り立つ。

中央山脈を越えるのに国道は14号線と8号線を使う。Y字路には緑色の道路標識があり、右は国道14号・盧山《ハーシャン》、左は国道14甲号線・大兎嶺《ダートウリン》とどちらも国道14号線が付けられている。甲はいわゆる新道で付いてない方は、旧道らしい。地図でも旧道はかなり険しそうだったので、甲の新道を行くつもりだ。

緑の標識の隣りに茶色の道路標識がある。左は清境《チンジン》農場・合觀山《ブアガン》、右は〃廬山温泉〃となっている。浩志は温泉の文字に惹き付けられた。疲労は限界に達しているが、この先三千メートル級の山々を越える山岳道路を通らなければならない。難所ゆえに花蓮に出るまでに四時間近く掛かるはずだ。その前に少しでも体を休めたかった。

〃廬山温泉〃は台湾で最高所である千三百メートルの標高にある温泉で、日本統治時代には富士《ふじ》温泉と呼ばれていたが、蔣介石がこの地を訪れて現在の〃廬山温泉〃に改称されている。台湾屈指の名湯として人気があったが、二〇〇九年と二〇一二年の二度に亘る大水害で甚大《じんだい》な被害を受け、近年になり復旧したものの温泉街は寂れている。

「どこに行くつもりだ?」

気絶していた沈がいつの間にか目覚めていた。縁石にぶつかった衝撃で起きたのかもしれない。

「どうでもいい。だが、おまえに命令した人物と居場所を教えるのなら、生きたまま帰してやる。それ以外におまえが助かる道はない」

浩志はゆっくりと車を発進させると、Y字路を右に曲がった。

「馬鹿馬鹿しい。取引するつもりか。俺をすぐにでも解放すれば、命だけは救ってやろう。俺の手下は六千人以上いる。おまえを殺すのは簡単なんだぞ」

沈は暑くもないのに額にじっとりと汗をかいている。開き直ったのかと思ったが、助かりたい一心で大見得を切っているようだ。

「さすがに国家安全第四局の工作員ともなると違うな。だが、俺には通じない」

浩志は冷たく言った。

「なっ！」

沈は両眼を見開いた。誠治から聞いた情報は本当だったらしい。

「幹部の三人も第四局の工作員だろう。準工作員である百人の直属の部下はともかく六千人の手下は、台湾で掻き集めたチンピラだ。おまえを殺せば、〝天人同盟〟は崩壊するか、あるいは幹部の誰かが跡目を継《つ》ぐだけだ。おまえは所詮駒の一つに過ぎない」

浩志は鼻で笑った。この情報を台湾の軍情報部に流したら幹部はすべて逮捕されるだろう。幹部がいなくなれば、所詮烏合《うごう》の集団に過ぎない、簡単に崩壊するはずだ。

「貴様、どこからその情報を得た」

沈は苦々しい表情で睨んできた。

「どこでもいい。台湾の軍情報部に教えれば、おまえは逮捕されずに暗殺されるだろう。その前に、マスコミにばらす手もある。中国からおまえの口を塞ぐべくヒットマンがやってくるはずだ」

中国とは幾度となく闘っている。彼らのやり方は分かっていた。

「おっ、おまえは、ただの傭兵だと聞く。だれがそんな話を信じる」

目を泳がせた沈は、低い声で笑ってみせた。

「試してみれば分かる」

浩志はそう言うと口を閉ざした。

「慌てる必要はないだろう。他にも取引の条件はあるはずだ」

沈は態度を改めて浩志の顔色を窺った。だれが情報を漏らそうとも、中国政府は絶対に沈を抹殺する。情報部の必殺の掟《おきて》は本人が一番よく分かっているのだ。

「……」

浩志は無言でハンドルを握っている。もはや沈に関心はなく、宿泊できなくても温泉が入れる施設を探しているのだ。

坂を下り塔羅灣《タールオ》渓という川を渡り〝廬山温泉〟の温泉街に入った。急な坂を上って行くと狭い石畳の道になり、両側に商店街が連なる。遅い時間のためシャッターを閉めているが、土産店と小さなレストランが軒を連ねているようだ。

「聞いてくれ。俺を解放してくれたら、大金をやる。いくら欲しい」

沈はしつこく迫ってくる。何でも金で片がつくと思っているらしい。

「傭兵だろ、一年でどれだけ稼ぐんだ。相場の倍は出すぞ！」

無視していると、沈がますますヒートアップしてきた。浩志が黙っているのは、値を吊り上げるためと勝手に思っているのだろう。

浩志は欠伸をしながら右手を真横に伸ばし、沈の顎に強烈なストレートを決めた。

商店街の端にある警察署の前を抜け、〝往天然温泉頭〟という看板の矢印に従ってさらに奥へと進む。雰囲気のある温泉宿が数軒あるが、どこも灯りを消して玄関を閉ざしている。仕方なく車を進めると、温泉街の突き当たりに〝地熱井〟という赤い看板があった。看板の下は源泉が湧き出ている場所らしい。

浩志はその横に車を停めて外に出た。ドアを閉めたが、口から泡を吹いて気絶した沈が目覚める気配はない。

「おっ」

すぐ近くに〝原湯・泡脚池〟と書かれた立て看板を見つけた。日本で言う足湯のことである。

浩志は看板のすぐ近くにある入口から今にも朽《く》ち果《は》てそうな食堂の店先を抜けた。食堂の壁にはメニューと値段が書いてあるだけなので、足湯はサービスなのかもしれない。店の裏手まで行くと、コンクリート製の幅が五メートル近くある細長い足湯の湯船があった。

掛け流しのため、湯船から湯気が立っている。温泉に手を浸けてみると、少し熱めだがさらりとした感触だ。浩志は急いで車まで戻り、トランクの中を調べて、油染みが付いた雑巾《ぞうきん》を探し出した。この際タオルなどと贅沢は言えない。

雑巾を手に再び足湯まで行き、靴と靴下を脱いでさっそく湯船の縁に座り、ジーパンを捲り上げて膝下をお湯に浸す。

気温は八度ほどだが、雨は止んでいる。冷えきった体が急速に足下から温められていく。

「ふうー」

浩志は長い溜め息を吐き出した。

三

霞を被った山々がどんよりとした薄日に包まれている。浩志は山をえぐり取るように作られた国道8号線をひたすら東に向かっていた。午前六時四十二分、すでに夜は明けているが、厚い雲に覆われた空は今にも泣き出しそうだ。

〝廬山温泉〟の足湯に浸かって疲れを癒《いや》した浩志は、車内で仮眠を二時間ほどとった後、一旦Y字路まで戻り、国道14甲号線経由で8号線を走っている。睡眠時間は充分とは言えないが、温泉の効果があったのか疲れはさほど感じない。

標高二千八百六十メートルの加卑里山《ジャベイリーシャン》を越えると8号線は徐々に標高を下げるが、相変わらず道幅は狭く、急なカーブの連続である。やがて南シナ海に流れる立霧渓《リーウー》という川に沿って走るようになると、標高は五百メートルまで下がった。山頂付近と違って十七度と気温も上がっている。

立霧渓の渓谷を四十分ほど下って行くと、車にまとわりついていた山の風景が消えて視界が開けてくる。道路が平坦になり、周囲に住宅が見えてきたところで出発してからはじめての信号機に停められた。〝廬山温泉〟から四時間近く掛かったが、花蓮県に入ったようだ。

「うむ」

腹の虫が鳴り、浩志は思わず腹を摩《さす》った。昨日早い時間帯におにぎりを食べただけなので、腹が減っているのだ。

信号が青に変わり三百メートルほど進むと反対車線にＣＰＣのガソリンスタンドがあり、その隣りにセブンイレブンがあった。腹も減っているが、ガソリンもエンプティーに近くなっている。助手席に沈白承がいるため迂闊な行動はできないが、食料の調達は諦めてもガソリンの補給はしなければならない。

パジャマ姿の沈の縛り付けてある手首を隠すため、浩志は雑巾を上に掛けた。目を閉じている沈はぴくりとも動かない。規則正しい息をしているので、気絶してそのまま熟睡しているようだ。

車を次の交差点でＵターンさせてガソリンスタンドに入れた。青地に白い袖のユニフォームを着た従業員が、のんびりと車に近付いて来る。

「95、満タン」

ウインドウを下げた浩志は、従業員に表情もなく言った。

台湾のガソリンスタンドではオクタン価表示されており、98、95、92と看板に表示されている。日本の場合、ガソリンはオクタン価が96以上と定められているので、98はハイオクで、95がレギュラーだと思えばいい。

従業員は事務的に作業をし、浩志から金を受け取るとスタッフのたまり場に戻った。さりげなく様子を窺っていたが、パジャマ姿の沈を怪しむ気配はない。

ガソリンスタンドを出た浩志は、次の交差点でUターンして花蓮県の中心である新城《シンチオン》郷方向に車を走らせる。2ブロックほどで8号線はゆるやかなカーブを描いて、南に方角を変えた。道路は気持ちいいほどまっすぐ続いている。

「ここはどこだ？」

沈がびくりと体を起こした。

「白状する気になったか？」

浩志は気にせずに運転を続ける。昨夜もさんざん同じ質問をした。

「私が誰の命令で動いているのか言えば、殺される。私だけでなく家族もだ」

沈の言葉遣いが変わっている。暴力団のボスとしてではなく、国家安全第四局の工作員としての顔に戻ったらしい。

「おまえに命令したのは、丁計劃のはずだ。違うか?」

浩志はじろりと沈を睨んだ。

「……」

沈は頬をぴくりと痙攣《けいれん》させ、視線を外した。図星のようだが、白状するつもりはないらしい。

「レッドドラゴンでは、俺に接触してはいけないはずだ。掟を破ったのか?」

浩志は質問を続けた。

「レッドドラゴン? なんだそれは?」

沈は首を捻った。演技ではなさそうだ。とすれば、〝天人同盟〟は、レッドドラゴンの下部組織ではないのかもしれない。

「丁は中国人民解放軍総参謀部第二部だったはずだ。やつは総参謀部として、台湾で活動するおまえに命令したんだな」

浩志は馬用林や誠治から得られた情報を繋ぎ合わせた。

レッドドラゴンでは浩志に構ってはならないという指令があるらしく、そのため丁はレッドドラゴンと関係のない沈を使ったようだ。国家安全第四局よりも総参謀部第二部の方が格は上のため、沈は丁の命令を断れなかったに違いない。

「……おまえは、ただの傭兵ではないな。日本のスパイか？」

沈は訝しげな目で浩志を見つめている。

「馬鹿馬鹿しい。俺が公務員に見えるか？」

浩志は鼻先で笑った。

「公務員に見えるような工作員はいない」

沈は浩志の真似《まね》をしてふんと鼻から息を吐く。長年台湾で活動してきた工作員には愚問である。

「いつまで俺に付き合うつもりだ」

浩志はちらりと沈を見た。

「今の家業以外で話せることは何もない。言っただろう。話せば死があるのみ、だが、おまえに殺されるのなら、死は私だけに止まる」

大きな溜め息をつきながら沈は答えた。半ば諦めているのかもしれない。

「おまえに命令した人物を教えてもらう必要はない。居場所だけでいいんだ。そいつが死ねば、おまえを罰する人間はいなくなるんだぞ」

浩志は諭《さと》すように言った。

「……」

沈は渋い表情で首を左右に動かしている。迷っているようだ。

「おまえを殺すことが目的じゃない……」

浩志は険しい表情になった。交差点から曲がってきたパトカーがバックミラーに映り込んだのだ。

台湾のパトカーは米国と同じで、天井の警告灯は右側が青で左が赤色である。

パトカーが警告灯を点滅させ、サイレンを鳴らすとスピードを上げて並走してきた。助手席の警官が路肩に寄せろと、合図を送っている。

舌打ちをした浩志は、アクセルを踏み込んだ。沈の手下が別荘を襲撃されたことは隠して、車を盗まれたと警察に通報したに違いない。

浩志は次々と車を追い抜き、交差点の信号を無視した。スピードは百六十キロに達している。パトカーも必死で付いてきた。

「止めろ！」

真っ赤な顔になった沈が怒鳴った。怒るということはまだ平常心が残っているということだ。

「居場所を教えろ！」

浩志は大声で尋ねた。

「死んでも言うか」

沈は激しく首を振る。焦る必要はない。理性を粉々に砕《くだ》いてやればいいのだ。

「本当か！」

浩志は交差点で反対車線に侵入した。対向車が警笛《けいてき》を鳴らしながら避けて行く。道は新城郷の南北を通る国道9号線に入っている。

「言えない！」

沈の顔色が真っ青になった。

「白状しろ！」

浩志はゴルフをスラロームさせて対向車を避け、パトカーとの距離を百メートル以上離した。

対向車が二台並走している。どちらもどうすればいいのか迷っているのだ。浩志は構わず真ん中を突っ切った。対向車は左右に分かれて一台は歩道に乗り上げ、もう一台はスピンして停止した。チキンレースをしているようなものだ。

「たっ、助けてくれ！」

今にも失神しそうな沈が情けない声を出した。

浩志は交差点で後輪を鳴らしながらハンドルを左に切った。スピードは落としたが、曲がりきれずに車の後部を電信柱にぶつけた。

「ひー！」

沈がとうとう悲鳴を上げた。

民家が絶え、周囲は背の低い雑木林が続く。遅れてパトカーのサイレンが追ってきた。前方が開け、海が見えてくる。右折して海岸路に出た。

五分ほど走ると左手に港が見えてきた。港湾口と書かれた標識がある道路に入る。しばらく走ると、岬が見えてきた。岬は中央が緑地になっており、消波ブロックがある右岸に岬の突端まで続く直線道路がある。

猛スピードで車を走らせていた浩志は左折して直線道路に入り、急ブレーキをかけて停まった。岬の突端の岸壁から六百メートルほど手前である。

バックミラーに港湾道路から曲がってきたパトカーが映った。

浩志はサバイバルナイフを抜いて運転席の前に置いた。

「なっ、何をするつもりだ」

額にびっしょりと汗をかいた沈が、不安げな目で浩志を見ている。

「おまえを車ごと処分する」

アクセルを床まで踏んだ。エンジン音を轟《とどろ》かせたゴルフは唸りを上げて直線道路を走り抜け、あっという間に岬の突端に近付いた。

白波を立てる海面が見える。

「死にたいのか！」

浩志は右手で沈の髪を摑んで激しく揺さぶった。

「ラッ、ランディット！」

よだれと涙を流し、沈は絶叫した。

「丁計劃は、台北のザ・ランディットだな！」

「そっ、そうだ！」

浩志は沈を突き放し、サバイバルナイフを逆手に握った。

瞬間、車が激しく振動する。

「ぎゃー！」

沈の悲鳴とともに、車止めを乗り越えたゴルフは岸壁を飛んだ。

四

啓吾は雨に打たれながら湖に架かる橋に立っていた。

橋の欄干《らんかん》はガラス張りで、中程は幅が広くなっておりデッキのような板張りになっている。照明にもなる柱が等間隔に並んでいるのが洒落ていた。

午前十一時十二分、気温は十九度と、さすがに高雄だけあって雨降りでも暖かい。

「ここに間違いないだろう。海岸じゃなかったんだ」

しみじみと言った啓吾は、赤い傘をさして傍らに立っている恵利を見た。啓吾は中東を中心に活動してきたせいか、傘をさす習慣があまりない。

もっとも大降りではないので、キャップ帽にウインドブレーカーだけで充分だった。ジーパンにTシャツと今日はラフな格好をしている。恵利はジーパンにセーターを着て、レインコートを着ていた。当然のことながら二人とも服装は変えてもロシア製の電撃銃である〝S5〟は、常に隠し持っている。

「そうね。手前の湖岸に椰子の木もあるし、遠方に見える二つの建物と、後ろにある山の形が似ているわ。それに雨なのに岸辺で釣りをしている人もいるから間違いなさそうね」

恵利は自分のスマートフォンの画面に映るトレバー・ウェインライトの絵を見ながら頷いた。

啓吾たちはウェインライトの残した絵画の風景を探し求め、海岸線よりも先に高雄市内にある湖を調べている。昨日は高雄で最も有名な澄清湖《チャオチン》と北東にある観音湖《カンイン》に行ったが、空振りだった。今日はホテルから八キロ北に位置する人造湖である〝蓮池潭《リンチータン》〟に来ている。二人は、湖の北側のくびれた部分に架かる橋の上に佇んでいた。観光スポットとして人気の場所らしいが、平日の雨降りとあって閑散としている。

ウェインライトの絵で一枚は漁港らしいが、もう一枚は当初入り江だと思っていた。彼が住んでいたマンションの住民から海魚の話を聞いて、ウェインライトの趣味が海釣りと考え、絵画も海岸の風景だと勝手に解釈していたからだ。海や川といった場所にこだわらない釣り人もいるという柔軟な発想はなかった。捜査が推測の積み重ねの上に成り立つ危うさを露呈《ろてい》させたとも言える。

「次は漁港を探しに行こうか」

啓吾は歩き出した。二枚目の場所が特定できれば、手掛かりが得られる自信が啓吾にはある。

「朝からずっと歩いている、というか昨日から歩きづめよ。それにせっかくだから遠方に見える二つの建物を見てからでもいいんじゃない」

恵利がわざとらしく頰を膨らませた。

「……確かに時間は中途半端だね。龍虎塔《ノンフータ》を見て、近くの店で適当に食事をしてから行こうか」

腕時計を見た啓吾は、素直に答えた。

周囲約五キロ、南北に長い〝蓮池潭〟の南側には、春秋閣《チユンチユウガ》、五里亭《ウーリーテイン》、龍虎塔など中国様式の建物が湖面に美しい影を落とす。中でも巨大な龍と虎の形をした出入口を持つ七層の二つの龍虎塔は有名であり、ウェインライトの風景画でも重要なアクセントとなっている。

啓吾はレンタカーであるフォルクスワーゲンで湖岸の道路を時計回りに走り、湖の南側にある駐車場に車を停めた。他に駐車場がないらしく、平日にもかかわらず満車に近い。

台湾で車を運転するのに困ることの一つは駐車場である。日本のようにコインパーキングがどこにでもあるわけではないのだ。

　龍虎塔は湖上に建っており、ジグザグに曲がった橋が渡されている。台湾では悪魔は曲がりながら進めないと言われており、ジグザグの橋は悪魔祓いの役目を果たすのだ。

　啓吾と恵利は曲橋を渡り、右側に位置する巨大な虎の像を通り過ぎる。いつの間にか恵利は腕を組んで寄り添ってきたので、啓吾は彼女の傘を持った。

〝入進口龍由請〟の看板に従い、左側にある龍の口から中に入る。龍の体内は孝行の範とされる二十四孝子や閻魔《えんま》の審判図などがカラフルな色彩で描かれていた。

「古来中国では龍は最も善良で、虎は最も凶暴な生き物と信じられている。だから、龍の口から入り、虎の口から出ることにより、悪行、つまり罪が清められて災いは消え、福が増すと言われているんだ」

　啓吾は珍しそうに壁画を見ている恵利に施設の簡単な説明を英語でした。日本人の血が流れていても米国ではアジア的な環境には無縁なのだろう。

「面白いわね。歩いて通るだけで、清められるんだ」

　塔に入るには狭い階段を上り下りするため、恵利は組んでいた腕を解き啓吾の手を握り締めてきた。作戦上の夫婦だとしても、人目のない場所まで仲良くする必要はない。啓吾は首を捻りながらも、彼女の柔らかな手の感触を楽しんだ。

恵利が疲れていることもあり、七層の塔に上るのは止めて架け橋を渡り、隣りの塔に移った。塔の最上階は見晴らしがいいらしいが、急な螺旋《らせん》階段を上る気にはなれない。塔のデッキから湖上の景色を眺めると、二人は巨大な虎の像の出口に向かった。虎の体内には十二賢人や、中国道教の最高神であり、天界の支配者玉皇大帝の三十六宮将図が描かれている。予算の問題なのか、単なる手抜きなのか龍は立体的な絵だったが、虎は壁に直接描かれていた。

「たまには観光もいいわね。私たち絶対本当の夫婦に見られていると思わない？」

虎の口から出ると、恵利は甘えた声で尋ねてきた。

「……そうかもね」

恵利が衒《てら》いもなく言うので、啓吾は苦笑を漏らした。

龍虎塔の近くで飲食店を探したが、今ひとつ食指が動かなかった。台湾に来て五日目、いくらうまいとは言え、台湾料理に飽きているせいもある。

そのかわり駐車場の近くにこぎれいな〝信賓蛋糕《シンビンダンガオ》〟というパン屋を見つけたので、啓吾は無難にクロワッサンとチーズパンを買い、恵利はオリジナルの月餅《げっぺい》と大胆にも直径二十センチもあるホールのフルーツケーキを買って車の中で食べた。結果は見えていたが、恵利はケーキを半分も食べないうちにギブアップする。疲れているため甘い物を欲したらしいが、体調管理にも無頓着《むとんちゃく》になりつつある彼女は、仕事に対するモチベーションも下がっているのかもしれない。

〝蓮池潭〟から海岸線は直線距離で西に二キロほどだが、啓吾は車を九キロ北に走らせた。というのも〝蓮池潭〟のすぐ近くにある港周辺は、台湾海軍基地になっており一般人は入ることができないからだ。

啓吾は海軍基地に一番近い漁港にやってきた。港の出入口にある二階建てのビルの一階にCPC（台湾中油）のガソリンスタンドがある。昨夜インターネットで高雄にあるCPCのガソリンスタンドの所在を調べてきたので、あらかじめ当たりを付けてきた。ある程度絞り込みをしていたため、あえて後回しにしていたのだ。

車を港の駐車場に置いて、二人は埠頭《ふとう》まで歩いた。

濃厚な潮の香りが鼻を突く。

雨脚が強くなり恵利が寄り添うように傘を差してきた。啓吾は彼女が濡れないように抱き寄せ、傘を受け取った。恵利が言うように二人の振る舞いに、演技でないことを他者は疑問を持つことはないだろう。

「高雄にはいくつも港があるけど、CPCのガソリンスタンドが構内にあるのはここだけなんだ。絵と似ているだろう」

啓吾は港を見渡し、頭に浮かべたウェインライトの風景画と比較した。右隅に赤と白と青の帯が塗装されたCPCのガソリンスタンドがある。

「よく似ているわね。ただ、停泊している船が違うようだけど」

漁船が二艘停泊している。だが、いずれも絵に描かれていた〝旺大興〟ではない。

「すまないが、車で待っていてくれ。漁師に聞いて来る」

漁船の近くで漁具を降ろしている漁師が数人いる。

「一緒に行くわよ」

珍しく恵利がやる気を出した。

「彼らは仕事中なんだ。カップルじゃ機嫌が悪くなるだろう」

「分かったわ」

意外にも彼女は素直に車に戻って行った。本当は気乗りがしなかったに違いない。

「お仕事中、すみません。〝旺大興〟という船を探しているんですけど、知りませんか？」

漁師に近づいた啓吾は、愛想笑いを浮かべて尋ねた。

「船のことなら、そこで聞きな」

漁師が不機嫌そうに指差して答えた。天候が悪く不漁だったのだろう。もっとも絵に描かれていた名前が実在するとは限らない。

振り返ると、ガソリンスタンドが入っているビルの側面に〝接待所〟と書かれたガラス張りのドアがあった。接待は日本語では受付の意味である。

建物に入ると、椅子が並べられた待合室のようなエリアの奥にカウンターがあった。中年の男が、煙草を吸いながら新聞を広げて座っている。

「こんにちは」

「じょ、乗船の受付ですか？」

声を掛けられ、慌てて煙草の火を消した男は苦笑いを浮かべた。室内は禁煙になっているが、誰もいないと思って吸っていたのだろう。台湾では公共施設での飲食や喫煙に対する罰則は厳しいが、道端やタクシーでの年配の喫煙者をよく見かける。マナーの問題というよりも、新たな法規制に年寄りが付いて行けないのかもしれない。

「〝旺大興〟のことを知りたいんですが？」

駄目元で啓吾は尋ねた。

「〝旺大興〟？　スケジュールを調べてみるよ。この天気じゃね、どうかな」

男は老眼鏡をかけると、馴れない手つきでカウンターのパソコンのキーボードを叩きはじめた。

五

啓吾は埠頭を駆け、駐車場で濡れそぼっているフォルクスワーゲンの運転席に戻った。

「何か、分かった？」

恵利は気怠《けだる》そうに尋ねた。車内を閉め切っていたために眠くなったのだろう。

「大収穫だったよ。最初にこっちに来るべきだった。あの漁港では、釣り客を漁船に乗せる営業をしていたんだ」

啓吾は興奮した様子で答えた。

大抵の漁船は早朝に漁を終えるため、日中の暇な時間に釣り人を乗せて沖合まで出る仕事をしているらしい。漁船は、港の受付に来た釣り客を組合から斡旋《あっせん》してもらうのだ。ただし、常連客は、漁船のオーナーに直接電話で連絡を取ることもあるという。

〝旺大興〟のオーナーは李人慶《リーレンチン》という六十代の漁師で、釣り船の営業を十年以上前からしているらしい。受付にいた老人に釣り客のことを聞いたが、客を漁船に斡旋しているだけなので、よく分からないという。しかも受付システムは釣り船に登録されている漁船のスケジュール管理をするだけで顧客台帳はないようだ。そのため、啓吾は李人慶の携帯の電話番号を聞き出した。

「すごい！」

恵利が両眼を見開いた。眠気は飛んだらしい。

「大したことはないよ。煙草代を払ったからね」

啓吾は首を振ってみせた。受付の男に煙草代として千元札を渡している。男は気軽に金を受け取った。商売で使う電話番号のため、個人情報というほどでもないのだろう。

さっそく啓吾は聞き出した李の携帯番号に電話をかけた。

「こんにちは。船をチャーターしたいんですけど、直接会って打ち合わせができませんか。……なるほど。……でしたら……」

漁師の李と待ち合わせの時間と場所を決めた啓吾は、電話を切って座席に深々ともたれかかった。相手の表情が分からなければ、真偽を確かめることはできない。そのため電話でウェインライトのことを直接尋ねることは避けたのだ。

「どう?」

恵利が覗き込むように顔を寄せてきた。台湾語で電話していたために彼女には理解できなかったらしい。

「ばっちりだ。夕方まで忙しいらしい。午後七時に〝紅毛港海鮮餐廳《ホンマオガンハイシエンリアンテイン》〟という店を指定された。そこで食事しながら話をしてくれるそうだ。会計はこっちもちだけどね」

啓吾は苦笑いを浮かべた。〝紅毛港海鮮餐廳〟は高雄でも一、二の高級店である。忙しいというのは、高級料理を食べるための口実かもしれない。

「午後七時? 今何時だと思っているの、十二時五十分よ。まだ五時間以上もあるわよ。暇を持て余してしまうわ」

恵利は自分のスマートフォンを出して時間を確かめると、舌打ちをした。疲れていることもあるのだろう。

「一度、ホテルに帰ろう。この格好じゃまずい」

啓吾はさっそく車のエンジンをかけた。ホテルでシャワーを浴びて休みたいと思っていたところだ。

「そうだ。時間があるのなら、買い物がしたいわ。〝大遠百《ダーユエンパイ》〟まで送って行って。品揃えがいいらしいわよ。あなたに付き合わせるつもりはないから心配しないで。たまには別行動するのもいいんじゃない。いいでしょう」

笑顔を浮かべた恵利は、啓吾の肩に顔を載せて甘えた。まるで猫のように擦り寄られたら、断れるものではない。

〝大遠百〟は台湾資本のデパートで映画館もあり、レストランやフードコートも充実しているため高雄では人気のスポットである。

「気分転換もいいか。連絡をくれれば、デパートに迎えに行くよ」

ショッピングで気が晴れるならと、啓吾は快諾《かいだく》した。李からどれだけ情報を得られるかは分からない。任務が長期化することを考えれば、この辺で彼女の気持ちをリフレッシュさせるにはいい機会だ。

もっともホテルがある〝高雄85ビル〟の北側には〝建台百貨《ジエンタイパイフォ》〟というデパートが入っている。ホテルに近過ぎてもだめらしい。女性の買い物に対する感覚は男には分からないものだ。

「歩いて数分でホテルには帰れる。迎えはいらないわ」

恵利は大袈裟に肩を竦めてみせた。〃大遠百〃と〃85スカイタワーホテル〃は四百五十メートルしか離れていない。しかもホテルまでは商店街が続いていることもあり、治安も良好である。

「確かに……」

頭を掻いた啓吾は車を走らせて三十分ほどで〃大遠百〃に着いたが、雨を避けてデパートの地下駐車場に入りエレベータホール入口の前で車を停めた。

「ありがとう。六時までには帰るわ。あなたもゆっくり羽を伸ばして」

恵利は可愛らしく手を振ってドアを閉めると、小走りにエレベータホールに消えた。よほどショッピングに浮かれているのだろう。

ホテルに戻った啓吾は、シャワーを浴びて髭を剃った。一昨日から髭を剃るのが億劫《おっくう》になっていたのだ。啓吾も任務に倦怠感《けんたいかん》を覚えていたらしい。テレビをつけてニュース番組を見てくつろいだ後、コーヒーを飲みながら誠治に電話をかけた。恵利がいないので慌てて連絡することもないのだ。

「トレバー・ウェインライトの手掛かりが、見つかりそうです」

啓吾は今日の捜査の成果を報告した。

――そこまで捜査は進んだか。ところで彼女はどうしている？

誠治は突然恵利のことを尋ねてきた。近くにいないか気にしているのだろう。

「情報提供者とは午後七時に接触することになっています。彼女は気晴らしがしたいらしく、ショッピングに行きました」

啓吾は正直に報告した。

――馬鹿者！　おまえたちはタンデムなんだぞ。単独行動は厳禁というのは常識だ。任務中はどこにいようと敵地と思え。彼女が敵の手に落ちたらおまえの責任だぞ。すぐに所在を確認しろ！

誠治の声がスマートフォンを震わした。

「はっ、はい」

啓吾は電話を切ると、大きな溜め息をついた。

「まったく、俺は子供か」

誠治は未だに啓吾を三、四歳の子供と思っているのだろう。

彼女がショッピングをしている場所は高雄の中心街で治安もいい。啓吾は何の心配もしていなかった。

時刻は午後三時三十六分、彼女を〝大遠百〟の前で降ろしてから一時間以上経っている。腕時計で時間を確かめた啓吾は、首を横に振ると恵利のスマートフォンに電話をかけた。

「……」

スマートフォンから呼び出しができないというメッセージが流れる。

何度かけても恵利が電話にでない。

「くそっ！」

眉を吊り上げた啓吾は鋭い舌打ちをした。

湿気《しけ》っているジーパンを穿きトレーナーを着ると、啓吾はポケットに電撃銃である〝S5〟を突っ込んだ。

六

啓吾は一階のホテルのエントランスから出ると、新光路を東に向かって歩道を走った。

幅が六十メートルある新光路の中央分離帯は、三十メートル幅の公園になっている。ホテルから〝大遠百〟までは4ブロック、四百五十メートルあった。タクシーに乗る距離でもない。

必死に走る啓吾の目には、公園の豊かな緑も映らない。すれ違う通行人が何事かと振り返る。

恵利はショッピングに夢中で電話に出ないのか、あるいは電波の届かない地下にいる可能性も考えられる。誠治が言うような敵の手に落ちたなどと極端なシチュエーションは想像もしなかったが、改めて言われると啓吾は心配で堪らなくなった。それほど今の恵利は、公私ともに啓吾にとって重要な存在になっているらしい。

四百五十メートルを走りきった啓吾は歩道からデパートのエントランスの階段を一気に駆け上がり、はっと立ち止まった。ガラスドアに映り込んだ雨に濡れ髪型を乱した己の姿を見て、青臭い若者のようだと恥じたのだ。

ハンカチで髪と顔を拭き、手櫛で簡単に髪型を直した啓吾は入口の案内板を見た。

〝大遠百〟は地下五階から二階までが駐車場、地下一階から十階までが売り場、十一階と十二階がフードコートとレストラン街、十三階から十六階までは映画館、最上階の十七階は書店になっている。

啓吾はエスカレーターで地下一階に下りた。日本のデパートの地下一階なら食品売り場が多いが、さすがに台湾は事情が違った。

各フロアにカテゴリーが一応あるらしく、案内板では地下一階は〝都會生活〟と表記されている。食品売り場もあったが、ファーストフードや化粧品売り場や日本の無印良品や家電商品、それになぜかアップルストアまである。混沌《こんとん》としているが、整然と商品が陳列されているとなぜか違和感を覚えない。ショッピングにさほど関心がなくても、カオスな売り場は買い物客の心を引き込むようになっている。

小走りにフロアの隅から隅まで見て回ったが、恵利の姿はない。再び一階に上がった啓吾は、彼女に電話をかけてみた。彼女と別れてからすでに二時間近く経っている。

――どうしたの？　何度も電話をくれたようだけど。

恵利の声が返ってきた。彼女の声と一緒に音楽や人の声が聞こえて来る。

「今、どこにいるんだ？」

思わず咎めるような口調になった。

――〝大遠百〟の十一階だけど、ひょっとして怒っている？

のんびりとした声で彼女は答える。それがかえってむかついた。

「何度も電話をかけたが、通じなかったんだぞ。一人でショッピングをするのは構わない。だが、通信手段を確保しておくのは我々の常識だろう」

思わず口をついて出た言葉に、啓吾は苦笑を浮かべた。誠治と同じようなことを口走っていたからだ。

――ごめんなさい。ショッピングの前に映画を見たくなって、マナーモードにしていたのを忘れていたわ。

「今からそっちに行くよ」

電話をかけながら啓吾は、エレベータホールに移動した。

――わざわざ来なくてもいいわよ。

「実は私もデパートに来ているんだ。これからエレベータに乗るから、そこで待っていてくれ」

ドアが開いたエレベータに啓吾は乗り込んだ。

――フードコートの〃高雄牛乳大王《ニユウルーダーワン》〃でパパイヤミルクを頼んだところ。お詫《わ》びにあなたの分も頼んでおくわ。

電話を切る間際、恵利はくすりと笑ったようだ。誠治から怒鳴りつけられたことも知らずに、啓吾は彼女のことが心配で迎えに来たとでも思ったに違いない。半ば当たっているが、恋人気取りだと思われた可能性はある。

十一階で降りると、〃饗食天堂《シヤンシーテンタン》〃というビュッフェ形式のレストランの奥にフードコートがあり、かわいいホルスタインがトレードマークの〃高雄牛乳大王〃のスタンドはすぐ見つかった。近くのテーブル席を探すと恵利が暢気《のんき》に手を振っている。

「あなたが来てくれてよかった。気晴らしに映画を見たんだけど、どうしようもなくつまらなかったわ。本当よ」

啓吾が対面の席に座ると、恵利はポケットから映画のチケットの半券を出して見せた。台湾映画を見たらしい。言葉もよく分からないのだから、つまらないのは当たり前である。

「パパイヤミルクは時間が経つと味が変わってしまうから、早く飲んで」

恵利はすかさず飲み物を勧めてきた。パパイヤミルクはパパイヤとフレッシュミルクをジューサーにかけたものだ。扱っているのは夜市の屋台から、〝高雄牛乳大王〟のようにチェーン展開している店まであり、台湾では人気のある飲み物である。

「……ありがとう」

腹を立てて何を言うべきか迷っていた啓吾は出ばなを挫《くじ》かれ、牧場の絵が描かれた容器を受け取った。怒っていることを見透かされ、先手を取られたようだ。

「パパイヤミルクは、台湾全土にあるけど、この店が元祖ですって。美顔や老化防止にも効果があるらしいわよ」

恵利は笑顔で説明した。気のせいか彼女の目鼻立ちがはっきりとして、いつもより美人に見える。

「……甘みが抑えられていて、うまい」

パパイヤミルクを飲みながら啓吾は恵利の顔を観察した。アイラインが濃く、アイシャドーもうっすらとあり、目が大きく見える。二時間前の彼女の顔を思い浮かべた啓吾は内心首を傾げた。いつもの目立たない彼女とは明らかに違うからだ。おしゃれな店でショッピングをするために化粧直しをしたのかもしれない。

「〝紅毛港海鮮餐廳〟ならここから五百メートルほどよ。歩いてもたいしたことはないわ。ホテルには戻らずに一緒にショッピングしてから行かない？」

恵利は肘をテーブルに付け、両手で顎を支えながらかわいらしく尋ねて来た。〝紅毛港海鮮餐廳〟はデパートの北側を通る三多四路を東に五百メートルほど行ったところにある。その反対にデパートから三多四路を四百五十メートル西に行ったところに、〝高雄85ビル〟の北側が面していた。

「ドレスコードはないだろうが高級料理店らしいから、ホテルで着替えてからタクシーで行こう」

濡れたジーパンにウインドブレーカーという格好である。デパートに入るのも気後《きおく》れがしたほどだ。

結局啓吾は一時間ほど買い物に付き合ってから彼女とホテルに戻り、午後六時半に二人揃って店に向かった。

〝紅毛港海鮮餐廳〟は高雄でも一、二を争う高級料理店である。ウエイトレスは銀色のベストに黒のパンツスーツを着ているが、ホテルのレストランと違い気取った雰囲気はない。日本人客が多いのが気になるが、値段が高いので地元の客は少ないのだろう。

啓吾はカラーシャツにツイードのジャケット、恵利もブラウスにコーデュロイのジャケットを着ている。もっとラフな格好でもよかったのかもしれない。

「遅いわね。早く注文しましょう」

恵利はお腹が空いているらしく苛ついている。彼女は一流の情報員らしいが、空きっ腹の時はいつも機嫌が悪い。

「ここは台湾だよ。アジアでもラテン系なんだ」

啓吾は腕時計を見て笑ってみせた。午後七時二十分になっている。さすがに何も注文しないのはまずいので、適当に見繕って頼んだ。だが、七時半を過ぎても〝旺大興〟のオーナーである李人慶は姿を見せなかった。

「電話をかけてくる」

啓吾は席を立ち、店先に出て李に電話をかけてみる。二十分ほど前もかけたが通じなかった。移動中で電話に出られないと、その時は思っていたのだ。

――こちらは李人慶の携帯です。どなたですか？　お名前とご用件をお伺いします。

三回のコールで応答があった。まるで留守番電話サービスのような内容であるが、生の男の声である。

「私は佐伯徹という日本人です。釣り船をチャーターする件で李さんと打ち合わせをすることになっていました。午後七時に約束をしていましたが、いらっしゃらないのでお電話をしました」

啓吾は当たり障りのないように説明した。

――そうですか。残念ですが、李さんはお伺いできません。

男は抑揚《よくよう》のない声で答える。

「どういうことですか？　李さんは、どうしたんです。あなたはいったい誰ですか？」

啓吾は訳も分からず、矢継《やつ》ぎ早《ばや》に質問をした。

――私は曹舜生《ツオシユンシオン》、高雄市警察局の者です。医師の立ち会いの元で、李さんの死亡をさきほど確認したところです。

「なっ！」

両眼を見開いた啓吾は雨空を仰いだ。

疑惑

一

花蓮駅午後五時三十六分発台東行きの區間車《チュジエン》（普通車）に乗った浩志は、窓際の席に座り、雨粒が当たっては風圧で流されていく車窓をぼんやりと眺めていた。

青いボディーに白いラインが入った客車は、台湾でも珍しくなった日本製の旧型客車である。席は座面が直立の転換シートで、窓は上下に開けることができた。鉄道マニアならよだれが出そうな列車だが、台東に移動する手段が他になかったのだ。

〝日月潭〟で濡れた革のジャケットは〝天人同盟〟の沈白承の別荘に捨ててきた。花蓮の港で海水に濡れた服も乾きはじめると匂いだしたので、街で一番のデパートである遠百で新しいジーパンとトレーナーにスポーツジャケットも購入して着替えている。

戦場では戦闘服が臭いのは当たり前で気にしないが、平和な国で異臭は怪しまれるため柄にもなくデパートでショッピングをしたのだ。

花蓮の新城郷でパトカーに追われた浩志は、港の岸壁から〃天人同盟〃の沈白承を道連れに車ごとダイブした。海底に車が水没する前にサバイバルナイフで沈の手足を縛っていたバスロープを切り裂き、ウインドウをサバイバルナイフの柄で叩き割ってなんとか沈を連れて脱出に成功する。

気を失った沈を消波ブロックに引っ張り上げた浩志は、再び海に潜ってその場から離れた。花蓮から列車に乗ったのは、レンタカーは返すあてもないので、電車で移動することにしたのだ。

沈に丁の居場所を白状させたので一刻も早く台北に戻り、けりを付けたい。だが、美香の手術が行われる明日までは、とにかく台北から離れて逃亡に徹するつもりだ。

沈は今頃警察の保護下にあるか、病院に入院しているかのどちらかだろう。いずれにせよ浩志の位置は沈の組織にばれてしまったので、また追われる身になった。

區間車のレトロな客車は、午後九時四十一分、息切れしたかのように車体を軋ませながら台東駅のホームに入った。始発の花蓮駅から二十四もの駅をおよそ四時間かけて走って来たのだ。ひたすら忍耐が要求される移動であった。

「やれやれ」

網棚から荷物を取ったついでに背筋を伸ばすと、筋肉がばりばりと音を発てる。

デパートで服と一緒にショルダーバッグを買った。誠治から譲り受けたグロック19と予備のマガジン五本とサバイバルナイフをバスタオルに包んで入れてある。ハンドライトと沈の部下から奪った中国製の〝NP42〟は、車と一緒に海でなくしてしまった。

時刻表を見ると、午後十時十三分発南廻線の高雄行きの電車はあるが、終点の高雄に到着するのは零時四十八分となっている。

高雄で到着後の深夜にホテルを探すのは面倒だ。溜め息をついた浩志は、改札を抜けて駅前に出た。天気は霧雨程度で大したことはない。気温も十七、八度はありそうで暖かく感じる。花蓮から南へ約百六十キロ、気候も変わるようだ。

ロータリーにタクシーが三台、人気もない駅前広場の向こうはだだっ広い野原が広がっていた。かなり離れた場所に民家らしき建物がぽつぽつとあるだけだ。駅舎が新しいので、街の郊外に新設されたのだろう。

「うーむ」

腕組みをした浩志は思わず唸った。宿もそうだが晩飯をまだ食べていない。とりあえず街中に出るほかなさそうだ。

「タクシー」

浩志はロータリーに停車しているタクシーを呼び寄せて乗り込んだ。

「うまいものを食わせる街中の店を知らないか？」

行き先を告げずに運転手に尋ねた。

「そりゃあ、夜市にある林家《リンジカ》臭豆腐でしょう」

運転手は間髪を入れずに答えた。

「いや、それ以外に」

臭豆腐はこりごりである。

「林家臭豆腐は台湾一だと思うけどね。それじゃ、その隣りにある正老東台《ヂヨンラオドンタイ》なんかどうだい。あそこの米苔目《ミイタイムー》は、本当にうまいんだ。他にも夜市はうまいものを食わせる屋台が一杯揃っているよ」

米苔目は米粉を練って作った麵である。見た目はうどんと似ており、あっさりとした汁で食べるのが一般的だ。運転手は職業柄落ち着いた店で食事をしたことがないらしい。

「とりあえず、そこに行ってくれ」

話してもきりがないと浩志は諦めた。

十分ほど走り、タクシーは台東の市街に入る。

「お客さん、中国語がうまいけど、ひょっとして日本人？」

運転手がバックミラー越しに尋ねて来た。

「……どうしてだ？」

浩志の顔が強《こわ》ばった。台北でタクシーに乗るたびにヤクザに襲撃されたことを思い出したからだ。

「台湾人はお客さんみたいに髭の濃い人はあんまりいないからね。そろそろ夜市に着くけど、日本食堂があることを思い出したんだ。俺は行ったことないけどね」

この四日間、ひげ剃りどころかシャワーも浴びていない。

「日本食堂か。そこに行ってくれ」

浩志は即決した。昨夜はおにぎりを食べたが、呼び水になったらしくやたらと和食が食べたい。道の両脇に果物や雑貨の屋台で賑わう夜市を抜け、商店がまばらな通りの中程でタクシーを降りた。

数メートル先に少々くたびれたトタン屋根の平屋に〝春日部《かすかべ》・日本家庭料理〟という看板を見つけた。店の前面が木枠のガラスの引き戸になっているため、店内がよく見える。四人掛けのテーブル席が六つと二人掛けの席が一つ、遅い時間だが席は半分ほど埋まっていた。

浩志は空いている奥の席に座った。近くの壁にある細長い黒板にメニューが書かれており、内容は家庭料理というより大衆食堂か居酒屋風である。

「日本酒にサラダに鶏の唐揚げ、……それにカツカレーライス」

端からメニューを見ながら、浩志は注文して行った。

待つこともなくコップ酒とお通しの三品の小鉢が出て来た。刻みネギがかけられたさらしうどん、野菜の煮物、それにキクラゲとタマネギの和《あ》え物の三品である。どれも醬油《しようゆ》ベースのさっぱりとした味で酒が進む。やはり家庭料理というより居酒屋である。赤提灯をぶら下げておいた方がいいだろう。

「お待たせしました」

お店の女将《おかみ》らしき中年の女がサラダと鶏の唐揚げの鉢を持って来た。女将の他にも若い従業員が二人いるが、日本人はいないようだ。

サラダは山盛りのほうれん草にタマネギのスライスとプチトマト、それに刻んだ卵が載せられ、胡麻ドレッシングで和えてある。日本ならどこにでもありそうな内容だが、台湾では珍しいのか人気のメニューらしい。

「日本酒をお代わり」

浩志は空のグラスを女将に渡した。日本酒の名前は知らないが、新潟の酒らしい。味わいはないが淡麗辛口のさっぱりした酒もたまにはいい。お通しだけで一合飲み干してしまった。

鶏の唐揚げは、竜田揚げでなくどちらかというと中華風だが、小鉢に刻みキャベツとキュウリが添えられているところが和風と言えるかもしれない。

「お待たせしました」

若い女の従業員がカツカレーとみそ汁を持って来た。

「ほお」

浩志は頬を緩ませ両手を擦り合わせた。大きめの鉢にご飯が盛られ、その上に厚さ二センチ近いトンカツが二枚も載っている。見た目は申し分ない、合格だ。

子供の頃めったにトンカツが食べられなくて、大人になるまで一番の御馳走《ごちそう》だと思っていた。今でも疲れている時は、トンカツを食えばなんとかなるとさえ思っている。

まずはみそ汁を一口。白味噌仕立てのワカメのみそ汁である。刻みネギが繊細ではあるが、若干《じゃっかん》味が薄い気がする。ダシが今ひとつ利いていないのだが、煮詰まったみそ汁よりはましだ。

「さて」

浮き立つ気持ちを抑えてカレー皿に添えられている木製のスプーンを握ると、テーブルの上に料理以外何も置かれていないことに気が付いた。

「むっ！」

店内を見渡した浩志は思わず舌打ちをした。ウスターソースもトンカツソースもないのだ。トンカツを日常的に食べない台湾で、ソースを求めるのは無理な話なのかもしれない。

カツの半分はカレーと一緒に食べるが、残りの半分はソースをかけてカレーのルーが付いていないご飯と一緒に食べるのが浩志流の食べ方である。そうすれば、カレー、カツカレー、トンカツの三種類の料理を味わったことになるからだ。

仕方なくカツをカレーに浸してご飯を食べる。

「うまい」

つい日本語で唸ってしまった。カレーのルーが少々薄いが、さくさくの衣にジューシーで柔らかい肉のカツがその欠点を補っている。

浩志は夢中でカツカレーを頬張った。満足な食事も摂らずに行動してきただけに、一口ごとに力がみなぎるようだ。

「そうだ」

ルーを馴染ませた最後のトンカツを口に運ぼうとした浩志はその手を止め、ショルダーバッグからスマートフォンを出して電源を入れた。さすがに傭兵代理店から支給された防水・防塵《ぼうじん》仕様だけに海水に浸かっても問題なかったらしい。

浩志はトンカツを飲み干すように食べて勘定を済ませて店を出ると、池谷に電話を入れた。

「俺だ」

——藤堂さん！　ご無事で。ご連絡、お待ちしておりました。

興奮した池谷の甲高い声が響いた。

「美香の手術は予定通りか？」

——予定通り、明日行われます。手術開始時間は午後二時です。執刀される平子教授も本日無事に台湾入りされています。リベンジャーズの皆さんが二十四時間態勢で、教授と美香さんを守っていますのでご安心ください。今どちらにいらっしゃいますか？

「美香の状況を、その都度教えてくれ。よろしく頼む」

池谷の質問を無視して浩志は電話を切り、スマートフォンの電源は切らずにポケットに突っ込んだ。

「行くか」

呟いた浩志はショルダーバッグを肩に担ぎ、夜の街に消えた。

二

台北市満芳病院の特別病棟の八〇三号室、美香は読書灯を点けてファッション雑誌を見ていた。午後十時十八分、消灯時間はとうに過ぎている。

「はい？」

ノックの音に気付いた美香は、雑誌を慌てて毛布の下に隠し、読書灯を消した。担当医師からは安静と言われている。雑誌は看護師にも内緒で池谷に買って来てもらったのだ。

「池谷です」

囁くような池谷の声がドアの向こうから聞こえる。

「どうぞ」

ほっと溜め息を漏らした美香は、読書灯を点けた。体調は日に日に良くなっており、点滴も取れて今朝から普通食を食べている。日頃から鍛えているだけに医師が驚くほど回復も早いようだ。

「お休みでしたか？」

池谷がドアを半開きにして顔を覗かせた。相変わらず長い顔である。

「実はこれを見ていたの。明日手術でしょう。なんだか眠れなくて」

美香は隠していた雑誌を出してにこりと笑った。

「元気になられましたね。本当によかった。でもそろそろお休みください……」

池谷も笑顔を浮かべたが、なぜか屈託があるようだ。

「何かありましたか？」

美香の顔が強ばった。手術に対しては何の不安もない。むしろはやく終わらせてリハビリをはじめるのを楽しみに思っている。唯一の不安は浩志のことだった。池谷の話では銃撃した犯人の捜査を一人でしているらしいが、詳しくは聞いていない。面会にこないことから、台北にいないことだけは分かっている。無茶をしなければいいと心配していた。

「さきほど藤堂さんから、美香さんの手術が予定通り行われるか確認の電話がありました。かなりご心配されているようでしたよ」

遠慮気味に池谷は答えた。浩志のことを言えば、ますます美香が興奮して眠れないと気を遣ったのかもしれないが、それだけではなさそうだ。

「今、彼はどこにいるの？」

「それが一方的に切られてしまったので、藤堂さんのお持ちのスマートフォンをＧＰＳで調べて位置検索をしてみました。現時点で台東にいらっしゃるようです。我々はどうしたものかと……」

池谷の屈託は浩志のことらしい。浩志からは応援はいらないと言われている。美香と平子教授の警護に就いているリベンジャーズのメンバーから人員を割《さ》くこともできるが、池谷はそれを判断する立場ではない。そのため美香にお伺いを立てに来たようだ。

彼女がクライアントになり、傭兵代理店を通じてリベンジャーズに浩志の支援を要請すれば筋が通る。傭兵たちから文句が出ることもない。以前浩志が中国で行方不明になった際、美香の要請で傭兵代理店が動き、リベンジャーズは出動したことがある。

「彼には考えがあり、報復するためだけで単独行動しているんじゃないと思う。だけど彼が困っているようなら、私なら出しゃばってしまうかも。でも彼はプライドが高い人だし、足手まといになる可能性もあるわね。私には判断できないわ」

美香は首を横に振った。

「そうですか。傭兵の皆さんは藤堂さんの命令じゃないと動きません。見守るしかないんですね」

池谷は大きな溜め息をつき、病室のドアを閉めた。

「困ったわね」

美香は浩志の気持ちがよく分かるだけに口出しをしたくなかった。だが、リベンジャーズに、自分のことよりも浩志を支援して欲しいという気持ちは強い。

ドアが音もなく開き、美香を担当している看護師がバスケットに入ったアレンジメントを抱えて入って来た。午後十時半は、巡回の時間である。いつもは眠った振りをしているが、池谷が出て行った直後だったので油断した。

「まだお休みじゃなかったんですか。いけませんよ。でも明日は手術ですから、眠れないんですね。実はお父様から、お花とお見舞いの品が届きました。明日でもよかったんですが、巡回のついでに届けに来ました。香りも控えめだからよく眠れると思いますよ」

看護師はベッド脇のテーブルの上にアレンジメントを置いた。

「父が！」

美香は思わず、体を起こした。

「娘をよろしくお願いしますと私たち宛のメッセージまで添えられていました。興奮させてしまったわね。眠っているうちに届けようと思ったんですけど。お見舞いの品はこちらに置きます。今開けてはだめですよ。ますます眠れなくなりますから」

看護師は笑顔を振りまきながら部屋を出て行った。

アレンジメントは白バラを中心にしたものだ。白バラは亡くなった美香の母が愛した花である。間違いなく誠治本人が送って来たのだろう。

「いっ……」

ベッドから下りた美香は背中の傷が疼き、思わず顔をしかめてその場に座り込んだ。痛みを追い払うように深呼吸をした美香は、ベルギーチョコの包装紙に包まれた見舞いの品を手に取った。看護師は単純に包装紙を見て中身がチョコレートだと思ったのだろう。だが、誠治が花とチョコレートなど気の利いたものをわざわざ送って来るとは思えない。

美香は手に取って重さを量り、少し振ってみた。重さは問題ないが、振っても音はしない。チョコレートなら逆に微かでも音がするはずである。戸惑いながらも包装紙を破った。

「まあ」

箱を開けてみると、真新しいスマートフォンが入っていた。美香のスマートフォンは猫空で襲撃された際にバッグに入れていたが、銃弾が当たり壊れている。誠治はなぜかそれを知っていたようだ。

電源を入れると、画面に一件の着信履歴が残っていた。知らない番号だが、意図は分かる。美香は、着信履歴の番号をタッチして電話をかけた。

――花は気に入ったか？

誠治の声である。

「白バラは私も好きよ。相変わらず、唐突ね。インターネットで注文したの？」

いつもはもっと刺《とげ》がある言葉を並べるのだが、今日は違った。誠治が白バラを贈って来たのは、亡くなった母を忘れていないというメッセージであり、美香はそれが嬉しかったのだ。

――元気そうだな。よかった。スマートフォンは私からのプレゼントだ。実は台湾に来ている。啓吾の任務に絡んでのことだ。まさか日本の情報機関が、おまえと藤堂まで担ぎだすとは思っていなかった。

「えっ！　どういうこと？」

思わず声を上げた美香は、自分の口を塞いだ。

――私は自分の部下と啓吾を指名して、日本の情報機関に協力を求めた。情けないことだが、今回の作戦は機密を要するために身内である啓吾を頼ったのだ。私は二人を陰でフォローするために密かに台湾入りしていた。おまえたちの銃撃事件が偶発的なのかはまだ分かっていないが、その件は藤堂が独自に動いている。あの男なら真相を暴くことができるかもしれない。

「随分と彼のことを買っているのね」

浩志のことを褒められて美香はくすりと笑った。

——直接会って話をした。一緒に食事もしたし、酒も飲んだ。それでも私に決して気を許す男ではないが頭がいい、それに腕も度胸もある。おまえが惚れ込む理由はよく分かった。……ところで結婚はしないのか？

最後の言葉を誠治は改まった声で尋ねて来た。

「なっ、何を言い出すかと思ったら、私をからかっているの？」

美香は眉を上げた。

——冗談を言うつもりはない。私は危難から遠ざけるために家族を捨てた。それは私が弱かったからだ。だが、あの男ならおまえを命がけで一生守り通すだろう。おまえが自分の職業で結婚はタブーと思っているのなら、あの男に限って関係ない。もっとも藤堂は結婚という柄ではないがな。

誠治がいつもの低い声で笑っている。このしわがれた笑い声が美香は何よりも嫌いだったが、今は不思議と不快ではない。

「彼を褒めちぎるようだけど、何か魂胆があるの？」

厳格な父親だっただけに美香は訝った。

――魂胆？　正直言ってある。あの男とリベンジャーズは自由世界を守り抜くのに必要だと思っている。なぜなら国や政治に囚われることなく、自分の意志で闘うことができる特殊部隊は世界唯一の存在だからだ。

「本音を吐いたわね。彼を悪用することだけは止めて」

美香は冷たく言い返した。

――利用するつもりはない。そもそもあの男は闘う相手を決して間違えない。だからこそ、信頼できるのだ。話は変わるが、啓吾の任務が怪しくなってきた。おまえが元気なら手伝ってもらうのだが、それができないので、藤堂に依頼するかもしれない。そのためにおまえに連絡したのだ。後から分かったら、また恨まれるからな。

誠治は証人となるはずだった漁師の李人慶が、死亡したことを啓吾から報告を受けていたのだ。

「私たちを巻き込まないで、お願い」

――残念ながら世界は悪い方向に向かって動き、人々を災いに陥れている。巻き込まれて死を待つか、闘って生き抜くのか、選択肢は二つに一つ、誰も逃れることはできないのだ。明日の手術が無事に終わることを祈っている。

意味不明なことを言った誠治は、突然電話を切った。彼が一方的なのはいつものことである。

美香は眉間に皺を寄せてスマートフォンを握り締めた。

「もう!」

三

午後十時四十七分、高雄市の警察局楠梓《ナンズー》分局の地下にある〝屍體安置所〟に啓吾の姿はあった。

トレバー・ウェインライトを探す手掛かりを得ようとしていたが、漁船〝旺大興〟のオーナーである李人慶は自宅であるアパートの一室で死んでいたのだ。啓吾は死体の本人確認をしたいと、現場検証をしていた刑事の曹舜生に頼み込み、〝屍體安置所〟まで来ていた。

李の遺体は検屍解剖こそ行われなかったが、外傷がないことや金品を奪われた形跡もなく、漁師仲間からも慕われて他人に恨みを買うことはないという証言が相次ぎ、殺人ではなく病死と最終的に判断されたようだ。

ただ、李は六十四歳だったが大きな病歴はなかったことから、他殺の線を否定できずに現場検証が長引いたらしい。そのため、死体が楠梓分局に運ばれたのが遅くなったのだ。

「それでは、死体を確認してもらいましょう」

曹はストレッチャーに載せられている死体に掛けられていた布を捲った。啓吾が李の携帯に電話した際に応答した警察官で、現場の責任者らしい。年齢は四十代半ば、叩き上げの警察官という趣《おもむき》がある。〝屍體安置所〟には啓吾と曹の二人だけだ。遺族でもない日本人を入室させるために部下も帰らせたらしい。

死体は手術着のような袷《あわせ》の白装束を着せられていた。解剖こそしなかったが、死因を調べるために裸にしたのだろう。死後硬直がはじまったために服を着せられなくて白装束を着せたに違いない。

「李さんとは久しぶりですが、間違いありません」

啓吾は顔色も変えずに嘘を言った。

〝屍體安置所〟に夫婦で来るのもおかしいので、恵利はホテルに残り啓吾は単独行動を取っている。もっとも死体を調べることに彼女は乗り気ではなかった。李は最後の望みとも言える人物だったので、モチベーションは限りなく低くなったようだ。

楠梓分局は昼間行った漁港の近くにあった。そのため、啓吾は事前に港にあった組合事務所に潜入し、李の資料を調べて来ている。事務所の棚には組合に所属している漁師の連絡先や水揚高などが記載された台帳はあったが、李の顔写真までは添付されていなかった。

「李人慶さんに最後に連絡されたのはいつですか？」

曹は眠そうな目で尋ねてきた。現場検証で相当疲れているのだろうが、職業柄尋ねてきたようだ。この後報告書などの残務処理があるため徹夜するらしい。現場ではトップだが中間管理職のために一番働かされている世代なのだろう。

「午後十二時五十分ごろです。李さんとは午後七時に約束をしたのですが、電話をかけた直後に待ち合わせまで五時間以上時間があると妻から文句を言われたので、よく覚えています」

啓吾は適当に答えた。

「李さんは一人暮らしで昼ご飯を近くの食堂で食べて、午後一時に帰ったようです。店の主人によると、店を出る直前に彼は携帯で電話をしていたそうです。どうやら電話の相手はあなただったらしい」

欠伸を嚙み殺しながら曹は、頷いてみせた。啓吾に死体の確認をさせたのは、証言を得て病死の裏を取るためで、啓吾の無理を聞いたからではなかったのかもしれない。

「李さんの死亡原因は分かったのですか？」

啓吾は李が病死だとは信じていなかった。というのも誠治が米軍将校を青酸カリで自殺と見せかけて殺害したのをこの目で見ている。翌日の新聞では、何の疑いもなく自殺と記事にされていた。裏社会では、偶発的な死亡などないと今では思っている。

「アパートの同じ階の住人が、玄関の二重扉が開いたままだったため、不審に思って部屋に入ったところ、玄関のすぐ内側で倒れていたのを発見したそうです。それが、午後六時半です。検察官の所見で、死後三、四時間とみられます。私も検屍に立ち会いましたが、特に外傷は見られませんでしたね。その代わりチアノーゼや口の端に泡を吹いた跡がありました。症状から心筋梗塞《こうそく》の発作《ほっさ》だと検察官は判断しました。李さんは強度の喫煙家だったことが、何よりも裏付けています。台湾でも喫煙家の死亡率は高いんですよ」

曹は苦笑してみせた。検屍解剖をしなかったのは、検察官の所見で充分だと思っているからだろう。台湾に限らず、監察医が極端に少ない日本でも同じである。

死体だから当然だが李の顔色は悪く、唇は青紫色をしていた。チアノーゼとは血液中の酸素濃度が低下し、皮膚や粘膜が青紫色になることだ。

「血液検査はされましたか？」

チアノーゼは心筋梗塞などの発作でもなるが、毒物による呼吸困難によっても引き起こされる可能性もある。

「李さんは身寄りのない年寄りで、遺体の引き取り手もないんです。まさか彼が、外傷も残さずに仕事をするようなプロの殺し屋に暗殺されたなんて言わないでくださいよ。血液検査は殺人の可能性がある場合のみ行われます。経費もかかりますからね」

曹は肩を竦めてみせた。

「経費は私がお支払いしますので、是非血液検査か唾液の科学分析をお願いします。親しかった李さんが簡単に死ぬなんて、どうしても信じられませんから」

啓吾は中国語で捲し立てた。

「勘弁してくれ。検察官は二時間前に帰ってしまった。今更、日本人の観光客に言われたから監察医を呼んでくれなんて言えないだろう」

眉を吊り上げた曹は、顔を赤くした。

「そこをなんとかお願いします。もし毒物で心臓発作を起こしていたらどうしますか？　青酸カリでもチアノーゼは起こります。犯人は今頃高笑いですよ」

啓吾は両手を合わせて頼み込んだ。

「帰ってくれ。あんたの言うことを聞いていたら、仕事が増えるだけだ」

曹は頭と両手を同時に横に振ってみせると、遺体に布を掛けた。我慢も限界に達したらしい。

「それじゃ、李さんの死体を直接調べさせてください」

啓吾は諦めずに曹に迫った。李の死亡で、トレバー・ウェインライトの捜索は絶望的となり打ち切りとなることだろう。本来ならばそれでいいはずだが、啓吾は外的要因で仕事を切り上げることに納得できなかったのだ。

「冗談を言うな！　あんたに何の資格があるというのだ。話にならない」

曹の口調が荒くなった。

「李さんの遺体の引き取り手はないんですよね。私が引き取って丁重に埋葬《まいそう》します」

啓吾は一歩も引き下がらなかった。真実を探求する気持ちは人一倍強い。学業や仕事でも持ち前の探求心でいい成績を収めてきたが、そのため反発を受け、仕事上で何度も危険な目に遭っている。

「ばっ、馬鹿な……」

両眼を見開いた曹がぽかんと口を開いた。啓吾の提案には怒りよりも驚きが先に立ったらしい。

「死体を処理するにもお金は掛かるんですよね」

相手が怯《ひる》んだのを啓吾は見逃さない。

「まあ、そういうことだが、あんたは遺族でもない。しかも日本人だ。遺体の引き取り手が外国人というのは、聞いたことがないし、前例もない」

曹は弱々しく答えた。引き取り手のない遺体の処理はどこでも頭痛の種である。

「それじゃ、李さんの葬儀費用を警察局に匿名《とくめい》で寄付します。どうですか。法に触れることなく、警察局の面子《めんつ》も保てるはずです」

啓吾は諭すように言った。

「分かった。葬儀費用を出すというのなら、勝手にしてくれ」

開き直ったのか曹は部屋の片隅にある洗面所に行き、換気扇のスイッチを入れると煙草

にした。

曹に頭を下げた啓吾は李の遺体に掛けられた布を剝ぎ取り、白装束を弛めて上半身を裸

「ありがとうございます」

を吸いはじめた。

四

警察局楠梓分局〝屍體安置所〞、啓吾は李の遺体を載せたストレッチャーを部屋の中央の一番明るい場所に移動させた。曹舜生刑事の許可を得て、死体の検分を行うことになったのだ。

誠治に子供の頃、様々な死因についても講義を受けた。窒息死、水死、焼死、撲殺、絞殺、死因にもいろいろある。誠治は子供の啓吾と美香に情報員としての英才教育を施していたのだが、結果的に誠治の思惑通りの職業に二人とも進んだ。かなり本格的な教育ではあったが、所詮子供相手の解説だっただけに専門家の足下にも及ばない。だが、それでもないよりはましである。

「これでよし」

ストレッチャーの位置を直した啓吾は、曹に借りたゴム手袋を両手にはめた。

頭から首、そして胸までじっくりと嘗《な》めるように見る。唇以外にも、手の爪の根元も紫色になり、チアノーゼを示していた。李が死亡する直前に呼吸困難を起こしていたことは、明白である。また、唇の端に唾液が固まった跡が残っていた。監察医は泡を噴いた跡と判断したが、嘔吐《おうと》した可能性もある。犯人が吐瀉物《としゃぶつ》を片付けてしまったのかもしれない。

「うん？」

胸にごく小さな赤い点が二カ所あるのを啓吾は発見した。よく見ないと見逃してしまうほどの大きさで、左胸に二つある。湿疹《しっしん》かもしれないが、注射痕かもしれない。

「すみません。ルーペはありますか？」

「そこの棚にある。何か見つけたのか？」

二本目の煙草を吸っていた曹は面倒くさそうに言った。尋ねてみたものの見る気はないらしい。

「胸に二つの赤い点を見つけました」

啓吾は棚の中を覗きながら答えた。最初から死体は調べるつもりだったので、道具を揃えてくればよかったと後悔している。

「監察医も見つけたよ。ルーペで見るがいい。おそらくダニの噛んだ痕だろう。李さんの家はお世辞にも清潔とは言えなかった。ベッドにダニやノミがいてもおかしくはない。注射針で何か毒物を注入したと思っているのだろう。確かに可能性は零ではない。だが、それなら、一カ所で充分なはずだ。二回に分けて注入するのなら、目立たないようにもっと別の場所にするだろう」

曹は疲れた笑いを浮かべた。啓吾の疑いはすべて認識していると言いたげである。

「……なるほど」

棚の奥にライト付きのルーペを見つけた啓吾は、死体の胸の赤い点を拡大して見た。血袋かと思ったが、直径〇・二、三ミリの血の塊の周りがわずかに赤くなっている。ダニの噛んだ痕に見えなくもない。ダニなら刺された痕はもっと盛り上がるはずだが、それほど腫《は》れていないのだ。気になるのは、同じような痕が六センチほど下に並んでいることである。妙に人為的に見えるのだ。

胸以外に何かないかと、足のつま先まで調べたがこれといった傷跡はない。それだけに胸の小さな血の痕が気になる。

啓吾は最後にスマートフォンで胸の写真を撮影すると、死体の装束を直してストレッチャーを元の位置に戻した。

「ありがとうございました」

啓吾は深々と頭を下げた。

「気がすんだかね。葬儀費用は冗談だ。それぐらいの経費を惜しむつもりはない。李さんの死が事件でないことが分かってもらえれば、それでいいんだ」

曹は笑みを浮かべ、火の消えた煙草の吸い殻をティッシュに包んでポケットに突っ込んだ。〝屍體安置所〟も例外ではなく、禁煙だったらしい。

「気になる」

帰り道でハンドルを握る啓吾は、何度も首を捻った。

警察局を出て十分ほど走り、国道17号線を走っていた啓吾は、左手にこんもりとした暗闇を見つけると、車を路肩に停めた。半屏山《ハンピンシャン》自然公園が作り出す闇である。

車から降りた啓吾は人気のないことを確認すると、公園の遊歩道に向かった。

午後十一時二十分、雨は上がっているが気温は十六度、高雄ではかなり低い方だろう。夜の遊歩道を照らす街灯もなく、寒空の下真夜中の公園を散歩する人間はいない。

それでも啓吾は周囲を警戒して遊歩道を外れ、森の暗闇に足を踏み入れた。

「ここでいいか」

もう一度辺りを見渡した啓吾は、ジャケットに隠し持っていた電撃銃〝S5〟を握り締め、二メートル先の木を目がけてトリガーを引いた。

パンという小さな破裂音がし、上下二つの銃口からワイヤーが付いた電極針が発射されて木の幹に命中した。啓吾はすぐさまワイヤーを切断する。

「やはりそうか」

電極針は上下に分かれて刺さり、その間隔は六センチ程である。〝S5〟の銃口の間隔も約六センチある。電極針は勢いよく飛び出すため、至近距離ならその間隔を保ったまま刺さるようだ。

電極針を抜き、先端の針を左の人差し指の先に刺してみた。

「いっ」

騒ぐほどの痛さではない。引き抜くと、血がわずかに滲んできた。

「似ている」

李の遺体の胸にあった血の跡と似ている。しかも傷跡と電極針の間隔もほぼ同じだ。

啓吾は電極針とワイヤーを巻き付けてポケットに入れると、誠治に電話をした。

「質問があります。私たちが支給されている〝S5〟で殺人は可能ですか？」

唐突な質問だが、挨拶や世間話が必要な相手ではないのだ。

――馬鹿な。〝S5〟もテイザー銃と同じで非殺傷性武器だ。百万ボルトあるが、対象者が心臓に疾患《しっかん》がない限り死ぬことはまずあり得ない。

誠治は低い笑い声を発した。馬鹿にしているのだろう。

「それじゃ、〝S5〟の使用で健康な人間が死ぬことはまったくないのですか？」

――おまえは証人となるはずの漁師の死に、ティパーが関わっていると感じているようだな。なぜだ？

「疑いたくはありません。しかし、私は彼女を二時間ほど見失いました。その時間帯は、亡くなった李の死亡時刻と符合します。それに死体を確認してきましたが、〝S5〟の電極針が刺さったものと思われる傷跡も残っていました」

――うーむ。……〝S5〟に限らず、テイザー銃も一度に数発命中させれば、健常な青年男子でも死亡する可能性はある。また、あらかじめ心臓に負担をかける毒を盛って、とどめとして使えば殺すことも可能だ。

しばらく沈黙していた誠治は、重い口を開いた。

「あなたのように、私は青酸カリを使ったと思っていますが」

啓吾は皮肉を込めて言った。誠治が啓吾の目の前で青酸カリを使って殺人を犯したことを未だに恨んでいるのだ。

「馬鹿者！　勉強不足も甚《はなは》だしい。私が青酸カリを使ったのは、自殺に見せかける必要があったからだ。テトロドトキシンやアコニチンなら毒性も強く、証拠も残り難い。希釈して〝S5〟と併用すれば、確実に人を殺すことはできる」

口調を荒らげたものの誠治は、殺害方法を考察してみせた。

「なるほど、テトロドトキシンはフグ毒、アコニチンはトリカブトでしたね。ありがとうございます」

啓吾はいつものお返しとばかりに電話を先に切った。

五

フグが有する毒には、テトロドトキシンという神経毒が含まれており、青酸カリの約数千倍の威力を持ち、約二ミリグラムで人一人を殺すことができる。

フグ毒は摂取して三十分ほどで頭痛や吐き気や唇の痺《しび》れがはじまり、次いで運動能力が損なわれ、血圧降下、不整脈などを起こし、やがて呼吸が停止して死に至る。

またトリカブト毒の主成分であるジテルペン系アルカロイドのアコニチンも毒性が強い。〇・二から一グラムで致死量に達する。しかも摂取して数十秒後に心停止するという即効性があるため、古来毒矢や毒針に塗布して狩猟や軍事目的に使われた。共通点はフグ毒もトリカブトも強烈な自然毒であり、解毒剤がなく証拠も残り難いことだろう。

午後十一時五十三分、ホテルに戻った啓吾は、音を発てないように部屋のドアをそっと開け、ベッドルームを覗いた。

ベッドカバーは奇麗なままで、使われた形跡はない。

「……?」

啓吾は枕元に置かれたメモ書きを見つけた。

〃七十五階のバーに行っている。迎えに来てね　by Eri〃

恵利の走り書きである。バーとは〝75起舞ラウンジ&グリル〟のバーカウンターのことだろう。閉店時間まで二時間ある。暇に任せて行ったに違いない。

「ちょうどいい」

啓吾は入口のドアのU字ロックを掛けると、窓際に置いてある恵利のスーツケースをベッドに載せて広げた。彼女はパスポートや財布などの貴重品はいつも持ち歩いているため、スーツケースに施錠はされていない。もっとも鍵がしてあっても啓吾には開けられるので関係ないが。

彼女の下着類やセーターはベッドサイドのキャビネットに入れてあり、コートやジャケット類はクローゼットに掛けてあるため、スーツケースの中は大したものは入っていないようだ。

「うん？」

折り畳まれたタオルに漢字が刷り込まれた紙袋が挟まれていた。中は茶色の薬草らしき物が砕かれてビニール袋に入っている。

「桂枝加苓朮附湯《ガイヂージャリンヂュフータン》？」

最初と最後に書かれている文字を抜き出せば桂枝湯となる。かぜの初期症状に用いる漢方薬だ。〝加〟という文字が入っているために他の成分が加えられていることになる。漢方は生薬の配合を変えることで効能が変わるのだ。だが、袋の中身は一種類の薬草で、調合された漢方薬ではない。

　啓吾はスマートフォンを出し、インターネットで調べてみた。桂枝加苓朮附湯は、桂枝湯に蒼朮《そうじゅつ》と附子《ぶし》を加えたもので、効能は中風や手足の知覚障害、それに神経痛にも効くらしい。だが、恵利が神経痛を患《わずら》っているとは聞いたことがない。

「……蒼朮と附子？」

　どちらも聞いたことがない生薬である。今度は蒼朮と附子を調べてみた。

　蒼朮はキク科の食物で中枢《ちゆうすう》神経抑制や胆汁分泌《ぶんぴつ》促進などの作用があるらしい。

　最後に附子を調べた啓吾は、思わず声を上げる。附子とはトリカブトの別名であった。

「何！」

　背後で微かに足音がする。

「……！」

　気配を感じた啓吾は、腰の上のホルスターに入れてある〝S5〟のグリップに手をかけた。

「動くな！　手を挙げなさい」

　鋭い女の声が響いた。

「分かった」

　舌打ちをした啓吾は、両手をゆっくりと挙げた。声の主は分かっている。

「ダーリン、そのまま百八十度回転しなさい。一体何をしていたの?」

振り向くと〝S5〟を手にした恵利が笑顔で立っていた。だが、その目は今まで啓吾が見たこともない冷淡な光を宿している。

「君こそ、七十五階のバーに行ったんじゃないのか?」

啓吾も笑みを浮かべた。だが、笑える状況ではない。

「あなたは恐ろしく頭がいいけど、情報員としては、本当に間抜けね。まともな情報員なら、まず部屋の隅々を調べて誰もいないかチェックするわよ。一人で嗅ぎ回って、私を疑うんじゃないかと心配していたの。だから、嘘のメモを枕元に置いて、私はシャワー室に隠れて様子を見たというわけ。案の定、あなたは私のスーツケースを調べたわね」

恵利の表情が能面のようになった。感情を読ませないようにしているのだろう。

「やっと見つけた証人が死ぬなんて、都合が良過ぎるだろう」

「だから?」

恵利はわざとらしく首を捻ってみせた。

「君が殺したんだ。詳細は分からない。だが、君は李さんを訪ね、後で分析されても分からないように濃度が極めて低いトリカブトを飲ませ、呼吸困難になった彼に〝S5〟で電気ショックを与えて心拍を停止させたんだ。死体には〝S5〟の電極針の痕があった。それにこの薬草はトリカブトなんだろう。違うか?」

彼女が映画館を途中で出て来たというアリバイ工作をした時点で、気付くべきだった。これまでも彼女には不審な点が多かったが、彼女に気を許していただけに認めたくなかったのだ。

「その通りよ。桂枝加苓朮附湯の袋の中身は、トリカブト。だけど惜しいわね、順番は逆。李を〝S5〟で撃って最初に痛い目に遭わせたの。その後で、もう一度撃たれたいか、それともお薬を自分で飲むのか聞いたら、李は進んで飲んだ。最初から致死量は与えたわよ。どこの国でも身寄りのない一人暮らしの老人の孤独死は、病死と判断する。外傷がなければ、検屍解剖も毒物検査もするわけないじゃない。濃度は気にしなかったわ」

まるで世間話でもするように恵利は、笑いながらあっさりと認めた。李に薬の成分を教えずに飲ませたに違いない。殺人に対して何の抵抗もないようだ。

「なっ！」

啓吾は彼女の冷酷さに声を失った。誠治が最も優秀だと評価しながらも恵利に警戒するようにという忠告は当たっていたらしい。

「夜のドライブに、出かけましょうか」

恵利は〝S5〟を出入口に向けて振った。

「断る。帰って来たばかりだ。もっと話を聞かせてくれ」

一緒に出かければ殺される。啓吾は死を予感し、生唾を飲み込んだ。

「仕様がないわね」

鋭い舌打ちをした恵利は〝S5〟の銃口を啓吾に向けた。

瞬間、啓吾は恵利に飛びかかる。

小さな破裂音。

「ぐっ！」

強烈な電撃に襲われた啓吾はその場に崩れた。

六

零時十八分、フォルクスワーゲンの助手席に踞《うずくま》るように座っている啓吾は、どうしようもない倦怠感《けんたい》に襲われていた。

ホテルの部屋で恵利に〝S5〟の電極針を撃たれて百万ボルトの電撃を受けた。撃たれた瞬間体は硬直し、まったく抵抗ができなくなる。しかも倒れてからも数秒間、電流を流され続けた。気絶することはなかったが、恐ろしく体力が奪われるのだ。恵利に殺された李人慶が、再び撃たれることを嫌って彼女の指示に従った気持ちはよく分かる。

部屋を出る際に抵抗しないようにもう一度〝S5〟で撃たれ、啓吾は逃走する気力を奪われた。恵利は悪魔のように冷酷な女だった。啓吾が未熟だったこともあるが、これまで残虐《ざんぎゃく》な性格の片鱗《へんりん》も見せなかった彼女の演技力に脱帽するほかない。

「質問をしてもいいか？」

虚《うつ》ろな目をした啓吾はウインドウの外を見たまま尋ねた。車は港に近い成功二路を南に向かっている。時おりコンテナを積んだ大型トラックとすれ違うが、タクシーや乗用車はめったに走っていない。

「なんでも質問していいわよ。この世に悔いのないようにね」

恵利はガムを嚙みながら英語で答えた。やはり、英語で話す方が楽なのだろう。それにしても本性を表した途端、彼女の品性が悪くなった。そのうち煙草を吸って鼻から煙を吐き、手鼻もかみそうだ。

「君は中国語が分かるんだね。それに台湾ははじめてじゃないな」

彼女はカーナビも見ないで走り、標識も読めるに違いない。

「あなたほどじゃないけど、日常会話は苦労しないわ。さすがにお勉強のみできるだけあって、よく分かったわね」

恵利は皮肉った。

「私を殺すのは、君が所属するＣＩＡの判断なのか？」

立場をはっきりさせるために回りくどい言い方をした。この際、彼女がＣＩＡの情報員かはっきりさせたかったのだ。

「あなたを事故に見せかけて殺し、本部に帰る。そして報告書を書いて通常業務に戻れば、日本の情報員が死んだからって気にする人はいない」

恵利は衒《てら》いもなく答え、ハンドルを切った。港の埠頭《ふとう》に向かっているようだ。

「そうだろうか。君のチームはアジアを担当している部署のはずだ。チームのボスも日本人男性だ。私の死を気にしないはずはない」

啓吾は彼女のボスが誠治だということを知っているに過ぎない。

「なっ！　一体何を知っているの？」

恵利は一瞬ブレーキを踏んだ。かなり動揺したらしい。

「何も知らないさ。鎌をかけたら君が勝手に自供したんだ。間抜けな情報員だな」

彼女に言われたことをそのまま言い返して啓吾は笑った。あえて笑うことで緊張感を解こうとしているのだ。

「シット！　地獄に堕《お》ちろ！」

口汚く罵《ののし》った恵利は、右の拳を振った。

「くっ！」

啓吾はまともに彼女の裏拳を顔面に食らって鼻血を流した。両手はホテルのタオルで縛られている。ロープで縛ると手首に痕が残るためだろう。

「私を殴って気がすんだか。……どうして李を殺したんだ。教えてくれ」

両手を拘束しているタオルで鼻血を拭いた啓吾は尋ねた。助かる保証はないが、真実を知りたい一心なのだ。

「五年前にトレバー・ウェインライトを殺す際に組織は李を使っている。もっとも船をチャーターしただけで、あの男は何も知らない。だけどあなたが嗅ぎ回って李を探し出したので、念のため殺したの。そのため私はいらない仕事をし、李は死ぬことになった。全部あなたのせいよ」

恵利は忌々しそうに答えた。

「それじゃ、ウェインライトは世話役だった呉恵民と同時に殺されたのか」

呉は五年前に台北で殺されている。

「正確に言えば、一ヶ月後ね。組織は高雄に逃亡したウェインライトを発見して、小琉《シヤオリユウ》球《キユウ》で殺害したそうよ」

小琉球とは、高雄の沖合に浮かぶリゾート島である。いつも観光客で賑わうが、真冬の閑散としている時期なら人を殺害するにはもってこいだろう。

「そもそも、なぜ、ウェインライトを殺したんだ？」

「ウェインライトは、組織の存在と活動内容に気が付いた。知り過ぎたのよ」

恵利は苦々しい表情で言った。

「君は二重スパイなのか」

彼女が言う組織とは、ＣＩＡとは別のようだ。

「さて、どうかしらね。ただ言えることは、私は米国に忠誠を誓っている。米国が世界を支配しない限り、世界は混沌《こんとん》としたまま。私がしていることは正義のためと思っている。あなたに理解されなくて残念だわ」

恵利は笑ってみせた。二重スパイだからこそとぼけたのだろう。

「民間人を殺して、正義も糞もあるか」

啓吾は眉間に皺を寄せて恵利を睨みつけた。

「うるさいわね。おしゃべりは終わり。降りて」

埠頭のコンテナの間を抜けて、恵利は車を岸壁のすぐ手前で停めた。百メートルほど左方向に栈橋があり、コンテナ船が停泊している。右を見ると、キリンと呼ばれるガントリークレーンが三基あった。埠頭の岸壁は極めて見通しがいい、逃走するには不向きだ。

啓吾は助手席から降りると気怠《けだる》そうに車に寄りかかった。

「さすがに百万ボルトのお仕置きはまだ効いているようね」

恵利は〝Ｓ５〟を構えながら近付いて来る。

啓吾は突然体を起こして恵利に体当たりをして、後方にあるコンテナが積んである方角に向かって走った。野積みされているコンテナのエリアは広大でどこにでも身を隠せるはずだ。

「うっ！」

コンテナの陰から黒い影が飛び出し、啓吾の鳩尾をいきなり殴った。コンテナの近くの暗闇に数人の男が潜んでいたようだ。

「馬鹿な男。私が一人だと思ったの」

恵利は啓吾が逃げ出すことを予期していたのか、啓吾の体当たりをまともに食らわなかったらしい。腹を抱えて踞っている啓吾を見て笑っている。

「この男を事故死に見せればいいんだな」

一番背の高い男が暗闇から抜け出て、顎で啓吾を示した。

「さっさと始末して。ただし、私はホテルのバーでアリバイを作らないといけないから、殺すのは一時間後にしてね」

恵利は子犬でも追い払うような仕草をすると、乗って来た車に向かって歩き出した。振り返ろうともしない。啓吾と違って体を許したからといっても何の未練もないようだ。

「いつまで座っているんだ。さっさと、立て」

背の高い男が啓吾の胸ぐらを摑んで強引に引っ張った。

啓吾は同時に伸び上がって男の腕を振り解くと、猛然と走って今度は思い切り恵利を突き飛ばして〝S５〟を奪い車に飛び乗った。

「何しているの、あの男を殺して！」

尻餅をついた恵利が、金切り声で喚いた。

啓吾は必死にギアを入れて、アクセルを踏んだ。

後輪がけたたましく吠えた。サイドブレーキが掛かっている。

背の高い男が運転席のドアを開けた。

啓吾はドアごと蹴って男を倒した。

「銃を使ってもいいから殺すのよ！」

恵利のヒステリックな声が響く。

「ちくしょう！」

啓吾はサイドブレーキを解除し、もう一度アクセルを踏んだ。

バン！　バン！　バン！

起き上がった背の高い男が銃を撃つと、それを合図に他の男たちも一斉に銃撃に加わった。無数の銃弾がウインドウガラスを突き破る。

「くっ！」

右肩に衝撃。

呻き声を上げた啓吾は、肩の激痛を堪えて埠頭を出た。

未明の闘い

一

台東市の東南の外れに旧台東駅がある。二〇〇一年に新駅が開設されて廃駅となり、現在では台東鉄道芸術村として新たな観光スポットになった。

旧台東駅前を通る鐵花路《テイファア》は、日中は芸術村に訪れる観光客を乗せたバスが連なるが、市の中心部の繁華街や台東観光夜市からも外れているため、駅跡にある居酒屋を除けば夜間の人通りは少なくかつての駅前通りの華やかさはなくなっている。

鐵花路に面した聯亜《レンアー》大飯店は、通りと同じく十数年前の駅前ホテルの輝きはないが、客室の清掃は行き届き、従業員の対応も問題ない。夜市に近い日本食堂で夕食を摂った浩志は、店の主人に聯亜大飯店を紹介されて泊まっていた。チェックインには今やお尋ね者となった大石恭平のではなく、予備の草薙徹《くさぶきとおる》という名前のパスポートを使用している。

傭兵代理店が用意した二つのパスポートを体に密着させる防水の薄型ケースに入れているのは、紛争地からの脱出だけでなくこんな時にも役に立つのだ。

浩志は久しぶりにシャワーを浴びたが、髭も剃らずに気を失うようにベッドに倒れ込んで眠った。三日ぶりにまともに横になるのだから無理もない。

だが枕元に置いたスマートフォンが、熟睡中の浩志を執拗《しつよう》に呼び出している。

「むっ……」

夢うつつに気付いた浩志は、緩慢な動作でスマートフォンを耳に当てた。

――藤堂君だね。夜分すまない。片倉誠治だ。

気のせいか電話口から聞こえる誠治の声は、いつもより高く聞こえる。

「……なんだ？」

浩志は寝惚《ねぼ》け眼で腕時計を見た。午前一時二十二分、まだ眠りについて二時間しか経っていない。

――啓吾が高雄で襲撃されて、負傷した。彼を助けるために手を貸してくれないか。

「何」

浩志は体を起こして頭を振った。

――私の部下が裏切って、仲間と殺害しようとしたらしい。啓吾は隙を見て車で逃げたのだが、銃で撃たれて負傷している。

「今どこにいる?」

——先ほど国道1号線から9号線に入ったようだ。

「まさか……」

絶句した浩志は顔を叩いて、台湾の地図を頭に描いた。浩志も逃亡する身であるため、台湾の道路や鉄道網は頭に叩き込んである。

国道1号線は、高雄から台湾の最南端にある双流《シャンリユウ》国家森林遊楽区の楓港渓《フォンガン》まで通じており、9号線は台東から海岸線沿いを南下し、途中で南部の中央山脈を抜けて反対側の楓港渓で1号線にぶつかる。

——勝手ながら台東に行けば、君がいると教えた。啓吾は君を頼って逃げているのだ。私は〝日月潭〟のヤクザの別荘に君を送り届けた後、台中に宿泊していたために出遅れた。もうすぐ台南だが、とてもじゃないが啓吾には追いつけない。

誠治は早口で説明をした。相当焦っているようだ。

「分かった。啓吾の電話番号を教えてくれ」

浩志はベッドから下りて、ジャケットを着ながら電話番号を尋ねた。もともと浩志は美香の護衛を兼ねて台湾にやって来ている。そして彼女はCIAの要請を受けた内調の啓吾をサポートするために派遣された。結果的に当初の目的通りに動くことになるようだ。

「うん?」

誠治との電話を終えた浩志は右眉を上げた。彼には自分の電話番号も居場所も教えてなかったのだ。彼が知りうるとしたら、北投の梁克秦の屋敷でスマートフォンの充電をした際、勝手に見たのかもしれない。

「いや、違う」

啓吾に電話をかけようとした浩志は首を捻った。

スマートフォンは他人に見られないように、仮眠した車の中で充電していたのだ。とすれば、誠治は浩志のスマートフォンと強制的にペアリングして電話番号を手に入れ、ＧＰＳで浩志の位置情報まで探知したに違いない。ＣＩＡの情報員なら、これしきのことぐらいできるだろう。

苦笑を漏らした浩志は啓吾に電話をかけた。

「藤堂だ。状況を教えてくれ」

――ご迷惑をお掛けします。台東までは八十キロほどの地点を走っています。二台の車に追われていましたが、山道でなんとか突き放しました。それから肩を銃で撃たれました。怪我は確認する暇もありませんのでよく分かりませんが、右手に力が入りません。

負傷したが、受け答えはしっかりしている。しかも左手だけで山道を走り追っ手との距離を開けるというのなら、相当なドライビングテクニックを持っているようだ。

「八十キロというのなら、一時間半ほどだな。追っ手は振り切れそうか」

――頑張りますが、正直なところ分かりません。それにガソリンが残り少ないです。

「分かった。俺もなんとか足を確保して、そっちに向かう。途中で合流しよう」

――ありがとうございます。

電話を切った浩志は、ショルダーバッグを担ぎ部屋を出ると一階まで下りた。

「お出かけですか？」

年配のフロント係が、腕時計を見て意味ありげな笑みを浮かべた。深夜に夜遊びができる店があるのだろう。浩志はフロント係の想像に任せてチェックアウトをした。

「さてと」

鐵花路に出た浩志は車を物色した。台湾は駐車場が少ないために路上駐車の車が多い。だが、昔と違って現代の車には、イモビライザーという自動車盗難防止システムが施されている。車のＩＤコードを誤認識させてイモビライザーを無効にする違法な装置もあるが、むろん浩志は持っていない。それを常時携帯しているのは潜入のプロである加藤ぐらいのものだ。

百メートルほど歩いて旧台東駅前まで来たが、閑散とした通りに古い年式の車は見当たらない。田舎町だからといって、古い車があるわけではないようだ。

最悪スクーターでも盗むかと諦めかけたところ、旧台東駅の前にタクシーが停まっていた。廃駅となったホームの一部が飲食店になっており、夜はビアガーデンのように賑わう。店先の看板には、営業時間は午前一時半までとなっている。タクシーは閉店時間で帰宅する客を待っているのだろう。

啓吾は台東まで残り八十キロと言っていた。台東市街中心から南に三十六キロ地点に金崙《チンルン》、三十九キロ先には多良《トウリヤン》、四十四キロ先には太麻里郷《タイマーリーシヤン》という小さな街がある。いずれの街も南廻線の駅があるため、見知らぬ土地でも駅前で合流できるはずだ。この際、状況を確認しながらタクシーで乗り付けるのが無難だろう。

「むっ」

車を覗いたが、運転手の姿がない。

あたりを見渡すと、廃駅の居酒屋から男が一人出て来た。歳は五十歳前後、右手に車の鍵を持っている。

「タクシーの運転手か？」

浩志が尋ねると、

「今日は、もうおしまい。飯も食ったし、後は寝るだけ」

男は両手を振ってみせ、ポケットから煙草を出した。客待ちではなく仕事帰りに寄ったらしい。

「金は二倍払う」

浩志は運転席の前に立ち、男の行く手を塞いだ。

「二倍？……いや、だめだ」

一瞬考え込んだ男は、煙草を持った右手を顔の前で振った。男からアルコールの臭いがする。仕事帰りに飲んだらしい。

「警察に飲酒運転だと、通報してやろうか」

浩志はにやりとした。

台湾では飲酒運転による事故が多いため二〇一三年六月に刑法が改正された。だがそれでも改善されないため、二〇一五年一月にまた改正され、常習者には罰金、免許取り消し、自動車の没収、三年間の免許取得資格停止など、罰則が厳格化される。そもそも飲酒運転が、社会的に犯罪行為という意識が台湾では薄いのかもしれない。

「なっ、なんだと、運転もしていないのに、飲酒運転もくそもあるか」

男は左手で浩志の胸ぐらを摑んできた。かなり酔っているらしい。

「だったら、歩いて帰るのか」

「おっ、大きなお世話だ」

男は浩志から視線を外した。

「タクシーに乗ろうとしたが、運転手がアルコール臭いことに気が付いた、と警官に言ってやる。それに通報した俺に暴力を振るったともな。罰金だけじゃ、すまないぞ。免許取り消しだ」

浩志は左手で軽く男の手を捻った。

「痛たたたー。かっ、勘弁してくれ」

男は背伸びをして逃れようとしたが、浩志は右手も添えて男の手を後ろに捻り、ボンネットに押し付けた。

「二倍払ってやると言っているんだ。それとも警察に捕まって一生を台無しにするつもりか?」

浩志は男が握っていた鍵を取り上げた。

「……わっ、分かった。乗せるから離してくれ」

男は喘《あえ》ぎながらも頷いた。

「助手席に乗れ、俺が運転する」

浩志は男を突き放して運転席に乗ると、キーを差し込んでエンジンをかけた。

「なっ!」

男はボンネットに寄りかかったまま、啞然としている。

「さっさと乗れ、置いて行くぞ!」

浩志に促された男は慌てて助手席に乗り込んできた。

二

国道9号線を走るフォルクスワーゲンを運転する啓吾は、体中汗でびっしょりと濡れていた。車内は二十三、四度あるが、暑いわけではない。銃で右肩を撃たれた痛みで右腕の感覚がなくなり、冷たい汗が止まらないのだ。

高雄の港から脱出し、車を運転して二時間半が経つ。バックミラーで見る限り追っ手は見えない。

9号線で南部の山岳地帯を抜ける際に引き離すことができた。右腕に力は入らなかったが、左腕だけでもハンドルは充分使いこなせた。だが、右肩の痛みは収まるどころか激しさを増し、次第に運転にも支障を来している。

だが、ここで休みをとって追いつかれれば、確実に殺されるだろう。やり過ごしてどこかに隠れるということも考えたが、それでは浩志と合流できなくなる。今はとにかく走るしかないのだ。

追っ手の人数は確認できなかったが、高雄の港で啓吾を待ち受けていた男たちは五、六人おり、二台の車に追われていた。彼らは全員銃を持ち、対する啓吾の武器は非殺傷型の電撃銃〝S5〟のみ。どうみても勝ち目はない。なんとしても浩志に合流しなければ、助かる道はないのだ。

　9号線は南シナ海側の海岸線を通るルートになっている。浩志とは電話で連絡が取れているため、最終的な待ち合せ場所を金崙という小さな田舎町の駅前に決めていた。距離にして、あと二十六キロほどである。

「おっ」

反対車線を走るトラックに警笛を鳴らされ、啓吾は慌ててハンドルを右に切った。眠ってはいなかったが、いつの間にかセンターラインを跨《また》いで走っていたのだ。肩の痛みよりも疲れが上回ってきたということか。道も海岸線に出てからは、直線道路が続き緊張感を失っている。しかも雨が降っているため、ワイパーの単調な動作が眠気を誘う。

　啓吾は運転席側の窓を開け、外気を浴びた。雨が顔に当たり、気持ちがいいが、頭の芯まで目覚めさせるほどの刺激ではない。

「このままでは、眠ってしまう」

　考えることで眠気を追い払うべく、啓吾は恵利のことを頭に浮かべた。彼女とはベッドで愛し合った。少なくとも啓吾は彼女とのセックスを純朴な青年のように愛情と勘違いしていたのだ。それだけに彼女の演技力よりも、簡単に騙された自分の愚《おろ》かさに腹が立つ。

　当初彼女は自分で車の運転までしてイニシアチブをとり、任務に気乗りがしなかった啓吾とは対照的だった。そのため、行動の主体は彼女で啓吾は補佐役だと思っていたのだ。

だが、日が経つにつれ、彼女のモチベーションは低くなる。むろんそれは演技だった。トレバー・ウェインライトは五年前、既に殺されていたらしい。彼女の言ったことが真実なら、最初から任務は失敗に終わることを彼女は知っていたのだ。ウェインライトは行方不明として捜索不能になるように彼女は動いていたに違いない。

そもそも十年間連絡が取れなかった人物である。探すことができなくても啓吾らに責任はないはずだ。にもかかわらず啓吾がいつもの探究心を発揮してやる気を見せたために、彼女は色気で啓吾のモチベーションを下げる作戦に出て来たのだろう。

だが、恵利に溺《おぼ》れながらも啓吾はウェインライトが殺害された時に関わっていた李人慶を探し出してしまった。情報員としては無能のはずの男が、思わぬ働きをしたのだ、彼女もうろたえたはずだ。何より彼女の誤算は、啓吾が分析官として優秀だということを知らなかったことだろう。十数カ国の言語を自由に操るというのは、彼の能力の一部に過ぎない。優男風の外見に騙されて、見くびっていたということだ。

午前二時六分、車は広い河川を渡る橋に差し掛かった。

「大竹渓《ダーヂュ》だな」

啓吾はカーナビを見なくても現在位置を把握していた。

川を渡れば合流地点である金崙までは残すところ九キロを切る。八キロ先に流れる金崙渓という川の対岸が目的地である。啓吾はアクセルを踏み込んだ。

「あっ」

いつの間にかガソリンのエンプティーライトが点滅していた。気が付かずに走っていたらしい。

「こんな時に」

啓吾は少しでも遠くに行けるように燃費を考えて速度を落とした。夜中に恵利に連れ出されて車に乗るとは思っていなかったために、給油してなかったのだ。

「そうだ」

浩志と連絡をとるべくスマートフォンを出したが、通話可能エリアではなかった。海岸線沿いは大きな河口に古くからある小さな街が点々とあるに過ぎない。住居が極端に少ない地域だけに電波が届かない場所も多いようだ。

「何！」

バックミラーに二台の車のヘッドライトが映り込んだ。スピードを落とした途端に追いつかれたということは、さほど距離は離していなかったらしい。カーナビを見ると、金崙まで三キロある。

エンジンが妙な音を発てた。

「なんてことだ」

舌打ちをした啓吾は、停車したところを追っ手に見つからないように車のライトを消した。追っ手との距離は二百メートルほどか。

アクセルを踏んでいるにも拘《かか》わらず、がくんとエンジンブレーキがかかった。ガス欠でエンジンが止まったのだ。

ギアをニュートラルにして車を惰性で走らせた啓吾は、ブレーキランプを点灯させないようにサイドブレーキを引き、反対車線の路肩の壁に左フェンダーを擦り付けながら車を停めた。小細工に過ぎないが、追っ手から少しでも発見を遅らせるためである。

壁にぶつかってドアが開けられないために啓吾は助手席から車を降りると、全力で駆け出した。だが、9号線を走れば、嫌でも見つかってしまう。

「おっ！」

啓吾は道路脇にある〝多良火車站《フオヂヤ》〟という立て看板を見て立ち止まると、看板が指し示す坂道を上りはじめた。山奥の光臨瀧《ガンリンロン》集落に通じる産業道路であるが、五十メートルほど崖の上の道路脇に南廻線の廃駅となった多良駅がある。

南シナ海の絶景が見えることで有名な多良駅は、廃駅となった今でも観光列車の停車する見学駅となっており、小さな無人駅は観光スポットになっているのだ。

多良駅の次は金崙駅であり、浩志との待ち合わせの場所である。線路脇を走れば追っ手も車を使えない。しかもいつでも山の中に逃げることができる。

啓吾は多良観光車站と書かれた看板がある出入口から駅に入り、ホームから線路脇に飛び下りた。

三

午前二時十分、猛スピードでタクシーを運転してきた浩志は、寂れた街並に入り速度を落とした。啓吾との待ち合わせ場所である金崙に到着したのだ。

国道9号線は街の西側を通っており、南廻線の金崙駅は海側にあるため、浩志は左折して駅前に通じる路地に入った。

深夜ということもあるが、街灯もまばらで民家の灯りも極端に少ない。見知らぬ街だけに駅前で待ち合わせにしたのだが、目印になるような建物は駅以外になさそうだ。

周辺はパイワン族の集落が点在する地域で金崙の住民の大半もパイワン族が占める。彼らは古来この地を〝カナロン〟と呼んでいたために統治した日本人が金崙という漢字を当てはめた。戦後統治した国民党政府が中国表記をしたために読みは〝チンルン〟になったが、地元住人は未だに〝カナロン〟と呼んでいる。

浩志は民家を抜けて、小さな駅前のロータリーに車を停めた。助手席に座らせた運転手は、酒臭い息を吐きながら窓ガラスに寄りかかってイビキをかいている。よくこんな状態で車に乗って家に帰ろうとしたものだ。目覚めたら浩志が車を運転したことも忘れているかもしれない。

スマートフォンで啓吾に電話をかけたが、通話不能というメッセージが流れる。浩志がいる場所は通話が可能なので、啓吾が圏外にいるらしい。

電話も通じない海岸線を走っている可能性もあるが、胸騒ぎを覚えた浩志は車を再び走らせて国道9号線に戻った。金崙でタクシーの運転手は車ごと解放するつもりだったが、もう少し付き合わせることになったようだ。

啓吾とすれ違う可能性もあるため、金崙渓に架かる橋を渡った浩志は速度を六十キロまで落として車を進める。

二キロほど走ると、Y字路を通り過ぎた先の山側の擁壁《ようへき》に突っ込むように車が停めてあった。運転席側が壁に接触しているので、反対車線に停めたことになる。車種はフォルクスワーゲン、啓吾から聞いていた車だ。その後ろに二台の車が停めてある。二台ともフォードの小型車であるフィエスタだ。啓吾は追っ手に追いつかれたらしい。ワーゲンには無数の弾痕が残っていた。肩を負傷したらしいが、それだけですんだのなら幸運である。

眉間に皺を寄せた浩志は、三台の車のすぐ後ろにタクシーを停めた。

ワーゲンのすぐ後ろに停めてある車の運転席から、中国人らしい男が現れる。後方の車を覗いてみたが、人影はない。啓吾は車を捨てて逃げたようだ。男は車の見張りに残されていたのだろう。

「故障ですか？」

車から降りた浩志は、笑みを浮かべながら男に近づいた。

「タクシーに用はない」

男は浩志を睨みつけて凄んだ。

「そうですか」

笑みを消した浩志はいきなり男の鳩尾を蹴り上げ、跪いた男の髪の毛を左手で摑んだ。

「日本人を追跡しているな。仲間はどこにいる？」

男の髪を引っ張って顔を上に向かせると、グロックの銃口をこめかみに当てた。

「しっ、知らない」

男は喘ぎながら答えた。

浩志は無言でスライドを引いて初弾を込めると、銃口を男の口の中に無理矢理突っ込んだ。男はスライドを引いた音に反応し、びくりとした。首を小刻みに横に振っている。

「仲間はどこだ？」

口から銃口を抜き、眉間に押し付けた。

「仲間は、男を追って山の方に向かった」

嘘ではないらしい。

礼を言う代わりに男の頭を摑んで顎を膝で蹴り上げ、白目を剝いている男の後頭部に肘打を叩き込んで昏倒させた。一、二時間は目が覚めることはないだろう。ついでに追っ手の二台の車の鍵を抜き取ってポケットに入れた。これで敵の動きは封じられる。

「待てよ。確か……」

浩志は9号線を百メートルほど戻り、Y字路に〝多良火車站〟という立て看板を見つけると坂道を駆け上った。


啓吾はつまずきながらも線路脇の砂利の上を走っていた。

背後に無数の足音が聞こえて来る。振り返ると、ハンドライトの光が顔に当たった。追っ手は五十メートルほど後方に迫っている。敵も同じ状況にも拘わらず確実に距離を縮めて来ることに啓吾は驚愕した。

「くそっ！」

〝S5〟をポケットから出して右手に握った啓吾は、がむしゃらに走りはじめた。

降り注ぐ雨で足下が危うい。走りはじめてから二度転び、啓吾は膝から出血している。しかも多良駅から一キロほど砂利の上を走り、体力も消耗《しょうもう》しきっていた。

追っ手は五人、そのうちの二人がハンドライトで足下を照らしながら、線路の枕木の上を猛然と走っていることを啓吾は知らない。砂利に足を取られないために速いのだ。

先頭を走る男が啓吾に十数メートルまで近づき、懐から銃を抜くといきなり発砲した。

「うっ！」

銃声と同時に啓吾は足がもつれ、砂利の上を転がる。弾丸は左太腿の肉をわずかにかすめ取った。それでも人の運動能力を奪うには充分である。啓吾は転んだ拍子に枕木に頭をぶつけて倒れた。もはや立ち上がる気力も体力も残っていない。

銃を撃った男が駆け寄り、啓吾が落とした〝Ｓ５〟を荒い息をしながら拾い上げると、倒れている啓吾を蹴って仰向けにしてハンドライトで照らした。啓吾の状況を確認しているようだ。

「面倒かけやがって」

顔はアジア系だが、なぜか英語で呟いた。中国人ではないらしい。

「どうする？」

追いついて来た男が銃を撃った男に英語で尋ねると、振り返ってハンドライトを大きく振った。二人目の男は、白人である。後続の三人に獲物を捕らえたとでも合図を送っているのだろう。

「ティパーは当初自殺に見せかけろと言っていた。その方が後々面倒はない」

アジア系の男はなぜか恵利のコードネームを知っているようだ。

「確かに。彼女はアリバイ作りにホテルに戻っている。当初の計画通りに高雄に戻って、この男を始末するか」

白人の男は答えた。

四

南廻線の多良駅から線路に下りた浩志は、足音を立てないように枕木の上を走った。

前方にハンドライトの光が雨に反射して五本の光芒となり、錯綜《さくそう》している。敵は五人だと主張しているようなものだ。

くぐもった銃声が轟いた。

「ちっ！」

舌打ちをした浩志はグロックを抜いて走り続けた。

銃声はたったの一発。頭を直撃していない限り、殺すのなら必ず二発以上撃つはずだ。啓吾がまだ生きていることを願うほかない。

「むっ」

立ち止まった浩志は線路から離れ、近くの草むらに隠れた。男たちが戻って来たのだ。

背の高いアジア系の男の後に四人の男が続く。先頭の男がリーダー格らしい。後に続く四人のうち二人はアジア系、残りの二人は白人で、体格がいい白人の一人が啓吾を肩に担ぎ上げていた。

いずれも黒いウインドブレーカーを着ている。だが、雨が降っているのにフードを被っていない。耳を塞がないようにしているためだろう。それにファスナーを胸元まで下げている。脇の下に銃を隠し持ち、いつでも抜けるようにしているに違いない。侮《あなど》れない連中である。

啓吾の口からわずかに白い息が漏れた。生きているのだ。浩志は拳を握りしめた。

浩志がいる場所は線路脇でも一番低い位置にある。高い位置からの銃撃は銃を下げて狙えるため、照準が合わせやすく銃への負担もないが、逆は不利なのだ。浩志は男たちをやり過ごし、草むらから出た。

五人の男たちは多良駅のホームへ上がる階段を使って粛々と、車に向かっている。彼らの統制のとれた行動は、軍隊経験者かそれなりに厳しい訓練を受けたことを証明しているのだ。

浩志は音も発てずに男たちの後を追った。街灯もない暗闇だけにハンドライトを向けない限り、浩志は真の闇に守られている。

男たちは次々と多良駅の出入口から出て行き、浩志は十数メートル後方を歩いた。

彼らの列が途中で長く伸びて襲撃するチャンスができることを期待したが、一定の間隔を保ち列が乱れる様子はない。

駅からの道は五十メートルほど南に下り、南廻線の高架下を潜る形で百八十度のカーブを描いて北に折り返し、六十メートル先で国道9号線とY字に合流する。

道から外れた浩志は高架下の雑草の生える斜面を下りて、下の道から四メートルほどの高さがある擁壁の上に身を潜めた。

背後から襲えば、啓吾を誤射する危険性がある。しかも先頭の敵から反撃を受ける可能性も考えなければならないが、側面の高い位置から襲えば、敵の前後の位置に関係なく攻撃することができる。

五人の男たちが眼下に差し掛かった。男たちは前方に注意を払っているが、頭上をまったく警戒していない。

「フリーズ、動くな!」

浩志は英語と中国語の順に叫ぶと同時に、声に反応して懐に手を入れた二人の男の右肩と太腿を撃ち抜いた。油断できない連中だけに、無力化するためには利き腕と足を撃つ必要があるのだ。

「撃つな!」

先頭の男が英語で答えた。

「死にたくないのなら、両手を上げろ」

浩志は啓吾を担いでいる男の足下に銃を撃った。

「待て! こいつを下ろす。撃つな!」

声を上げた白人は、啓吾を道路に下ろして両手を上げた。

「先頭の男から順番に、ゆっくりと銃のグリップを二本の指で摘んで、投げ捨てろ」

浩志は擁壁の暗闇から命じた。一度に命じれば必ず反撃してくるだろう。一人一人行動させるのだ。

「何者だ？」

背の高い男は左手を上げたまま右手を懐に入れると、人差し指と親指で銃のグリップを摘んで足下に銃を落とした。

「誰が下に落とせと言った。手の届かない位置に足で蹴れ」

男は隙があれば拾うつもりなのだ。

「分かった」

背の高い男は、左足で勢いよく蹴った。銃は派手な音を発てて、擁壁にぶつかる。

同時に後方の二人が恐るべき速さで銃を抜いた。だが、それよりも速く浩志の銃が火を噴く。一人は首に、もう一人は右胸に当たった。二人とも撃たれないように身を屈めながら銃を構えたため、止むなく肩ではなく急所に確実に当てたのだ。致命傷ではないはずだが、病院で手当を受けなければ確実に死ぬだろう。背の高い男の陽動作戦も浩志には何の効果もなかった。

「次はおまえだ」

啓吾を担いでいた白人が残っている。

「わっ、分かっている」

男は命じられた通りに銃を遠くに捨てると、背の高い男と並んで両手を上げた。リーダー格と違い、白人の男は隙だらけだ。

「二人とも海の方角を向いて立て」

男たちは大きな溜め息を漏らしながらも、両手を上げたまま回れ右をした。

浩志は擁壁の上から飛び下りると、白人の後頭部を殴って気絶させる。

「むっ！」

背の高い男が突然振り向き、浩志の右腕を蹴り上げた。二人が並んで立ったのは、一人が犠牲となり、もう一人が攻撃するためだったらしい。

銃を蹴り飛ばされた浩志は、男が続けて繰り出したパンチを避けて左回し蹴りを相手の右脇腹に決め、続けて右手刀を首筋に打ち込んだ。

男は立ったまま口から泡を噴くと、まるで倒れるのを拒絶するかのようにゆっくりと膝から倒れた。最後までしぶとい男だ。

「藤堂さん、ありがとうございます」

道路に転がされていた啓吾が、囁くように言うと体を起こした。顔色がかなり悪い。右肩の傷はかなり悪いのだろう。

「気が付いていたのか」

浩志は啓吾の左手を引っぱって立たせた。

「気絶した振りをして、脱出の機会を窺っていましたが、へたに動くと撃たれそうだったので、じっとしていました」

啓吾は苦笑まじりに答えると、浩志に倒された男たちの顔写真をスマートフォンで撮りはじめた。どうせ懐を探ったところで、まともな身分証明書は出て来ない。顔写真を情報機関のデータベースにかけて人物を特定するつもりなのだろう。

「帰るか」

浩志は撮影を終えた啓吾に催促した。雨に濡れて体が冷えてきた。

「助けてもらったのに厚かましいとは思いますが、高雄までお付き合い願えませんか。まだ、決着はついていませんので」

伏し目がちに啓吾は言った。複雑な事情があるらしいが、浩志にはどうでもいいことである。今頭に浮かぶのは、喉が焼け付くようなバーボンが飲みたい。それだけだ。

「いいだろう」

浩志は即答した。どのみち高雄に行こうと思っていたところだ。

五

午前四時四十九分、浩志の運転するフィエスタは高雄市内に入った。

追っ手の車を一台拝借したのだ。乗って来たタクシーは、運転手の安全を考えて当初停めてあった追っ手の車の近くから二百メートルほど離れた場所に停めておいた。酔っぱらって眠っていた運転手の手に千元札を一枚握らせてある。眠っている間に稼いだのだ。目が覚めれば喜ぶだろう。だが、飲酒運転を戒《いまし》めるのなら、金は払わない方がよかったのかもしれない。

出発してから市内まで二時間かかった。南部の山岳地帯を抜ける9号線は整備されているもののヘアピンカーブが多く、見通しも悪いのでスピードは出せない。浩志は左肩を負傷しているが右手が使えるので問題なかったが、右腕が使えず左手だけで走らせた啓吾のドライビングテクニックは、今更ながら感心させられる。

道すがら啓吾は、台湾に来てからの詳細を浩志に話した。本来ならトップシークレットだが、浩志も任務に関わっていると判断したようだ。ただ、一緒に行動していた恵利という女の話になると、啓吾の口は重くなる。裏切られたこともあるが、女に気を許していたのだろう。

夜明け前の閑散とした街を通り、〝高雄85ビル〟の地下駐車場に車を入れた。〝85スカイタワーホテル〟は、ビルの上階にある。地下二階で誠治と合流することになっていた。啓吾を救出した直後に誠治には連絡を入れてあったのだ。

「あれか」

トランクを開けたカムリの陰から誠治が現れたので浩志は、その横に車を停めた。

「藤堂君、息子が世話をかけた。礼を言う。本当に感謝している」

頭を下げた誠治は、助手席で虚ろな顔をしている啓吾に肩を貸してカムリの後部座席に座らせた。

浩志から連絡を受けた時点で高雄まで来ていた誠治は、啓吾を保護するために医療品や食料などの準備をすることになっていた。たった二時間で様々な物を用意したらしく、トランクには段ボール箱やクーラーボックスが置かれている。

浩志はクーラーボックスを覗き、ミネラルウォーターのペットボトルを抜き取って喉を潤《うるお》した。

誠治はさっそく啓吾の右肩の服をハサミで切り裂き、手慣れた手つきで傷口を調べている。

「急所は外れている。弾丸は後で摘出すれば充分だろう。だが、出国前に摘出しないと空港のセキュリティに引っ掛かる」

誠治は冗談を言うと、傷口を消毒して手早く包帯を巻き、啓吾に抗生物質を飲ませた。救急医療の知識があるようだ。

「ありがとう。私は決着を付けて来る」

手当を受けた啓吾は車を降りようとした。赤い顔をしている。傷のせいで熱が出て来たのだろう。

「おまえは休んでいろ」

浩志は啓吾を車に押し戻した。他人のことは言えないが、急所は外れていても銃創は馬鹿にしない方がいい。

「しかし、これは私の仕事です」

啓吾が険しい表情で言い返してきた。

「おまえに何ができる。女を素手で捕まえられるのか？　それとも話し合いをして分かる相手なのか？」

「……彼女に尋問したいことがあるのです」

啓吾は両手を振ってみせた。女に未練があるようだ。

「おまえを殺そうとしたのだ。何も話すわけがない。話したとしたら、逆におまえが殺されるということだ。反撃して来た女を殺すことができるのか」

浩志はグロックを抜いて見せた。女だからと手加減をするようでは、命取りになる。

「そっ、それは……」

浩志の質問に啓吾は口ごもった。

「藤堂君、気持ちはありがたいが、私が行く。彼女の上司としての責任だ」

二人のやり取りを見ていた誠治が割り込んで来た。

「女は二重スパイだ。あんたの部下じゃない」

「それも承知の上だ。裏切り者には死んでもらう。業界の常識だ」

誠治もグロックを見せた。啓吾と違って、肝が据わっている。

「サポートは必要か？」

浩志が尋ねると誠治は無言で首を横に振ったが、無線機を渡して来た。

「無線でモニターしていてくれ。新手の敵が現れた時だけ手を貸して欲しい。君と同じであまり他人に借りを作りたくないんだ。私の無線用コードネームは、ワーロックだ。君はリベンジャーでいいね」

誠治は苦笑してみせた。美香は毛嫌いしているらしいが、憎めない男だ。浩志は無線機をオンにし、レシーバーのイヤホンを耳に入れて音量を確かめると、誠治に親指を立てて見せた。

「ゆっくり休んでいてくれ」

誠治は啓吾から部屋のルームキーを受け取ると、エレベータホールに向かった。女を殺すというのに気負った様子はない。

「現場で俺が倒した男たちを撮影していたな。写真を見せてくれ」

浩志は消沈した様子の啓吾からスマートフォンを借りると、自分のスマートフォンに画像を転送した。改めて男たちの顔を見たが、誰一人知っている者はいない。画像はそのまま傭兵代理店の友恵に送った。彼女に解析を頼めば、なんらかの情報は得られるだろう。

「ほお」

カムリのトランクに置いてある段ボール箱を開くと、サンドイッチやおにぎりが詰め込まれたコンビニの袋があった。台湾でおにぎりは、日本のコンビニの出店ラッシュで今やソウルフードになりつつある。

浩志は蘆筍肉絲《ルースンロースー》と鮪魚と書かれたおにぎりを一つずつ取った。蘆筍肉絲は読んで字のごとくチンジャオロースーの具が入っており、鮪魚はシーチキンである。ご飯が若干ぱさついているが、具はなかなかうまい。腹が減っていたのであっという間に平らげた。

「うん？」

無線のモニターをしながら食べ物を物色していると、ドアが開く音がイヤホンから聞こえた。誠治は啓吾らの部屋に侵入したらしい。

――こちらワーロック。リベンジャー応答願います。

しばらくして誠治から無線連絡が入った。

「リベンジャーだ」

——すまないが、部屋まで来てくれないか。

「了解」

浩志は無線を切った。

六

浩志は、〝85スカイタワーホテル〟の啓吾の部屋のドアをノックした。先に部屋に行った誠治から呼び出されたこともあるが、負傷した啓吾を駐車場に一人にさせられないため一緒に連れている。右肩を銃で撃たれただけでなく、転んで足も怪我をしていたらしく、啓吾は足を引きずりながら付いて来た。

「入ってくれ」

ドアが開き、険しい表情の誠治が出て来た。浩志らを確認すると、奥に入れと右手を伸ばしてみせる。

「……」

無言で頷いた浩志は部屋に足を踏み入れ、ベッドの脇にあるソファーの前で立ち止まった。髪の長い女がソファーにもたれて座っている。啓吾の相棒だった恵利という女だろう。

「なっ！」

後から入って来た啓吾が口を押さえ、両眼を開けて呆然としている。

浩志は目を見開いたまま微動だにしない女を観察し、誠治に天井や壁を指差した。

「大丈夫だ。部屋はクリアしてある。盗聴器も隠しカメラもない」

誠治は小さく首を振った。さすがに一流の情報員だけに仕事は速い。

「あんたが、殺したんじゃないいな」

浩志は恵利の眉間に空いた銃痕から流れ出た血が、固まっているのを見て言った。浩志は近くのテーブルに置いてあるティッシュボックスからティッシュを二枚取り、恵利の顎の下に当てて指先で軽く押した。ティッシュは女の皮膚に指紋が付かないようにしたのだ。台湾警察の現状は知らないが、最近の検屍技術では死体の皮膚から残された指紋も採取することができる。

顎の下と首の筋肉も硬くなっていた。指先や手首を調べてみたが、若干硬いもののまだ柔軟性はある。次にエアコンのコントローラーを見て、部屋の室温を確認した。

「室温は二十二度、死後、四時間前後だろう。女のチェックインの時間を調べれば、おおよその犯行時間は分かるはずだ」

戦場でない場所で死体を見ると、刑事時代の習性が頭をもたげる。浩志の死後硬直の読みに狂いはないはずだ。

「おそらく、そんなところだろう」

腕組みをした誠治は、渋い表情で頷いてみせた。

「四時間！　ということは、彼女は部屋に戻ってすぐに殺されたんだ……」

それまで口を利かなかった啓吾が、独り言のようにしゃべった。口調から女に同情していることが分かる。人間的に優しいのかもしれないが、この世界では通用しない。

「説明してくれ」

浩志は死体の対面にあるソファーに腰を下ろして尋ねた。

「私が港で殺されそうになったのは、零時二十分ごろです。タクシーは港では拾えませんから、追っ手は三台の車で港に来ていたのでしょう。彼女は自分で運転して帰った。ホテルまでは十五分で戻れます。部屋には零時四十分から五十分には到着したはずです。現在時刻は午前五時十六分、四時間引けば、午前一時十六分。誤差は当然ありますが、彼女は部屋に戻ってから三十分以内に殺されたことになります」

啓吾は淀みなく答えた。ショックから立ち直ろうと必死なのかもしれない。

「犯人は、彼女の行動を熟知していたのだろう。顔見知りの犯行だった可能性もある。たとえ尾行して来たとしても、ホテルの客室に外部から入るのは難しいからな。彼女が犯人と一緒に部屋に入ったのか、あるいは犯人もこのフロアに宿泊していたかもしれない」

浩志は立ち上がると、窓のカーテンの隙間から外を見ながら言った。

ホテルのエレベータはルームキーをかざさないと宿泊フロアには停まらない仕組みになっている。浩志らも啓吾がフロントに紛失したと言って、新たなルームキーで部屋までやって来たのだ。

「いずれにせよ。四時間も前に殺されていては、犯人はもうホテルにはいないだろう」

誠治は忌々しげに言った。

「死体をどうするつもりだ。港にでも捨てるのか?」

浩志は肩を竦めてみせた。死体の処理まで手伝うつもりはない。

「いや、事件として公にするわけにはいかない。啓吾らは日本人としてチェックインしている。日本政府に迷惑を掛けてしまうからな。台湾の軍事情報部に連絡して協力してもらうつもりだ。幹部クラスに知り合いがいる」

誠治は溜め息交じりに答えた。

「陸軍情報部のことか?」

浩志は苦笑を浮かべた。

「知っているのか?」

「俺は陸軍情報部の命令を無視して行動している。指名手配されているらしい」

陸軍情報部の魏爵は、浩志を逮捕すると息巻いていたことを説明した。

「事情を知らない情報部の下士官が、喚《わめ》いているのか。その件は、私の方から幹部に説明しておこう。君が指名手配のままじゃ、動きが取れないからな。台湾から出国もできないぞ」

誠治はにやりとした。浩志への借りを帳消しにするつもりだろう。

「俺は用済みだな」

浩志はちらりと死体を見た。

「一人で行くのか？　我々もすぐに台北に向かうつもりだ。一緒に行かないか」

誠治が不満げな顔をしている。浩志を護衛として就ける魂胆かもしれない。

「車は俺が使う」

質問には答えず浩志は、フィエスタの鍵を誠治に見せると部屋を出た。

台北の闇

一

高雄から台北の中心街まではおよそ三百五十キロ、日本でいえば東京名古屋間である。台湾の西部は高速道路が整備されているために、休みなく飛ばせば四時間前後で高雄から島の反対側である台北まで行くことが可能だ。

夜明け前に高雄の〝85スカイタワーホテル〟を出発した浩志は台中市の北部を流れる大安渓の土手沿いの道に車を停めて仮眠している。

昨夜は真夜中に誠治の電話で起こされた浩志は、啓吾を救うべくひと働きをしたため心底疲れていた。

「……」

運転席のリクライニングを倒して眠っていた浩志は、耳障りな音で目を覚ました。

ワイパーに大きなビニール袋が引っ掛かっていた。風で飛ばされて来たのだろう、強風に煽られたビニール袋が、フロントガラスに当たって音を発てている。浩志はシートを戻すと、外に出た。高雄から連れてきた雨も上がっている。曇天《どんてん》ではあるが、それでも降らない方がいい。気温は十五度ほどか。高雄から北に二百キロ上がっただけで、気温は下がったようだ。思ったより北風が冷たい。風を孕《はら》んで音を発てているビニール袋をワイパーから取ると、浩志は急いで車に戻った。

「腹が減ったな」

腕時計を見ると、午前十一時五十分になっている。午前五時五十分に高雄から出発して台中まで二時間ほどで来た。三時間近く仮眠が取れたようだ。

助手席に置いてある段ボール箱の中を探り、浩志はチキンカツサンドと烏龍茶のペットボトルを出した。誠治がカムリに載せていた食料品を入れた段ボールごと持って来たのだ。

「さて……」

サンドイッチを平らげると、浩志はおもむろにスマートフォンの電源を入れて池谷に電話をかけた。

――藤堂さん、まずは美香さんのご報告をします。

池谷は珍しく文句も言わずに話しはじめた。

「頼む」

——手術は予定が早まり、午前十時から開始されています。事前に平子教授に聞きましたが、二、三時間で手術は終わるとおっしゃっていましたので間もなく終わるはずです。

「そうか」

手術は午後からと聞いていた。台中で仮眠を取ったのは疲れているせいもあるが、手術が終わるまでは台北に近付きたくなかったからだ。

——それから一時間前に内調から連絡があったのですが、台湾の軍情報部から藤堂さんへの誤解は解けたので問題なく出国できると連絡が入ったそうです。どうした風の吹き回しでしょうね。

事情を知らない池谷は不思議がっているようだ。誠治が軍情報部の幹部に連絡をしてくれたのだろう。啓吾を救ったことで貸しを作ったつもりはないが、律儀《りちぎ》に約束を守ってくれたようだ。

——ご予定は、どのようになっていますか？　参考までにお聞かせください。

「今日中に台北にもどるつもりだ」

——それは、ようございました。美香さんもお喜びになると思いますよ。

池谷の受け答えは白々しいほど馬鹿丁寧である。それだけに一言一言が嫌みに聞こえてしまう。

「また連絡をする」

浩志はなぜか苛ついて電話を切った。小さく息を吐くと、美香の顔が浮かんだ。池谷ではなく、美香の傍にいてやれない自分に腹を立てているのかもしれない。

浩志は続けて友恵に電話をかけた。啓吾を襲った連中のことは、池谷に内緒で探らせている。

――ご連絡をお待ちしていました。お話しする前に確認ですが、私に送られて来た五人の顔写真は、藤堂さんが倒した相手ですか？

「降り掛かった火の粉を払ったまでだ」

浩志は言葉を濁《にご》した。友恵には写真の人物の特定を頼んだだけで、状況の説明はしていない。

――あのー。みんな殺しちゃいました？

遠慮がちに友恵は尋ねてきた。

「いや、ちょっと懲《こ》らしめてやっただけだ。もっとも相手は俺だとは分かっていないだろう。暗かったからな」

全員気絶しているところを啓吾は写真に撮っている。殺したと思われたらしい。あるいは倒した相手がまずかったと彼女は心配しているのかもしれない。

――相手が藤堂さんを認識していたら、面倒なことになったと思います。写真が不鮮明でしかも全員目をつむっていたせいで、顔認証ソフトでヒットしたのは一枚だけでした。メールにその男の証明写真とプロフィールを送りますので、ご覧下さい。

友恵は淡々と言った。

――それから、美香さんの手術がうまく行くように、私、亀岡八幡宮《かめがおかはちまんぐう》にお参りに行ってきました。だから、絶対大丈夫ですよね。

引きこもりを自称する友恵が、わざわざ市ケ谷の亀岡八幡宮に願掛けに行ってくれたようだ。そもそも彼女が神を信じているとは聞いたことがない。彼女は美香のことを実の姉のように慕《した》っている。それほど心配しているのだろう。

「大丈夫だ。心配するな。俺が保証する」

根拠はないが、手術は成功すると浩志は自信をもっている。

――藤堂さんに言われると、安心できます。社長も同じことを言ってたけど、なんだか余計心配になっちゃって。

友恵は安堵したらしく、声が明るくなった。

「そうだな」

彼女につられて浩志も笑った。池谷は時として人を不安にさせるのだ。

――いけない。忘れるところだった。丁計劃の件ですが、台北のザ・ランディットを調べたところ、やはり宿泊名簿にも顧客リストにも名前はありませんでした。そこで、年齢と、中国籍ということで宿泊名簿を調べたら、該当者は十二人もいました。選別する資料もないので、実際にホテルに行って調べるほかないと思います。

丁の件も友恵にホテルのサーバーをハッキングするように頼んでいたのだ。ホテルのデータには顔写真まではない。偽名を使われたら、絞り込めないのは当然だろう。

「手数をかけたな。ありがとう」

浩志は電話を切ると、すぐにスマートフォンに届いたメールを確認した。添付されていた画像は、背の高いリーダー格の男である。

「やはり、そうか」

浩志は渋い表情になった。

男の名前はデレック・ロー、中国系米国人で、米軍の陸軍レンジャー部隊出身、現在はCIAのアジア局に所属しているようだ。友恵は浩志がCIAを敵に回したのじゃないかと心配したらしい。他の五人は彼の部下だろう。ローは、恵利と同じで二重スパイに違いない。

スマートフォンを仕舞い、腕時計を見た。目覚めてから数分しか経っていない。意識していているつもりはないが、美香のことが気がかりで時間が気になる。

「さてと……」

何度も同じ独り言を口走ったことに気付き、浩志は苦笑した。

二

丁計劃が宿泊していると思われるホテル、ザ・ランディットは、台北市の中心街よりやや北の松山空港の近くに位置しており、片側三車線の民権《ミンチエン》東路二段に面している。

十二階建てで客室は百九十二部屋あり、五つ星ではないが上質なサービスを売りにしているホテルだ。だが、一階のこぢんまりとしたロビーフロアが示すように、ザ・リージェントのような華やかさはない。

午後十時二十分、ザ・ランディットのフロントに黒ぶちの眼鏡をかけ、ダークスーツに身を固めた浩志の姿があった。無精髭を奇麗に剃り上げ、髪も切り揃えている。昨日までとはまるで別人で、これなら手配写真を持っているヤクザや浩志と面識がある軍情報部の連中も気付くことはないだろう。

夜が更けるのを待って台北に入りたかった浩志は、台中の散髪屋でさっぱりとした後、デパートの遠東《エンドン》百貨で身支度を整えた。それまでのジーパンにスポーツジャケットというラフな格好を一新したのは、もちろん敵の目を欺《あざむ》くためだ。

「ミスター・草蕗、お荷物はスタッフに運ばせますが」

女性のフロント係が英語で尋ねてきた。フロントレセプションは、ヨーロッパのホテルのように客も係もテーブルを挟んで座って行う。浩志がベルボーイに荷物を持たせなかったために気にしているようだ。

「重要な書類が入っている鞄は自分で持つことにしている。気にしないでくれ」

英語で答えた浩志は、足下に置いてある小型のスーツケースを軽く叩いてみせた。中身は着替えと銃が入っている。他人には持たせたくないのだ。

「さようですか。それではごゆっくりと当ホテルをご満喫ください」

フロント係は笑顔でカードキーと一緒にクレジットカードとパスポートを返してきた。クレジットカードは最近傭兵代理店から偽造パスポートとともに渡されるようになった。海外ではデポジット制度を採用するホテルが増えたからだ。デポジットとは預かり金のことで、クレジットカードの提示を求めないホテルでも一定金額の預かり金を求められる場合もある。

だが、クレジットカードを使用すると傭兵代理店に支払った金額とは別に手数料まで取られるため、使用を嫌う傭兵が多い。

部屋のキーを受け取った浩志は、監視カメラやスタッフ専用のドアの位置などをチェックしながらエレベータホールに向かった。

昨日〝天人同盟〟の沈白承から、丁がザ・ランディットに宿泊していることを自白させた。沈は防波堤に置き去りにしてきたが、調べたところ、捜索に当たった警察に発見され、花蓮の病院に入院しているらしい。

逮捕されたわけではないので、彼が何をしようと自由であるが、自白したことを絶対丁に報告しないという自信が浩志にはあった。というのも、自白したことがばれれば沈は殺されるからだ。従って丁はまだホテルにいる確率が高い。

問題はホテルが分かっていても、偽名を使ってチェックインしている丁をどうやって見つけ出すかだ。人の出入りが多いホテルなら、ロビーやラウンジのソファーで一日中張っていたところで怪しまれないが、ザ・ランディットではそれができない。用心深い丁は、それを知った上でホテルを決めたのだろう。

七階でエレベータを降りた浩志は、七〇一二号室のドアにカードキーを差し込んで解錠し、部屋に入った。出入口の正面はソファーとテーブルが置かれたリビングでドアのない壁で仕切られたベッドルームは左隣にある。一九三〇年代のフランスのアールデコをデザインコンセプトにしているだけに、濃い茶系で統一された室内インテリアは白壁とベッドの白いリネンにマッチし質素で上品に見える。

浩志は友恵に電話をかけた。

「俺だ。ホテルに入った。新しいことは何か分かったか？」

――馬用林が藤堂さんをバーで見かけたのは、十五日のことです。その日のうちに馬が藤堂さんのことを丁計劃に教えたと考えて、翌日の十六日から今日まで宿泊している中国人を調べたところ、七人まで絞ることができました。そのうちの五人は同じ時間にチェックインしているんです。

「何、とすると、その五人が中国人の団体観光客でなければ、丁とその手下の可能性があるということか」

友恵に絞り込みをさせるためにさらに詳しく事情を話していたのだ。

――私もそう思います。しかも一人だけ五十三平米もあるエグゼクティブスイートルームで、残りの四人はただのデラックスルームです。臭いますよね。ちなみに五人とも明日も宿泊予定になっています。

「また新しいことが分かったら、教えてくれ」

――藤堂さん、お見舞いに行かれましたか？

電話を切ろうとすると、友恵が慌てて尋ねてきた。美香の手術は、お昼に無事に終了したと池谷から連絡を受けている。浩志が池谷に電話をかけてから二十分後のことだ。執刀した平子教授は傷口を広げることもなく、歪《いびつ》に変形した弾丸の摘出を成功させた。その技術に立ち会った台湾の医師らを驚愕させたという。

美香の無事を確認できたため、浩志は台北に出るための準備を心置きなくできた。

「いや、まだだ。元凶を取り除かなければ安心できないからな。見舞いはそれからだ」

――それなら、早いとこ敵をやっつけちゃってください。そうしないと、私も動けませんから。

人の苦労も知らないで、簡単に言ってくれるものだ。

「おまえも台湾に来るつもりか？」

呆れながらも聞き返した。

――当然じゃないですか。私がお見舞いに行かないでどうするんですか。だから、ちゃっちゃっと、終わらせてください、お願いしますよ。

口調がだんだんと高圧的になってきた。というか普段の友恵はこっちの方だ。

「分かった。分かった」

鼻で笑いながら電話を切ったが、おかげで闘いを控えて緊張がほぐれた。

浩志はスーツケースをリビングで開けて、グロック19を出すと、ソファーに座った。戦地で出撃前には必ず武器の手入れをする。浩志はマガジンを抜き、銃身に残弾がないことを確かめると、グロックのスライドをフレームから外した。武器の手入れをするのは、戦闘時のアクシデントを避けるだけでなく精神を集中させる効果がある。

浩志は一人黙々と作業を続けた。

三

午前一時、ソファーに座っていた浩志は立ち上がり、手入れをしたグロック19のスライドを引いて初弾を込めるとズボンの後ろに差し込んだ。丁の部屋に侵入した途端、手下が発砲してくる可能性がある。銃をいつでも撃てる状態にしておくのだ。

ネクタイはさすがに外したが、銃を隠すのに都合がいいのでスーツ姿のままである。ポケットに予備のマガジンを入れ、ズボンのポケットにはクボタンを突っ込んだ。武器はこれだけだ。

浩志は部屋を出ると、エレベータで一階まで下りた。何食わぬ顔で四歩歩き、すぐに壁にへばりつく。監視カメラの死角に入ったのだ。問題はエレベータホールから出ると、左手にあるフロントから見えてしまうことである。

浩志はスマートフォンを出すと、ホテルのフロントに電話を掛け、壁から僅かに顔を出して覗いた。夜間のためか、フロントに男は一人だけだ。

——今晩は、ホテル・ザ・ランディットです。

「明日の宿泊を予約したいのだが」

中国語で尋ねた。

——お部屋のご予約ですね。お名前をお伺いしてもよろしいですか？

フロント係も中国語で答え、デスクにあるパソコンの画面を見ている。

「王光祖《ワンガンズー》です。できればエグゼクティブルームがいいですね」

浩志は電話を掛けながらエレベータホールを抜け出した。

——エグゼクティブルームですね。少々お待ちください。

フロント係はキーボードを叩きながら、パソコンに集中している。その隙に壁伝いに歩いた浩志は、スタッフオンリーというドアを開けて中に入った。

入口の壁にタイムレコーダーが設置してあり、その奥には男女別のドアがある。男のマークがあるドアを開けるとロッカーがずらりと並んでいた。ロッカーの反対側にベンチがあり、壁には女のヌード写真がべたべたと貼ってある。男の更衣室はスポーツ選手もホテルの従業員も変わらないようだ。

——申し訳ございません。エグゼクティブルームは満室です。

フロント係から返事がきた。台中では身だしなみを整えただけでなく、ネットカフェでホテルのことも調べてきた。インターネットのホテルの予約ができるサイトで、ザ・ランディットの豪華なエグゼクティブルームは人気があると掲載されていたのでわざと聞いたのだ。

「そうですか。残念です。また連絡します」

浩志は電話を切ると、手前のロッカーから先の尖った道具を使い順番に鍵を開けて中を調べはじめた。どのロッカーにも制服がハンガーに掛けられている。その他にも私物も入れてあるが、浩志が探している物はどの部屋にも使えるマスターキーである。だが、従業員なら誰でも持っているわけではない。

「これだな」

三つ目のロッカーに吊るされていた制服のポケットに、マスターキーと思われるカードキーがあった。

浩志は制服のジャケットに着替えて自分のジャケットは折り畳んで小脇に抱えると、ロビー側のドアの前に立った。スマートフォンでまたフロントに電話を掛ける。

「先ほどの王光祖です。ダブルベッドのスタンダードな部屋は三つ空いていますか。家族で泊まるから隣り同士がいいんだが」

できるだけ可能性のない要求を出した。

――少々お待ちくださいませ。

フロント係の声とともにキーボードを打つ音が聞こえる。

浩志はスタッフ専用のドアから出てフロントに背を向け、ゆっくりと歩いてエレベーターホールの監視カメラの死角に入った。ちらりとフロントを見たが、気付かれた様子はない。

——お待たせしました。申し訳ございません。同じフロアに三部屋のご用意はできますが、一部屋だけ離れてしまいます。

エレベータホールに戻った途端に返事がきた。

「すまない。やはり離れた部屋じゃだめなんだ。ありがとう」

浩志はにやりとして電話を切り、エレベータに乗り込んだ。

十一階でエレベータを降りた浩志は廊下の突き当たりまで進み、一一一六号室の前で立ち止まった。友恵が絞り込んだ五十三平米もあるエグゼクティブスイートルームである。制服のボタンを留めて服装を整えるとグロックを右手に握り、持っていたジャケットで覆い隠した。

マスターキーを差し込み、音を発てないようにゆっくりとドアを開けると、浩志は滑り込むように部屋に入った。インターネットで部屋の間取りも調べてある。エグゼクティブスイートルームの出入口正面はリビング、左手にバーカウンターがあるテレビルーム、右手が寝室という豪華な作りだ。

部屋はフットライトだけで、照明は点けられていない。

「むっ！」

浩志は左に銃を向けて身を屈めた。

「さすがだな、藤堂浩志。よくこの部屋が分かったな」

テレビルームの暗闇から男の声がする。

「何者だ?」

人の気配がする闇に銃を向けたまま浩志は尋ねた。

「私は、〝窮奇《チョンジー》〟と呼ばれている。古代中国の神話に登場する四つの悪神である四凶の一つからつけられた。銃を下ろせ、私は武器を持っていない」

男は訛《なまり》のない中国語で話す。

「コードネームを聞いたところで、何の意味もない。丁はおまえのような部下を四人持っているということか?」

浩志は銃を下ろさずに聞き返した。男は銃を向けられても落ち着き払っている。武器を持っているのか、よほど格闘技に自信があるのかどちらかだ。

「我が組織では中国の優秀な武術家に特別な訓練を施し、さらに選び抜かれた者に神話の称号が与えられる。四凶とは〝渾沌《クンドン》〟、〝饕餮《タオチー》〟、〝窮奇〟、〝檮杌《タオウー》〟の四悪神のことで、古来恐れられているのだ。そのうちの二人、私と〝檮杌〟が幹部の命令で丁に付けられた」

〝窮奇〟はテレビルームの照明を点けた。サングラスをかけて黒い喪服のようなスーツを着た男が、バーカウンターの椅子に足を組んで座っている。筋肉に覆われた首が異常に太く、シャツのネックボタンが留められないらしい。見たところ、武器は帯《お》びていない。

バーカウンターの上には洋酒のボトルとグラスがあった。酒を飲みながら待っていたようだ。

「組織とは、レッドドラゴンのことか。命じられて丁の手下になったのだな」

浩志は銃を下ろし、ズボンの後ろに差し込んだ。〝窮奇〟の言葉を信じたわけではない。いつでも銃を抜ける自信があるからだ。

「そういうことだ」

〝窮奇〟は素直に頷くと、肩を竦めてみせた。浩志の口を永遠に塞ぐ自信があるということだ。

「どうして、俺がここに来ることが分かった？」

「沈白承が昨日から行方不明になった。〝天人同盟〟に問い合わせても何も答えない。とすれば、おまえが拉致したと見るのが妥当《だとう》だろう。だから丁を別の場所に移し、私がおまえを迎え撃つためにこの場に残った」

〝窮奇〟はボスである丁を呼び捨てにした。

「無能な男の手下にされたことが、不満らしい。丁に義理立てする必要はあるまい。居場所を教えてもらおうか」

浩志は鼻で笑った。

「あの男は無能ではない。人間性が嫌いなだけだ。丁の行動は中国の核心的利益に合致している。私を倒せば、居場所を教えてやろう。この部屋から生きては出られないだろうが、丁はおまえを待っている」

〝窮奇〟はサングラスを外すと、立ち上がった。〝九份〟で馬用林から渡された三枚の写真に丁計劃と一緒に写っていた男である。

「いいだろう」

浩志は制服のジャケットを脱ぎ捨てた。

四

〝窮奇〟の身長は一八〇センチほどか。胸板は厚くシャツだけでなくスーツのジャケットも少々きつそうだが、グレーのネクタイを弛めただけでジャケットさえ脱ごうとはしない。よほど腕に自信があるようだ。

〝窮奇〟はゆっくりとテレビルームからリビングルームに移ると、手招きをしてみせた。

「ふん」

鼻先で笑った浩志は〝窮奇〟の前に自然体で立ち、構えることなくいきなり古武道の縦拳を相手の顔面に放った。流派によっても異なるが、浩志が師と仰ぐ古武道研究家である明石妙仁《あかしみょうじん》から伝授された攻撃法では、相対する敵に起こりを察知されない。起こりとは攻撃するための動作で、パンチなら拳を出す前に引くということだ。

〝窮奇〟は寸前で顔を背けた。本来なら鼻の骨を折ることができたが、浩志の拳は〝窮奇〟の横っ面を叩いたに過ぎない。さすがに腕を自慢するだけのことはある。

「なっ！」

〝窮奇〟は飛び下がると、慌ててジャケットを脱ぎ捨てて構えた。

「来い」

今度は浩志が手招きをした。

「操《ツアオ》（くそっ）！」

〝窮奇〟は凄まじい勢いで左右のパンチを繰り出してきた。

浩志はパンチをかわし、前蹴りを出す。〝窮奇〟は巧みに蹴りを右腕で流すように払うと、逆に右の下段、上段の蹴りを連続で入れてきた。

「くっ！」

上段の蹴りを左腕でブロックした浩志は思わず顔をしかめた。左肩の傷口は塞がったというだけで、治ってはいない。重い蹴りの衝撃で激痛が走った。

〝窮奇〟の攻撃は止まらない。パンチと蹴りを織り交ぜて浩志を壁際に追いつめて行く。攻撃を避けながら浩志は後ろに下がり、左足の踵《かかと》が壁にぶつかった。

瞬間、浩志は頭を下げて前に飛び出した。〝窮奇〟のフック気味のパンチが左顎を捉える。構わず右の掌底を突き上げ、相手の鼻を砕いた。

「げっ！」

呻き声を上げた〝窮奇〟は鼻から血を流し、尻餅をついた。

交差した浩志は一回転して後ろ向きにたたらを踏み、テレビルームのバーカウンターの椅子に寄りかかるように摑まった。目の前に星が飛んでいる。避けたつもりがみごとに顎に決められた。口の中を切ったらしい。血の味がする。

「うおー」

顔面血だらけにした〝窮奇〟が、叫び声を上げながら飛びかかってきた。

浩志は咄嗟に体を捻って避けながら、相手の半月板を蹴った。鈍い音がしたので、半月板は割れたに違いない。〝窮奇〟は派手に転んでバーカウンターに激突し、椅子をなぎ倒す。浩志も勢い余って飛ばされたが、すぐに立ち上がった。

常人なら三度は気絶させるだけの打撃を与えたが、〝窮奇〟はむくりと起き上がり、床に落ちていた洋酒のボトルを逆手に持つとカウンターに叩き付けた。〝窮奇〟の両眼は血走っている。我を失っているに違いない。

「止めておけ！」

浩志は右眉を上げた。

〝窮奇〟は割れたボトルをまるでナイフのように振り回してくる。

「くっ！」

ささくれ立ったボトルが浩志の腕をかすった。シャツが裂け、痛みが走る。見る見るうちに左腕に血が滲んできた。

「死ね！」

叫び声を上げた〝窮奇〟の右手が浩志の心臓目がけて伸びる。浩志は左に避け、相手の手首を摑み、捻りながら強烈に逆に曲げた。古武道の返し技だ。

「ぐえっ！」

割れたボトルは、〝窮奇〟の首の左側に深々と突き刺さった。

浩志が突き放すと、跪いた〝窮奇〟は自らの手でボトルを首から引き抜く。同時に大量の血が首から吹き出した。頸動脈を切断したのだ。猛牛のような体力を持っていようと、この男はすぐに死ぬ。

「丁はどこだ？」

浩志は〝窮奇〟を見下ろし、冷たく言った。

「……」

〝窮奇〟は流れる血を手に取って見つめ、呆然としている。自分が負けるとは思ってもいなかったのだろう。

「丁はどこだと、聞いているんだ」

浩志は〝窮奇〟の襟首を摑んで揺すった。

「……」

〝窮奇〟はようやく気付いたらしく、ズボンのポケットから一枚のカードを取り出すと、前のめりに倒れた。

「1・0・1、……八十九」

呪文のように数字を言うと〝窮奇〟は笑い声とも呻き声ともつかない声を発し、動かなくなった。

「1・0・1……」

首を傾げながらも浩志は、〝窮奇〟の血だらけの右手に握られているカードを取り上げた。プラスチック製で、片隅に三角の印が印刷されている。洗面所でカードの血を洗い流すと、裏面に〝臺北國際金融大樓〟とSecurity Card Keyという文字が現れた。〝臺北國際金融大樓〟とは、〝台北101〟の中国語表記である。

浩志は眉間に皺を寄せた。〝台北101〟のセキュリティカードらしい。丁は浩志を待っていると〝窮奇〟は言っていた。八十九階で待ち伏せをしているに違いない。

「やれやれ」

スーツのジャケットを拾った浩志は、袖を通しながら丁の部屋を後にした。

六

自分の部屋に戻り、血に染まったシャツとスーツを脱ぎ、馴れた手つきで左腕の傷口の応急処置をする。思ったより傷は深いが、左手の指は正常に動くので筋は痛めていない。ペットボトルの水を飲むと、トレーナーとジーパンに着替え、スポーツジャケットを羽織ると部屋を出た。

午前一時三十四分、深夜だけにホテルの玄関前にタクシーは停まっていない。歩道から民權東路二段に出た。ホテルから〝台北101〟までは約七キロ、この時間なら車で十二分もあれば到着できるだろう。

十メートルほど離れた場所に停車していた車のライトが突然点灯し、急発進すると浩志の前に停まった。

「……」

グロックのグリップに手をかけた浩志は、頬を弛めた。

「どちらまで?」

運転席から無精髭を生やした辰也が顔を覗かせた。

「〝台北101〟だ」

「お客様、お乗りください」

辰也はタクシーの真似をしているらしい。

浩志は後部ドアを開けて、乗り込んだ。助手席には加藤が乗っている。

「うん？」

バックミラーにライトが映り込んだ。すぐ後ろに別の車が停まったのだ。

「後続車には宮坂と田中が乗っています」

辰也は車を発進させながらのんびりとした口調で言った。病院の警護から四人抜け、瀬川、黒川、村瀬、鮫沼、京介の五人が残っていることになる。

「どういうことだ？」

浩志は憮然《ぶぜん》とした表情で尋ねた。

「怒らないでくださいね。これでも我々は仕事をしているんですよ」

辰也は意に介さずに、わざとらしく頭を掻いてみせる。

「何？」

浩志は首を傾げた。

「美香さんが自分の警護はもう大丈夫だからと、傭兵代理店を通して我々を雇ったんです。任務は藤堂さんのサポートです。俺たちはしがない傭兵だから、仕事は選べないんですよ」

辰也は舌打ちをしながら言った。だが、言葉とは裏腹に目は笑っている。

「美香がおまえたち四人を選んだのか？」

浩志は苦笑を浮かべた。

「最初は全員を藤堂さんに付けたいと美香さんは池谷社長に要請したんですが、美香さんが安全だという保証はないと、社長がそれを断ったんです。それで、四人ならと妥協《だきょう》案を出すと、美香さんが我々を選んだというわけです。俺はサブリーダーだからはずせないと彼女に耳打ちをして、後の三人は彼女があみだくじで決めました。居残りの五人は文句を言っていましたがね」

笑いながら辰也は答えた。病院の警護がよほど退屈だったのだろう。

「サポートか」

浩志は腕組みをして唸った。ここまで一人で闘って来たのは、今回の事件は浩志が狙われたからであり、他人に災禍が広がることを避けたかったからである。それに巻き添えを食らった美香の仇敵は自分の手で始末したかった。この気持ちに変わりはない。

「分かっていますよ。俺たちは、サポートに徹しますから、存分に敵を倒してください。だけど、藤堂さんの生死にかかわるようなことになれば、俺たちは指をくわえて見ていませんからね」

辰也は真剣な表情になると、浩志をバックミラー越しに睨んだ。これまで連絡しなかったことに腹を立てているのかもしれない。

「いいだろう。だが、丁に手出しは無用だ。俺の手で始末を付ける」

浩志は溜め息交じりに言った。

「了解です。ところで、丁はあのホテルにいなかったんですか？」

辰也はちらりとバックミラーに映る浩志を見た。

「何？」

丁がホテルにいたことを知っていたのは、浩志と友恵だけである。今更だが、辰也らがホテルの外にいたのは、友恵が彼らに教えたからに違いない。

「友恵が藤堂さんには内緒で、と俺たちに教えてくれたんです。事件を早く終わらせて欲しいと発破をかけられました」

「仕方がないやつだ。丁は今日の昼近くまではいたのだろう。俺が居場所を知ったことを察知して逃げられた」

浩志はホテルであった出来事をかいつまんで教えた。

「藤堂さんでも手こずるようなやつがいたんですか。困りましたね。俺たちの武器はグロック17Cだけです。ライフルは今回ないですよ」

美香の警護をするにあたって、池谷はフィリピンの傭兵代理店から人数分のグロックと予備弾丸を仕入れたらしい。さすがに手荷物として日本から持って来るには、多過ぎるからだろう。

「もちろん藤堂さんの分もありますよ」

助手席の加藤が補足した。

「俺は19を持っている。予備のマガジンも5つあるから大丈夫だ」

浩志は襲撃してきたヤクザから奪い取ったと適当に説明を加えた。誠治との関わりは誰にも言うつもりはない。

「さすが藤堂さん。俺たちとは器が違うな」

辰也は加藤と妙なことで感心している。

「それじゃ、いつも使っている無線機だけでも受け取ってください」

辰也が言うと、加藤が膝に抱えていたバッグから無線機とブルートゥースイヤホンを出して渡してきた。彼らは、様々な道具を揃えてきたに違いない。仲間がいるというだけで安心感が湧いてくるが、油断は禁物である。

「気を引き締めて行くぞ」

浩志は頰を両手で叩き自分に言い聞かせた。

死の証人

一

台北のランドマークであり、台湾の誇りでもある〝台北１０１〟の高さは五百八メートルあり、竹をイメージした縁起が良いとされる八つの節が重なったデザインである。

施工は日本の熊谷組《くまがいぐみ》を中心にしたＪＶが行い、随所に先進的な技術が取り込まれた。中でも東芝《とうしば》エレベータ製のエレベータは、地下一階から八十九階までを時速六十キロ、たったの三十九秒で到達するというギネス記録を持っている。

また高層建築の宿命である風対策は、台風の通り道である台湾では課題であった。〝台北１０１〟では、八十七階から九十一階の中心部にＴＭＤ（チューンド・マス・ダンパー）と呼ばれるアクティブ減衰《げんすい》システムを設置し、風力によるビルの振動を四十パーセント抑えている。

午前一時四十七分、浩志らを乗せた二台の車は、〝台北１０１〟の地下二階の駐車場に到着した。ショッピングモールやレストランなどの営業時間は午後十時に終了するが、九階から八十四階は金融関連やＩＴ関連企業などのオフィスが入っているため、この時間でも照明が点いている部屋もある。もちろん駐車場の出入りは自由だ。

「敵は八十九階で待ち伏せしているのだろう。だが、何かアクションを起こせば監視カメラに撮られ、警備員に見つかる。敵はそれを防ぐために何か細工をしたはずだ」

車が停まっても浩志は、渋い表情でスマートフォンを見つめて身じろぎもしなかった。移動中スマートフォンで〝台北１０１〟について調べながら作戦を考えてきたのだが、敵の動きがまったく摑めないため具体的な作戦が浮かばないのである。

「逆に監視カメラを無視して行動をしているのかもしれませんよ」

運転席の辰也も気難しい表情で言った。無精髭に寝癖の直らない髪型はあだ名である爆弾グマに相応《ふさわ》しいが、頭の回転は速く、いつも浩志に適切な助言を出している。

「警備員やビルの職員に化けている可能性もあるな。加藤、ついて来てくれ。他の者は待機」

頷いた浩志は無線機のスイッチを入れ、ブルートゥースイヤホンを耳に押し込むと車を降りた。

加藤は無言で浩志の後ろに影のように従う。二人で数えきれないほど紛争地の偵察に出掛けている。阿吽《あうん》の呼吸であった。

浩志はエレベータホールの近くにある立ち入り禁止と書かれたドアの前に立ち、横にあるセキュリティボックスに〝窮奇〟から奪ったセキュリティカードを差し込んだ。ボックスのＬＥＤランプが点灯し、ドアが開いた。インターネットでは地下二階に警備員室があると書かれていた。

「私に行かせてください」

後ろに付いていた加藤が、前に出てきた。浩志は返事をする代わりに加藤の肩を叩く。

ドアを開けた加藤は、足早に職員用通路を進み、数メートル先にあったドアを開け、するりと侵入した。

遅れて浩志も〝警衛員室〟と書かれているドアのノブに手をかけようとすると、中からドアが開いた。

「誰もいません」

加藤は淡々と報告する。いつもながら仕事が早い。

警備員室は十畳ほどのロッカールームとその隣りに同じ広さの仮眠室があるのだが、見回りに出払っているのか無人であった。

「警備員室なのに不用心ですね」

加藤は苦笑いを浮かべながら、ロッカーをこじ開けて警備員の制服に着替えはじめた。

何も命じなくても浩志の意図をよく理解している。

「うん?」

浩志もロッカーを開けようとしたが、床に赤い点があることに気が付き、首を捻った。しゃがんで赤い点を指先で触った。ぬめりとした感触、人の血である。

「警備員は襲われてどこかに連れ去られたらしい」

「本当ですか」

着替えを終えようとしていた加藤が声を上げた。血痕は他にもあったが、ロッカールームは暗いので気が付かなかったようだ。

「おそらくな」

浩志は警備員室を出ると、無線で仲間をエレベータホールに集めた。

「敵はすでに警備員に成り済まし、このビルを手中に収めている可能性がある。八十九階に行く前に六階にある中央制御室とメンテナンスセンターを調べに行く」

中央制御室でビルのすべての監視カメラ映像が見ることができ、また隣りにあるメンテナンスセンターでは、空調やエレベータなどの電気機械設備の管理がされている。この二つが占拠されていた場合、敵に近づくこともできないのだ。

浩志は仲間を引き連れて、エレベータホールにある非常階段に入った。

〝台北101〟の八十七階から九十一階までの中心部は吹き抜けになっている。その中心に厚さ十二・五センチの鋼板を四十一層に重ねて作り出された直径五・五メートル、総重量が六百六十トンという巨大な金色に輝く球体が、四本の鋼鉄製ケーブルを束にして交差させ、四方から吊り下げられている。

さらに球体の下部には巨大な油圧ジャッキがあり、球体が揺れて油圧ジャッキが衝撃を吸収することでビルに掛かる風圧を減衰させるのだ。このＴＭＤ装置を八十八階と八十九階の中央にある見学デッキから実際に見ることができる。

見学デッキは球体に沿って丸くなっており、百四十センチほどの高さがあるガラスの壁で囲まれ、その手前に子供用なのか腰より低い位置に手すりがあった。

警備員と事務服を着た男が十二人、それにスーツを着た男が三人、合計十五人の男が手錠をかけられて手すりに繋がれている。

「もっと人質はいないのか？」

手錠をかけられた男たちを丁計劃が冷たい目で見下ろした。表情がなく、唇が極端に薄いためどことなく爬虫類を連想させる。上等なグレーのスーツを着ているが、貧相な顔には似合わない。

「失礼ですが、人質がいなくても私が藤堂を倒してみせます」

黒いスーツに身を固めた男が、上目遣いで言った。浩志に敗れた〝窮奇〟の片割れである〝檮杌〟だ。

「もし、ここに藤堂が現れたら〝窮奇〟がやられたことになるんだぞ、おまえたちじゃ役不足ということなんだ。身の程をわきまえろ。それにおまえには美意識がないのか。人質がたったの十五人では、八十九階のデッキを囲むことはできない。舞台に観客は必要だ。倍の三十人もいれば華やかになる。午前二時だが、まだこのビルに残っている者がいるはずだ。いいから探して来い」

腕時計を見て舌打ちをした丁は、大袈裟に腕を振って〝檮杌〟を下がらせた。

〝檮杌〟は渋い表情で頭を下げると、傍らに控えていた三人の女と一緒にエレベータホールに向かう。女たちは〝女豹〟と呼ばれる女工作員たちで、猫空ロープウェイで襲撃した際に浩志の反撃で三人の仲間を失っている。

「おい、作業はどうなっている！」

デッキに寄りかかった丁は大声で怒鳴ると、ジャケットのポケットから煙草を出し、せわしない手つきで火を点けて吸いはじめる。相当苛ついているらしい。

「あと、十分ほどで作業は終わります」

ＴＭＤの球体の下から警備員の制服を着た男が顔を覗かせて答えた。他にも三人の男が何か作業をしている。

「台湾を貶《おとし》め、ついでに藤堂を殺せば、幹部に復帰だ」

丁は鼻から煙を吐き出しながら、卑《いや》しく笑った。

二

浩志と四人の仲間は非常階段を六階まで駆け上がり、中央制御室の前まで来た。

全員グロックを構え、ドアの左右に分かれる。

浩志は辰也と田中の肩を叩き、次に宮坂と加藤を指差して廊下を示した。

再度辰也と田中の肩を叩くと二人は突入し、浩志が続く。

「クリア」

先に突入した二人が部屋の安全を確かめると、揃って声を上げた。リベンジャーズは半年に及ぶ訓練で、チームワークがさらに磨かれている。

浩志は廊下で見張っていた宮坂と加藤に、隣りにあるメンテナンスセンターを調べに行かせた。予想はできるが、被害状況を知る必要がある。

「ひでえなあ」

辰也がモニターや機械類が叩き毀《こわ》された室内を見て唸った。

十八畳ほどの広さがある部屋の入口と反対側の壁には機械類とともにモニターが二十台近くあり、部屋の真ん中には四台のモニターとパソコンが並べられたテーブルがある。だがすべてのモニターが破壊され、一部の機械類も分解されていた。しかも、床には血痕も残っている。ここの職員も連れ去られたようだ。

「監視映像を蓄積するハードディスクが抜き取られています。監視カメラがあってもこれじゃ、このビルは無法地帯ですね」

エンジニアで機械オタクの田中が、さっそく機器類を調べて報告した。この男ほど機械に精通している人間はいない。美香のあみだくじに当たったのは幸運である。

「ビルの監視カメラは生きているのか？」

浩志は厳しい表情で尋ねた。

「このビルには大量の監視カメラがあるので、むしろ破壊されていないでしょう。いちいち壊すよりも、制御室を破壊すれば目的は達成しますから。監視カメラからの映像は今も流れているはずですよ」

田中は破壊された機器類を確かめながら答えた。

「なんとか、八十九階の映像をみることはできないか？」

敵の様子が分かれば、作戦も立てられる。

「ノートパソコンがあれば、できますよ。監視映像を制御する装置は壊されていません。ＵＳＢケーブルでパソコンに繋げばいいんです」

田中はこともなげに答えた。実際にこの男にしてみれば、簡単なことなのだろう。

「ノートパソコンか」

浩志は部屋の中を見渡したが、モニターが付いているものはすべて破壊されている。

「ちょっと待ってください」

辰也が入口近くのロッカーの扉を叩き毀した。ロッカーは六つ並んでいる。常駐する職員の私物入れらしい。

「ありましたよ」

二つ目のロッカーにあった職員のバッグから辰也はノートパソコンを抜き出し、にやりと笑って見せた。

「いいねえ」

満面の笑みを浮かべた田中は、中央のテーブルにノートパソコンを載せて起動させ、鼻歌まじりに近くにある機器とUSBケーブルで繋いだ。

——こちら針の穴、リベンジャー応答願います。

宮坂からの連絡である。

「リベンジャーだ」

——メンテナンスセンターは破壊を免れたようですが、職員が連れ去られた形跡があります。

警備員や職員が邪魔ならば、その場で殺されるか、縛って身動きが取れない状態にすればいい。あえて連れ去ったのなら、人質になっている可能性もある。

「二人は、メンテナンスセンターにて待機」

——了解しました。

メンテナンスセンターにはエレベータの運行状況を管理する機器が、中央制御室とは別にあった。メンテナンスセンターを管理下に置けば、敵に察知されずにエレベータを使うことができるはずだ。

「藤堂さん！」

機器を調節しながら映像を映し出した田中は、声を裏返らせた。

「どうした？」

浩志は田中の後ろから覗き込んだ。画面の中央には巨大なＴＭＤの球体があり、その手前にあるデッキの手すりに手錠で繋がれた無数の人が映り込んでいる。

「やはり人質を取っていたか。別のカメラの映像を映してくれ」

浩志は眉間に皺を寄せて、首を振った。

「了解しました」

田中はノートパソコンの画面を次々と切り替える。

「敵は五人？　人質は二十一人か。おかしい、敵はもっといるはずだ。他の階の映像も見せてくれ」

舌打ちをした浩志は、画面にかじりついた。警備員を残らず拘束したのなら、少人数でも腕が立つかあるいは大勢敵がいるに違いない。

「お待ちください。……なっ、もしかして、……ばっ、馬鹿な」

下の階の映像に切り替えた田中は、別のアングルの映像に次々と切り替えて叫んだ。

「どうした?」

浩志は田中の肩を掴んだ。

「いたるところに作業員がいます。こいつら、プラスチック爆弾を仕掛けていますよ」

田中は頭を抱え、啞然としている。

「なんだと! 人質を爆弾でまとめて殺すつもりか」

浩志は口調を荒げ、田中の胸ぐらを掴んだ。

「違います。このビルを破壊しようとしているんですよ。爆弾はTMDを支える八十七階の床、それに球体を吊るしてある鋼鉄製ケーブルの基幹部にも仕掛けているようです。すべてが爆発したら、破壊された八十七階の床をケーブルが切断された六百六十トンの球体が突き破ります。強化されている場所もありますが、確か各フロアの積載基準は毎平方メートルあたり四百キロだったはず、爆弾の衝撃が加わった球体は、下の三、四フロアを軽く突き抜けるでしょう」

田中は何かに取り憑かれたように説明をした。

「上からフロアの破壊が続き、ビルが倒壊する可能性は？」

「解析をしないと分かりませんが、ビルの上部は完全に使い物にならなくなり、風圧に耐えられなくなるでしょう。台風の直撃でビルは倒壊する可能性もあります。たとえ倒壊を免れたにせよ、世界一高い廃墟になることは間違いありません」

田中の口が震えている。頭の中でシミュレーションした結果に驚愕しているようだ。

「ビルを取り壊さない限り、周辺地域は危険地帯になります。台湾経済に大打撃を与えることは間違いない。なんて卑怯《ひきょう》な手を使うんだ」

傍らで聞いていた辰也が、拳で壁を叩いた。

手段を選ばない丁ならやりかねない。台湾経済をどん底に落とし、中国資本を受け入れるように仕向けるのだ。中国は〝サービス貿易協定〟など使わなくても、労せずして台湾を完全に支配下に置くことができるだろう。

「そうはさせるか」

浩志は拳を握りしめた。

三

九十一階の天井にある換気ダクトを加藤が匍匐《ほふく》前進している。リベンジャーズの中では小柄なだけになんとか狭い空間を移動できた。

二十五メートルほど移動した加藤は、換気口から外を覗く。

八十センチほど下にＴＭＤ装置の球体を吊るしている鋼鉄製ケーブルを固定する基幹部があった。九十一階の床からは三メートル以上離れた位置にあり、丁の手下は鉄骨の柱にあるメンテナンス用の階段を伝って四カ所の基幹部にプラスチック爆弾を仕掛けている。作業を終えた四人の男たちはフロアの要所で見張りに立っていた。また八十七階のＴＭＤ装置の下部に爆弾を設置した四人の男たちもその場に残っていることは、監視カメラの映像で確認している。

「当たりだ」

爆弾を確認した加藤は、換気口の隙間にドライバーを差し込んで押し広げ、大きくなった隙間に小型のフランジスプレッダーを差し込んだ。僅かな隙間に差し込み、油圧で隙間を広げる器具である。メンテナンスセンターは設備機器の管理だけでなく、実際にメンテナンスもするためあらゆる工具が揃っていた。強力な武器を手に入れたようなものである。

加藤がフランジスプレッダーのハンドルを音が出ないようにゆっくりと回すと、換気口のフレームは次第に歪んで隙間が広がり、最後に僅かな音を立てて留め金は壊れた。

「……！」

慌てて加藤は開いた換気口を手前に引いた。

「何か音がしなかったか？」

離れた場所から男の声がする。

「ダンパーが揺れて、ワイヤーが軋んだんだろう」

別の男の声が聞こえてきた。

しばらくして加藤は換気口を開けて小さな手鏡を出し、外の様子を窺った。十数メートル離れた場所に男が一人いるが、他に人影は見当たらない。

加藤は換気口を開けて身を乗り出し、逆さまの状態で鋼鉄製ケーブルの基幹部に仕掛けてある爆弾を取り外した。そしてアクロバティックな体勢から腹筋と太腿の筋肉を使って、加藤は換気ダクトに戻る。

大きく息を吐き出した加藤は額の汗を手の甲で拭い、爆弾を抱えて換気ダクトを逆に進み出した。僅か五分ほどの作業で終わらせている。

「帰って来たな」

換気ダクトを覗いていた辰也は、安堵の溜め息を漏らした。彼がいる場所は各フロアに張り巡らされた換気ダクトと繋がっている巨大な換気トンネルのメンテナンス用の梯子《はしご》である。

「お疲れ」

辰也は加藤の足を引っぱって換気ダクトから出した。加藤は作業するために警備員の制服からつなぎの作業着に着替えているが、埃で全身真っ黒になっている。

「ありがとうございます」

メンテナンス用の梯子に足をかけた加藤は、手に持っていた爆弾を辰也に渡した。

「なるほど、そういうことか」

爆弾を調べた辰也は、プラスチック爆薬から起爆装置を無造作に引き抜く。伊達《だて》に爆弾グマのあだ名は持っていない。爆弾の解除なら辰也は世界屈指の腕がある。

「えっ、大丈夫ですか」

驚いた加藤が梯子から足を踏み外しそうになり、慌てて梯子の枠に摑まった。命綱もしていないので、落ちたら数十メートル下に叩き付けられる。

「起爆装置には何のトラップもない。爆弾が見つかるとは思っていないのだろう。無線でタイマーがセットされる仕組みになっている。問題はＣ４の量が半端じゃないことだ。すべてを無効にしないと大変だぞ」

Ｃ４とは米軍が開発し、世界中に広まった高性能プラスチック爆薬の一種である。辰也は解除した爆弾を担いでいたショルダーバッグに入れると、梯子を上りはじめた。

浩志は〝台北１０１〟の構造を把握すべく、友恵にビルの設計図を手に入れるように頼んだ。彼女はすぐさま建設に関係した会社のサーバーをハッキングしてダウンロードしている。設計図をもとに浩志は作戦を立てたのだ。

「了解、ご苦労さん。二人は九十二階で待機せよ」

中央制御室でノートパソコンのモニターを見ていた浩志は、爆弾を解除した辰也からの無線連絡に答えた。監視カメラの映像で敵の様子を窺っていたのだ。

「どうでしたか？」

心配げな顔で田中が見ている。

「爆弾そのものの構造は、簡単らしい。起爆装置はすぐに解除できるようだ。だが、Ｃ４が五百グラム近く使われているため、一つ残らず回収しないといけない」

浩志は渋い表情で答えた。

「五百グラム！　監視カメラで見る限り、少なくとも十カ所は設置されています。爆発すれば八十七階を中心にビルは崩れ、上部の重みに耐えられなくなった〝台北１０１〟は雪崩的に一階どころか地下まで一気に崩れる可能性があります。何てことだ！」

田中は悲鳴を上げた。彼でなくとも爆薬の威力は想像できる量なのだ。

ポケットからスマートフォンを出した浩志は池谷に電話をかけた。もはや考える余地はない。

「緊急事態だ。リベンジャーズを全員招集する」

浩志は挨拶も抜きで池谷に伝えた。護衛のために病院には瀬川、黒川、村瀬、鮫沼、京介の五人が残っているのだ。

――何があったか知りませんが、美香さんの護衛がなくなります。

池谷は当然のごとく反対した。

「彼女に替わってくれ、急げ！」

浩志は口調を強めた。

――わっ、分かりました。

池谷の足音がスマートフォンのスピーカーから聞こえる。美香の病室に向かっているのだろう。

――私よ、どうしたの？

待つこともなく美香が電話に出た。

「リベンジャーズを全員招集した。池谷から銃を借りて敵に備えてくれ」

――気をつけてね。ちょっと、待って、会ってから言おうと思っていたけど……。

美香の態度はさっぱりとしていた。いつでも自分の身は自分で守る、という覚悟があるのだろう。だが、なぜか途中で声が小さくなった。

「うん、……なっ、なにっ……考えておく。……うっ、うむ……わっ、分かった」

右眉を大きく上げた浩志が、珍しくうろたえている。

「どうしましたか？」

電話を終えた浩志を、傍らに立っていた田中が気遣った。

「なんでもない。……そうだ」

大きな溜め息をついた浩志は、スマートフォンを見つめると誰もいない廊下に出て再び電話をかけた。コール音が続く。午前二時二十六分、誰しも眠る時間だ。

——……何か、あったのか？

六コールで誠治が電話口に出た。寝起きとしても、声に覇気がない。相当疲れていたらしい。

「台北に戻ったのか？」

——そうだ。

「緊急事態が発生した。リベンジャーズを招集するため、美香の護衛がいなくなる。後を頼む」

必要なことだけ伝えた。それ以上の説明は不要だ。

——分かった。

誠治は何も聞かずに答えた。

四

午前二時四十二分、浩志は一人でエレベータに乗り、八十九階のボタンを押した。

八十九階には屋外展望台があり、外に出て台北の街を一望することができ、室内では世界最大級のウィンドダンパーであるＴＭＤを見学用デッキから見られるとあって、平日から人気のあるフロアである。

ドアが閉じてから僅か三十数秒で八十九階に到着する。浩志はズボンの後ろに差し込んでいた二丁のグロックを両手で同時に抜いた。右手にグロック19、左手には新しく傭兵代理店が用意した17Ｃである。

エレベータが停止し、ドアが開いた。正面に客を迎える赤く丸い頭をした一つ目のマスコット人形が置かれている。通路をビルの中心部に向かって進めばＴＭＤの見学用デッキがあるフロアに出られる。

グロックを構えた浩志は、エレベータから油断なくフロアに足を踏み入れた。

「むっ！」

マスコット人形とその背後の壁の陰から突然三人の女が飛び出してきた。手には銃。

咄嗟にしゃがんで二丁のグロックを同時に連射した。

頭上で銃弾が飛び交う。

グロック19でマスコット人形から出て来た二人の女の右胸を撃ち、左手の17Cで壁の後ろから現れた女の右肩を撃ち抜いた。

胸を撃たれた二人の女は仰向けになって昏倒している。肩を負傷した女は、片膝をついて浩志を睨みつけてきた。女たちは指南宮ですれ違った六人組の内の三人で、顔に見覚えがある。

すばやく近づいた浩志は、肩を負傷した女の腕をグロックで打ちつけて銃を叩き落とした。三人ともいい腕をしていたが、うごく標的を的確に捉える浩志の腕には遠く及ばない。

「丁のところに案内しろ」

浩志が女の顎の下に銃を突き付けると、女は顔を背けた。腕はともかく工作員として意地はあるらしい。

「その必要はない」

奥の見学用フロアからグレーのスーツを着た目付きの悪い中年男が、黒いスーツを着た男をともなって現れた。中年の男は、馬用林から渡された三枚の写真でいずれも中央に写っていた丁計劃である。傍らの体格のいい男は〝檮杌〟のコードネームを持つ手下だろう。

浩志は銃を向けていた女の鳩尾を膝で蹴り上げて気絶させ、床に転がした。

「一人でのこのこと現れるとは、よほど死にたいらしいな」

丁は倒された女を冷ややかな目で見ると、薄い唇を歪めて笑った。生理的にこの男の人相を受け付けないのか、実に不快な気分になる。丁が右手を軽く上げると、別の通路から銃を構えた四人の男が現れ、浩志に銃口を向けた。

「一人で来たのは、おまえを抹殺するのが俺の使命だからだ。死ぬ前に時限爆弾を仕掛けた場所を白状してもらおうか」

敵が増えても浩志は顔色を変えることなく、左右の銃を新手の男たちに向ける。この手の状況は織り込み済みだ。

「むっ、爆弾のことをどうして知っているのだ？」

丁の眉間に皺が寄った。

「図星のようだな。おまえの考えていることは俺には分かる。このビルを破壊すれば、台湾経済は失速するからだ。そもそも、おれを誘《おび》き出すのにこんな街の中心ではなく、人目の付かない場所を選ぶはずだからな」

監視カメラのことは言うつもりはない。手のうちは隠しておくのだ。

「おそろしく頭の切れるやつだな。組織もおまえに関わることを禁止するはずだ。誰が爆弾の設置場所などおまえに教えるものか。馬鹿馬鹿しい」

丁は苦々しい表情で言った。別段とりわけ汚い言葉を使っているわけではないが、虫酸《むしず》が走る。〝窮奇〟のような部下にさえ嫌われるのも分かるというものだ。

「この男の始末は私にさせてください」

無言で従っていた〝檮杌〟が前に出た。歩き方に隙がない。身長は一七八センチほどで浩志と大差ないが、胴が太く、体重も二十キロ近く違いそうだ。

「余興もいいだろう。だが、おまえが負ければ、容赦なくこの男と一緒に撃ち殺してやる。それでもいいか！」

丁が吐き捨てるように言うと、浩志は眉を吊り上げた。初対面の男にこれほど憎悪を覚えることも珍しい。

「ご随意に」

振り向きもせずに〝檮杌〟は答え、浩志の前に立った。武器は携帯していないようだ。

「勝手にしろ！」

丁は四人の部下に銃を下ろすように手で合図をした。不機嫌そうな素振りを見せても目は笑っている。死闘を間近で見られることを喜んでいるに違いない。

「藤堂、おまえがここにいるということは、〝窮奇〟は死んだのか？」

〝檮杌〟はじりじりと間合いを詰めながら尋ねてきた。

「俺と闘って、死んだ」

あえて最後に汚い手を使ってきたことを口にするつもりはない。少なくとも最初は素手で闘おうとした男への餞《はなむけ》だ。浩志は左手に持っているグロックを足下に置き、右手のグロックをズボンの後ろに差し込んだ。さすがに二丁も差し込んで闘えるものではない。

「〝窮奇〟は友だった。弔《とむら》いをさせてもらう」

短く息を吐いた〝檮杌〟は、いきなり右パンチを出してきた。スピードはあるが、わざと顔面を避けたようだ。浩志は首を傾げつつも、パンチを避けると、〝檮杌〟が組み付いてきた。素早い動きである。

「起爆スイッチは、丁のジャケットの右ポケットだ。俺に勝てたら奪うがいい」

小声でそう言うと、〝檮杌〟は浩志を突き放した。〝窮奇〟は不本意ながら丁の手下になったと言っていたが、この男も同じようだ。

浩志は負傷している左肩をかばうべく、右足を前に出して自然体に構えた。

〝檮杌〟がいきなり間合いを詰め、左右のパンチを連打し、左の前蹴りを放った。攻撃が速い。パンチは避けたが、前蹴りはガードを崩されて腹に決められた。

「そこだ。手加減するな」

渋い表情で見ていた丁が、手を叩いて喜んでいる。

「いくぞ！」

舌打ちをした〝檮杌〟は、上段、中段のパンチの連打をしてきた。カンフー独特の威力はないがスピードはあるパンチだ。連打されれば、それなりに効いてくる。浩志は中段のパンチをガードもせずに胸で受け止め、縦拳を至近距離から〝檮杌〟の顔面に当てた。パンという破裂音とともに〝檮杌〟は、顔から血を吹き出した。古武道の縦拳は腕の力だけではなく体重も瞬時に載せるために、至近距離でも威力はある。

「ぐっ！」

〝檮杌〟は後ろに一瞬よろけた。だが、頭を振って上段に構えると、床を蹴って勢いよく右パンチを出してくる。

浩志はパンチを左腕で払った。

「しまった！」

払った左手を〝檮杌〟に握られて体と逆方向に投げられた。パンチはフェイントだったのだ。床に叩き付けられた浩志は、すかさず両足を回転させながら体の向きを変え、片膝をついた状態から体をバネのように伸ばして〝檮杌〟の鳩尾に蹴りを入れて立ち上がった。

よろけた〝檮杌〟に、浩志は反撃の手を緩めずパンチと蹴りを繰り出す。〝檮杌〟の攻撃で体力が急速に失われつつある。早くけりをつけなければ、負けるのだ。

凄まじい浩志の攻撃に〝檮杌〟は防戦となり、組み付いてきた。攻撃を封じて一瞬でも休もうとしているのだ。

銃声が響く。

「もういい！」

いつの間にか丁が銃を握っている。手下のハンドガンを取り上げたらしい。

〝檮杌〟ががくりと抱きついてきた。背中を撃たれたのだ。

「こいつらを撃て！」

手下にハンドガンを投げ返すと、丁がヒステリックに叫んだ。

五

無数の銃弾が飛んでくる。

〝檮杌〟を抱きかかえている浩志は、グロック19で撃ち返しながら猛然とエレベータホールまで下がった。だが、〝檮杌〟の体が邪魔でうまく撃てない。とはいえ、障害物がない場所だけに〝檮杌〟を離せば、蜂の巣にされる。丁はそれを計算に入れて腹心の部下を背後から撃ったのだ。

丁の四人の部下は容赦なく銃撃してきた。だが、近接戦は誰しも嫌う。男たちは下がった浩志を追わずに通路から出ることなく撃っていた。いつでも隠れるようにしているのだろう。丁は流れ弾を恐れて、別の通路に隠れている。自分は銃撃に加わらないつもりらしい。

盾となった〝檮杌〟はぐったりとしている。すでに十発近く銃弾を浴びているはずだ。九十キロ近く体重はあるのだろう。抱きかかえている左手が痺れてきた。しかも左肩の傷は痛みを通り越し、感覚すらなくなっている。

「藤堂、頼む。……丁を……殺してくれ」

〝檮杌〟は浩志の耳元で声を振り絞るように言うと、自分の力で立ち浩志の両肩を摑んで見つめてきた。驚異的な精神力と体力が成せる技だろう。

「分かった」

浩志が返事をすると、〝檮杌〟の頭はがくりと垂れた。

「むっ！」

グロック19の銃弾が切れた。

浩志はグロックのマガジンキャッチを親指で押してマガジンを床に落とすと、〝檮杌〟の体を持ち上げながら前に押し出した。

すでに意識のない〝檮杌〟は、敵の容赦ない銃弾を浴びながらも両手を広げてゆっくりと背中から倒れはじめる。

浩志はすばやくポケットから新しいマガジンを出して銃に込め、スライドを引いて初弾を装塡する。

スローモーションのように仰向けに倒れて行く〝檮杌〟の体を利用し、浩志は銃撃を開始した。

最初の三発で三人の手下の脳天を撃ち抜く。

「うっ！」

敵の弾が左太腿に当たる。浩志は右に大きく飛び跳ね、空中で四人目の男の心臓に三発の銃弾を浴びせた。

「くっ」

立ち上がった浩志は足を引きずりながらも前に進んだ。

銃声が止んだために通路から丁が顔を覗かせた。勝利を確信していたのだろう。

「げっ！」

妙な叫び声を上げた丁は血相を変えて、見学用デッキがあるフロアに向かって走りはじめた。

浩志は咄嗟に銃口を向けるが、舌打ちをすると銃を下ろして走った。丁を撃って誤って起爆装置が起動する可能性もある。それに武器を持っていない男を背中から撃つのは、好みではない。

「来るな！」

息を切らした丁は左のポケットから何かを握り締めて高々と上げると、近くの壁にもたれ掛かった。体力が続かず逃げられないと観念したのだろう。

「何?」

五メートルほどに迫った浩志は、立ち止まった。丁の左手に握られているのは、小さなアンテナが付いた携帯電話に見える。

「これが何か分かるか! 外見は携帯電話だが、リモコンの起爆スイッチだ。ボタンを押せば、三十秒後に仕掛けたすべての爆弾は爆発する。どこにも逃げられないぞ」

丁は携帯電話を右手に持ち替えると、唇を歪めてにやりと笑った。形勢が逆転したとでもいうのか、余裕の表情だ。

「死ぬ気か?」

訝しげな目をした浩志は、首を傾げた。

一分以上あればエレベータで安全圏まで逃げられるが、三十秒というのなら逃げようがない。だが、時限装置は少なくとも安全圏に逃げるためのものである。また逃げる必要のない場所から遠隔操作できるのなら、時限装置は必要ない。そういう意味で、リモコンで起爆させる三十秒の時限爆弾というのは中途半端なのだ。

「取引しよう。私を逃がしてくれたら、ボタンを押さずにこの起爆スイッチはおまえに渡す」

丁は左手で手招きをしてみせた。まるで子供を相手にしているような態度である。

「俺が起爆スイッチを受け取っても、おまえを殺さないという保証はないぞ」

浩志は銃を構えたまま首を振った。

「おまえは約束を守る男だ。そんな下衆《げす》な真似はしない。それに、私を逃がしてくれたら、もう二度とおまえと彼女のことは狙わないと約束しよう。私だけではない。組織にも改めて要請する。おまえたちは堂々と世界中に旅行に出掛けられるぞ」

「むっ」

自分のことならともかく、美香のことを言われると考え込んでしまう。

「どうだ。お互い損はない。いい取引だとは思わないかね。渡すからこっちに来たまえ」

丁の顔から笑みが消えた。感情がまったく読めない。ポーカーで言えばステイをしたということか。

浩志は魅入《みい》られたように丁に向かって歩きはじめる。

「そうだ。それでいい」

丁もゆっくりと近づいて来た。

距離は三メートルほどに縮まる。

浩志は改めて丁の右手にある携帯電話を見た。

〈起爆スイッチは、丁のジャケットの右ポケット〉

突然〝檮杌〟の言葉を思い出した。

丁は携帯電話をジャケットの左ポケットから出したはずだ。浩志に起爆装置だと偽って渡すつもりか。それなら、拘束して本物かどうか調べればすぐ分かることだ。だとすれば。

浩志は瞬間右に飛んだ。同時に携帯電話のアンテナが火を噴き、銃弾が飛び出した。

「何、くそっ！」

丁は携帯電話を浩志に向けた。

パン、パン！　乾いた銃声。

浩志の反撃で額に二発の銃弾を食らった丁は、白目を剝いて崩れた。

丁の持っていたのは、22口径の携帯電話型の銃である。

猫空ロープウェイで襲われた際、浩志が反撃して倒した三人の女のうちの一人の頭部から22口径の銃弾が発見された。丁は負傷して足手まといになった女を携帯電話型の22口径銃で殺害したのだろう。

「ふう」

大きな息を吐くと、浩志は丁のジャケットの右ポケットを探った。

「ふん」

思わず浩志は鼻先で笑う。

案の定アンテナが付いた五センチ四方の起爆装置が出てきたのだ。だが〝檮杌〟から聞いていなければ、携帯電話型小型銃で撃ち殺されていたかもしれない。

浩志は耳に入れてあるブルートゥースイヤホンのスイッチをタップした。

「こちらリベンジャー、爆弾グマ、応答せよ」

――爆弾グマです。九十一階を制圧し、四人の男を確保しました。また、九十一階の爆弾はすべて解除してあります。念のため捕虜《ほりよ》を尋問《じんもん》し、爆弾の位置を再確認します。

辰也の弾んだ声が聞こえてきた。

「リベンジャーだ。コマンド1、応答せよ」

続いて瀬川に連絡をする。病院から仲間が応援に駆けつけたところで、浩志は八十九階にやって来たのだ。

――こちらコマンド1。八十七階の爆弾はすべて解除しました。

仲間は辰也と瀬川がそれぞれリーダーとなり、二チームで行動している。にもかかわらず浩志が一人で丁に会いに来たのは、誰にも手出しをされたくなかったこともあるが、敵の注意を引きつけ、仲間に爆弾を解除させるためでもあった。

「爆弾グマ、コマンド1、手分けして他の階も確認。俺は人質を解放する」

――了解です。

――了解しました。

間髪を入れずに二人から返答があった。

「よし」

浩志はグロックをズボンの後ろに差し込んだ。

六

午前二時五十六分、人質を解放すべく浩志は足を引きずりながらも廊下を進んだ。

背後から電子音が聞こえて来る。

「うん？」

振り返って耳を澄ますと、丁のジャケットから聞こえてくるようだ。

浩志は引き返して丁のジャケットを調べ、内側のポケットから電子音が鳴り止まないスマートフォンを取り出した。画面には非通知の電話番号からのコールと表示されている。

スマートフォンの通話ボタンをタップし、耳に当てた。

——どうやら、丁を始末したようだな。

「なに？」

馬用林の声である。

——丁の持ち物には、盗聴マイクを仕掛けておいた。だから、その男の行動はすべてモニターしていたのだ。最後に聞こえた二発の銃声で、あの男は死んだのだろう？

「そうだ。期せずして、おまえの希望通りになった」

――そのようだ。丁の陰謀を未然に阻止《そし》できて、私も胸を撫で下ろしている。

「白々しいことを言うな。おまえもレッドドラゴンの一員だ。きれいごとを言うな」

浩志は眉間に皺を寄せた。結局は馬用林に利用されたのだ。

――耳が痛いね。今回のことで直接礼がしたい。実は地下三階の駐車場に私は、一人で来ている。すまないが、君も一人で来てくれないか。

「おまえが、八十九階まで来い」

馬用林はこれまでは紳士的な態度をして来たが、これからもそうとは限らない。

――それはできない。なぜなら私の存在は誰にも知られてはならないからだ。組織の秘密をぜひ君に知ってもらいたい。だからこそ、一対一で話をしたいのだ。

「嘘なら、殺す。覚悟はあるか？」

浩志は低い声で言った。

――構わんよ。好きにしてくれ。

馬用林の笑い声が聞こえる。

「待っていろ」

浩志は渋々返事をした。

――北側に停めてある黒いバンだ。

電話は唐突に切れた。

浩志はマスコット人形があるエレベータホールまで戻り、エレベータに乗った。エレベータの上りのスピードは、分速千十メートル、時速約六十キロだが、下りのスピードは分速六百メートルで、五階まで四十五秒かかる。浩志はグロックのマガジンを交換し、初弾を込めるとズボンに差し込んだ。五階で駐車場用エレベータに乗り換えた。

地下三階でエレベータを降りて北側を目指す。巨大な駐車場だが、深夜だけに停められている車は少ない。黒いバンはすぐ見つかった。

運転席に人はいない。後部座席は窓に目隠しのフィルムが貼ってある。浩志がグロックを抜くと、後部ドアが開いた。

中は広々としており、シートがテーブルを挟んで向かい合わせになっている。

「疲れているだろう。コーヒーを飲んで行かないか」

ハイネックのセーターにジャケットを着た馬用林が、手招きをした。右手には武器ではなく、ポットを持っている。

浩志は他に人がいないことを確認すると、馬の向かいに座りドアを閉めた。銃はすぐに抜けるように膝の上に載せる。

「わざわざすまなかった」

馬は二つの紙コップにコーヒーを並々と注ぐと、先にコーヒーを飲んでみせた。毒が入ってないと暗に言いたいのだろう。

「急いでいる。話とはなんだ」

浩志はコーヒーには手をつけずに尋ねた。

「まずは、信頼してもらうために私の本名を教えよう」

「本名？」

浩志は首を捻った。目の前の男は、明らかに西洋人の風貌《ふうぼう》をしており、馬用林というのは中国名だと分かっている。

「私の名は、トレバー・ウェインライト、サウスロップ・グランド社の社員だった」

どこかで聞いた名前である。サウスロップ・グランド社とは米国の軍需会社だ。

「ウェインライト……？　トレバー・ウェインライトだと！　馬鹿な。ＣＩＡが十年前に保護プログラムで台湾に匿ったが、五年前に殺害されたと聞いている」

浩志は両眼を見開いた。ウェインライトに関しては、啓吾と誠治の二人から話を聞いている。

「やはり、知っていたか。さすがだな。死んだのは私の替え玉だ。監視役の呉が殺された直後に、私に似たアメリカ人を金で雇って高雄に向かわせたのだ。案の定、殺されたよ」

ウェインライトは右頬をぴくりと動かし、苦笑してみせた。

「まんまとＣＩＡも騙したということか」

浩志は小さく頷いた。

「私は米国政府が絡む数々の陰謀を知ってしまった。それを察知したＣＩＡの副長官が私の利用価値を推し量《おはか》り、密かに保護しようとしたのだ。後に私を使って政府要人を恐喝しようとしたのだろう。私は五年も台湾で幽閉生活を送ることになった」

「陰謀とは何だ？」

「9・11同時多発テロが、米国の自作の陰謀だったことだ。私はあの陰謀に自社が絡んでいることを突き止めてしまったのだ。そのため、過去のデータを洗い直すと、さまざまな米国企業や資本家が絡んでいることが分かった。そして、世界を裏側から動かしている米国の闇の組織があることを突き止めたのだ」

ウェインライトの顔が紅潮してきた。

「闇の組織？」

9・11同時多発テロが、陰謀であることは浩志も聞いている。だが、それは時の大統領であるブッシュが指導していると思っていたのだ。

「いろいろなコードネームがあるらしく名前は定かではない。私が知っているのは、アメリカン・リバティというふざけた名前だ。だが、名前とは裏腹にこの組織は世界中で紛争を起こし、米国に利益をもたらせている。現在の中東における紛争も彼らの仕業だ」

「待て、俺の知る限り、中国やロシアも紛争を煽っているぞ」

シリアの紛争地で浩志は、中国やロシアの影を見ている。

「プーチンはウクライナ問題で圧倒的なプレゼンスを見せたが、現在は米国と中国の闇の組織が世界を動かしている。だが、十年前は米国の一強だった。私はこのままでは駄目だと思い、中国の闇組織に打診《だしん》し、米国を裏切ることにしたのだ。毒は毒を以《もっ》て封じる。それしか私自身の生きる道もなかった」

ウェインライトは悲しげな目で言った。彼の世話役として付けられていた呉恵民は、ウェインライトの監視役を務めていた。そのため、中国の組織と共謀して彼を殺害し、組織が用意した替え玉とすり替わってウェインライトは台湾を脱出したらしい。

「自分の痕跡を消すために、わざと替え玉を敵の組織に殺させたのか？」

「レッドドラゴンが呉を殺し、替え玉はアメリカン・リバティに密かに殺された。それで丸く収まった。知らないのはＣＩＡだけだ」

ウェインライトは乾いた笑いをした。

「ＣＩＡが十年ぶりにおまえを保護しようとしていた。俺はその仕事に巻き込まれた。偶然なのか？」

浩志は世の中に偶然はないと思っている。

「ＣＩＡのアジア局で副局長をしている片倉誠治とは、十年前に関わっている。彼はアメリカン・リバティの存在に気が付いているようだ。私から詳しく聞きたかったのだろう。

だが、局長はアメリカン・リバティ側の人間のようだ。今回、局長の使命を帯びて台湾に来た女は、アメリカン・リバティとの二重スパイだった。私は彼女が私を殺害するために派遣されたことを察知し、台湾で待ち構えていたのだ。そうしたら、君が恋人と一緒にいるところを私の部下が発見した。偶然と言えなくもない」

ウェインライトはジャズバーで見たと言っていたが、嘘だったらしい。

「女は殺されていたぞ」

浩志は高雄のホテルで直接彼女の死体を見ている。

「彼女は有能だったが、下っ端に過ぎない。私がアメリカン・リバティの幹部の振りをして二度ほど会ったが、怪しむ様子はなかった。もっとも整形したので分からないのも無理ないが、二度目に会った際に私は彼女を殺したのだ」

ウェインライトは、低い声で笑った。

「どうして、俺にそんな秘密を漏らすのだ?」

「君が片倉誠治と密会したのを知っているからだ。彼から何と言われたか知らないが、正しい道を歩んで欲しい」

「おまえが俺にいうことか」

浩志は鼻から息を漏らした。こういうのを盗人猛々《ぬすっとたけだけ》しいという。

「語弊《ごへい》があるのなら、君の敵はレッドドラゴンだけじゃない。アメリカン・リバティも同じく敵だということだ。むしろアメリカン・リバティの方が危険な存在かもしれない」

ウェインライトは身を乗り出して言った。

「俺はこれからも正しいと信じるもののために闘う」

それだけのことだ。

「いいだろう。もし有力な情報があれば、これからも君に進呈しよう。これは私とだけ通話可能なグローバル携帯だ。分解して調べてもらってもいい。ＧＰＳ機能はないから安心してくれ」

ウェインライトは、テーブルの上に携帯電話を置いた。

「俺を利用しないことだ」

浩志は席を立った。

「必要とあらば、私を殺しても構わない。私は私なりに世界を破滅から救おうと思っている。死ぬ覚悟はある」

鋭い目付きになったウェインライトは、携帯電話を浩志に押し付けてきた。

「その言葉を忘れるなよ」

浩志は携帯電話を受け取り、車を降りた。

マルタ共和国

地中海のシチリア島にほど近い東京二十三区の半分ほどの大きさであるマルタ島は、首都を港街であるバレッタに置くれっきとした共和国国家である。

歴史は古く一五三〇年に聖ヨハネ騎士団、のちのマルタ騎士団の所領となりその礎《いしずえ》を築いた。決して豊かな国とは言えないが、中世の趣がしっかりと残された美しい街並は観光客を魅了し、ユネスコの世界遺産リストに登録された文化遺産もある。

マルタには大小の教会が三百以上あり、中でもマルタ騎士団によって建てられた聖ヨハネ准司教座聖堂の巨大な聖堂内部の重厚さは有名だ。

またマルタ島の北西六キロに共和国の主要島の一つであるゴゾ島があり、起伏に富んだ地形は観光地化が進むマルタと違い鄙《ひな》びた風情がある。

二〇一五年四月十七日、好天に恵まれたゴゾ島は、午後一時に気温は二十二度まで上がり、日差しが強いため汗ばむ陽気になった。

ジーパンに白い麻のジャケットを着た浩志は、丘の上に建つ教会の石段の上に立っている。傍らには厳めしい顔をしたワットの姿もあった。二人は額にうっすらと汗をかいて、辺りを窺っている。

教会の下は石畳の広場になっているが、車が三台やっと停められるという広さだ。

「敵はまだ現れないのか」

ワットが階段の下に続く石畳の坂道を見て唸るように言った。

――爆弾グマ、リベンジャーどうぞ。こちらは、異常ありません。敵の姿はまだ確認できていません。

辰也からの無線連絡が、耳に隠すように入れてある超小型ブルートゥースイヤホンから聞こえてくる。

――こちらコマンド1、異常なし。どうなっているのですか。

瀬川が珍しく焦りをみせている。

教会までは幅が三メートルもない狭い石畳の坂がだらだらと続き、その両側には石造りの古い家が並んでいる。辰也らは民家の屋根に上り、周囲を警戒していた。坂道は曲がりくねっているため、教会からは坂の下まで見ることはできない。

――針の穴です、異常はありません。ターゲットは現れず。

――こちら、クレイジーモンキー。待ちくたびれました。勘弁してくださいよ。

――こちら、トレーサーマンです。敵の姿確認できず。どうぞ。

仲間たちから次々と無線連絡が入る。

「リベンジャーだ。全員に告ぐ。うるさい、報告はいい!」

浩志は堪らず怒鳴った。

「落ち着け、浩志。こっちは、無敵のリベンジャーズが一人残らず揃っている」

ワットはにやりとする。

「そういう問題じゃないだろう」

浩志は眉間に皺を寄せた。

「台湾では、それで随分と危ない目に遭ったそうじゃないか。世界屈指の傭兵だからと言って、単独行動は慎むべきだ」

ワットはわざとらしく口をへの字に曲げて首を横に振った。

「何を馬鹿な」

浩志は苦笑を漏らした。

――こちら爆弾グマ、敵を発見。坂の下から車が二台入ってきました。

「来たようだな。俺は身を隠す。グッド、ラック」

教会の入口にある石柱の陰にワットはすばやく隠れる。

浩志はちらりとワットを見て舌打ちをすると、拳を握りしめて教会下の広場に視線を移した。

待つこともなく坂道を抜けて広場に二台の車が停車し、一斉にドアが開く。

先頭の車の後部座席からスーツ姿の啓吾が降りて来ると、反対側のドアを開ける。すると、純白のドレスを着た美香が降りて来た。

啓吾は美香をエスコートし、教会の階段を上がって来る。その後には子供を抱いたワットの妻であるペダノワ、友恵、それに池谷が列を作っていた。

「藤堂さん、よろしくお願いします」

啓吾が硬い表情で頭を下げる。

浩志は無言で頷くと、美香が浩志の腕を取った。今更ながらウエディングドレスを着た彼女の美しさに浩志は息を飲んだ。

教会のドアが厳かに開かれる。

浩志と美香の二人は、導かれるように教会に足を踏み入れた。

台湾で負傷した美香は、手術が成功したらわがままを一つだけ聞いて欲しいと、浩志に約束させていた。浩志は何か買い物か旅行でもするのかと、気軽に返事をしていたのだが、彼女の願いは、地中海の島で結婚式を挙げるということだった。しかも丁計劃と最後の決着をつける直前の電話で彼女に告げられたのだ。追い込まれた浩志は返事をするほかなかった。

浩志には正式な戸籍はない。結婚式は形ばかりになるが、美香にとってもそれはどうでもいいことのようだ。浩志はいつ死んでもおかしくないという職業柄、結婚の二文字は頭になかった。彼女もそんな浩志に期待していなかったが、台湾で大怪我をしたことで気が変わったらしい。

本来なら二人だけで式を挙げるつもりだったが、浩志がワットだけのつもりで話をしたら、結局は関係者全員がマルタ島の離れ島に集結してしまったのだ。しかも、二人の警護を買って出られたら、断れるものではなかった。

牧師の祝福の祈りも無事終え、浩志と美香は教会前の石段に晴れがましい姿を現わす。

「おめでとう!」

いつの間にか教会下の広場には傭兵仲間が揃っていた。

ワット、辰也、瀬川、宮坂、加藤、黒川、田中、京介、アンディー・ロドリゲス、マリアノ・ウイリアムス、村瀬政人《まさと》、鮫沼雅雄《まさお》、それに啓吾、池谷、中條修《おさむ》、友恵、ペダノワとワットの間に生まれた二歳の娘、総勢十八人が、歓声を上げてライスシャワーをはじめる。

「ありがとう!」

ブーケを持った美香は屈託なく笑顔を振りまく。

だが、浩志の視線の先は、広場のはるか向こうの民家にあった。古びた煉瓦の壁の陰に誠治の姿があったのだ。

誠治はゆっくりと頭を下げると、次の瞬間には姿を消していた。ＣＩＡの幹部だけに、この島に来るだけでも大変な思いをしたに違いない。

「ありがとう、浩志」

美香は浩志の耳元で嬉しそうに言った。純白のドレスが実によく似合っている。彼女が一度は着てみたいと願っていたのも頷ける。

浩志は頷くと、美香の手を固く握り締めた。

この作品はフィクションであり、登場する人物および
団体はすべて実在するものといっさい関係ありません。

死の証人

一〇〇字書評

切り取り線

購買動機（新聞、雑誌名を記入するか、あるいは○をつけてください）

□（　　　　　　　）の広告を見て	
□（　　　　　　　）の書評を見て	
□ 知人のすすめで	□ タイトルに惹かれて
□ カバーが良かったから	□ 内容が面白そうだから
□ 好きな作家だから	□ 好きな分野の本だから

・最近、最も感銘を受けた作品名をお書き下さい

・あなたのお好きな作家名をお書き下さい

・その他、ご要望がありましたらお書き下さい

住所	〒				
氏名		職業		年齢	
Eメール	※携帯には配信できません	新刊情報等のメール配信を 希望する・しない			

この本の感想を、編集部までお寄せいただけたらありがたく存じます。今後の企画の参考にさせていただきます。Eメールでも結構です。

いただいた「一〇〇字書評」は、新聞・雑誌等に紹介させていただくことがあります。その場合はお礼として特製図書カードを差し上げます。

前ページの原稿用紙に書評をお書きの上、切り取り、左記までお送り下さい。宛先の住所は不要です。

なお、ご記入いただいたお名前、ご住所等は、書評紹介の事前了解、謝礼のお届けのためだけに利用し、そのほかの目的のために利用することはありません。

〒一〇一‐八七〇一
祥伝社文庫編集長　坂口芳和
電話　〇三（三二六五）二〇八〇

祥伝社ホームページの「ブックレビュー」からも、書き込めます。
http://www.shodensha.co.jp/bookreview/

祥伝社文庫

死《し》の証人《しょうにん》 新《しん》・傭兵《ようへい》代理店《だいりてん》

平成27年6月20日 初版第1刷発行

著　者　渡辺裕之《わたなべひろゆき》
発行者　竹内和芳
発行所　祥伝社《しょうでんしゃ》
東京都千代田区神田神保町3-3
〒101-8701
電話　03（3265）2081（販売部）
電話　03（3265）2080（編集部）
電話　03（3265）3622（業務部）
http://www.shodensha.co.jp/

印刷所　萩原印刷
製本所　ナショナル製本
カバーフォーマットデザイン　芥 陽子

 ISBN978-4-396-34120-6 C0193

祥伝社文庫の好評既刊

祥伝社文庫の好評既刊

渡辺裕之　万死の追跡　傭兵代理店

米の最高軍事機密である最新鋭戦闘機を巡り、ミャンマーから中国奥地へと、緊迫の争奪戦が始まる！

渡辺裕之　聖域の亡者　傭兵代理店

チベット自治区で解放の狼煙《のろし》を上げる反政府組織に、藤堂の影が!?　そしてチベットを巡る謀略が明らかに！

渡辺裕之　殺戮の残香　傭兵代理店

最愛の女性を守るため。最強の傭兵・藤堂浩志が、ロシア・アメリカの謀略機関と壮絶な市街地戦を繰り広げる！

渡辺裕之　滅びの終曲　傭兵代理店

暗殺集団〝ヴォールグ〟を殲滅させるべく、モスクワへ！　襲いくる〝処刑人〟。藤堂の命運は!?

渡辺裕之　傭兵の岐路　傭兵代理店外伝

〝リベンジャーズ〟が解散し、藤堂が姿を消した後、平和な街で過ごす戦士たちに新たな事件が……。その後の傭兵たちを描く外伝。

渡辺裕之　新・傭兵代理店　復活の進撃

最強の男が還ってきた！　砂漠に消えた人質。途方に暮れる日本政府の前にあの男が……。待望の２ｎｄシーズン！

祥伝社文庫の好評既刊

渡辺裕之
悪魔の大陸（上） 新・傭兵代理店
この戦場、必ず生き抜く――。最強の傭兵・藤堂浩志、内戦熾烈なシリアへ。化学兵器使用の有無を探る！

渡辺裕之
悪魔の大陸（下） 新・傭兵代理店
この弾丸、必ず撃ち抜く――。傭兵部隊、消えた漁民を追い、悪謀張り巡らされた中国へ。迫力の上下巻。

渡辺裕之
デスゲーム 新・傭兵代理店
最強の傭兵集団VS卑劣なテロリスト。ヨルダンで捕まった浩志に突きつけられた史上最悪の脅迫とは!?

柴田哲孝
下山事件 最後の証言 完全版
日本冒険小説協会大賞・日本推理作家協会賞W受賞！　昭和史最大の謎に挑む！　新たな情報を加筆した完全版！

柴田哲孝
TENGU
凄絶なミステリー。類《たぐ》い希《まれ》な恋愛小説。群馬県の寒村を襲った連続殺人事件は、いったい何者の仕業だったのか？

柴田哲孝
渇いた夏 私立探偵 神山健介
伯父の死の真相を追う私立探偵・神山健介が辿り着く、「暴いてはならない」過去の亡霊とは!?　極上ハード・ボイルド長編。

祥伝社文庫の好評既刊

柴田哲孝　**早春の化石**　私立探偵 神山健介

姉の遺体を探してほしい——モデル・佳子《けいこ》からの奇妙な依頼。それはやがて戦前の名家の闇へと繋がっていく！

柴田哲孝　**冬蛾**　私立探偵 神山健介

神山健介を訪ねてきた和服姿の美女。彼女の依頼は雪に閉ざされた会津の寒村で起きた、ある事故の調査だった。

柴田哲孝　**秋霧の街**　私立探偵 神山健介

奴らを、叩きのめせ——新潟で猟奇的殺人事件を追う神山の前に現われた謎の美女、そして背後に蠢く港町の闇。

柴田哲孝　**オーパ！の遺産**

幻の大魚を追い、アマゾンを行く！ 開高健《かいこうたけし》の名著『オーパ！』の夢を継ぐ旅、いまここに完結！

阿木慎太郎　闇の警視　**弾痕**

内部抗争に揺れる巨大暴力組織に元公安警察官はどう立ち向かうのか!? 凄絶な極道を描く衝撃サスペンス。

阿木慎太郎　闇の警視　**乱射**

東京駅で乱射事件が発生。それを端に発した関東最大の暴力団の内部抗争。伝説の「極道狩り」チームが動き出す！

祥伝社文庫　今月の新刊

渡辺裕之
死の証人　新・傭兵代理店
台湾全土、包囲網。最強の傭兵、たった一人の戦い。

内田康夫
志摩半島殺人事件
名探偵・浅見光彦、〝元極道作家〟殺人事件の謎に挑む！

南　英男
死角捜査　遊軍刑事《デカ》・三上謙《みかみけん》
調査官の撲殺事件の背後には、邪教教団の利権に蠢く者が!?

梓林太郎
京都　鴨川殺人事件
紅葉の名刹で消えた美女。旅行作家茶屋次郎、古都の深奥へ。

泉　ハナ
外資系オタク秘書
ハセガワノブコの華麗なる日常
オタク×エリート帰国子女の胸アツ、時々バトルな日々！

中島　要
江戸の茶碗　まっくら長屋騒動記
江戸っ子の粋と見栄。笑って泣ける人情噺。大矢博子氏賛。

辻堂　魁
夕影《ゆうかげ》　風の市兵衛
貸元の父を殺された三姉妹が命を懸けて貫こうとしたのは。

喜安幸夫
出帆《しゅっぱん》　忍び家族
抜忍の兄弟が、豊臣再興を志す若様を助けていざ新天地へ。

峰隆一郎
日本剣鬼伝　**宮本武蔵**　新装版
容赦なき豪剣、凄絶なる一撃。既存の武蔵像を覆した傑作。

佐伯泰英
完本　密命　巻之四　刺客《しかく》　斬月剣
惣三郎が死んだ!?　息子は、母と妹の今後を案じるが……。